Rémy Rondelet

Karma

Pourquoi j'ai tué la femme de mon psy

Roman

LE LYS BLEU
ÉDITIONS

ISBN : 979-10-377-3218-7

Karma
Pourquoi j'ai tué la femme de mon psy

Préface
Tombée de l'arbre…

Est-ce ainsi que doit finir ma vie ? Balancée par le souffle froid de l'hiver, je vacille, craque et je m'agrippe de toutes mes forces au tronc de mes habitudes. Cela a-t-il seulement un sens ? J'ai beau m'accrocher, je sais que le vent aura raison de mes ultimes résistances. Les assauts du temps fendent mon écorce et sèchent les sentiments qui coulent dans mes veines. C'est ainsi. Je suis une vieille branche pourrie, et je ne regrette rien. C'est le lot de toutes les branches que de finir par tomber. À quoi bon lutter contre ce temps qui passe et décourage même les plus passionnés, éteint les feux des plus ardents ? Pourtant, si vous saviez comme j'étais belle et fière, et comme la beauté de mon feuillage émerveillait les passants. Avant d'être ce morceau de bois tordu, j'étais cette belle tige fleurie qui abritait les amours. Combien de fois, sous mon superbe ramage, j'ai protégé les tourtereaux de l'orage ? J'ai tant aimé toutes ces saisons. Ce printemps où j'ai éclos sous la forme d'un bourgeon sur ce grand cerisier du Japon majestueux qui m'a portée et nourrie. Douce époque que celle de l'enfance, petite tige à l'abri du soleil et des tempêtes. J'ai vécu avec passion cet été-là, où je me suis métamorphosée pour faire éclore cette fleur sublime, ma plus belle création, qui reflétait ma beauté, ma force et ma jeunesse. Je n'ai pas eu peur de cet automne qui signe le crépuscule de ma vie, où je prends les couleurs mordorées de cette belle saison pleine de senteurs boisées. Je n'ai pas imaginé que le temps qui passe allait sécher la sève en moi. Tandis que je danse, me voilà soudain fragile. Mon ami le vent me chahute, il joue tandis que mes forces me quittent et je lâche prise. Le temps passe si vite, je ne me suis pas vu faiblir. Ma fleur m'est enlevée, je ne sais pas si je la reverrai bientôt. Les autres branches ne semblent plus vouloir m'entourer. Les dernières tempêtes d'octobre ont eu raison de mes forces, et je sens que mes congénères ne misent plus sur moi. On se sent bien seul quand on commence à voir son feuillage s'en aller aux vents. Le sarment de Lierre, qui m'enserrait hier encore de son étreinte, est parti voir plus haut si les nouvelles pousses sont plus vertes. Sur son passage, il ne me laisse que de profonds sillons, autant de cicatrices qui creusent mon écorce à vif. Rien ne me prédestinait à apprécier l'hiver, son froid sec a raison de moi. Dans un craquement dont je pensais qu'il serait mon dernier cri, je m'effondre sur le sol. Nue, tordue, je gis au pied de l'arbre de ma vie. Elle doit s'arrêter là, sur ce sol gelé. Ne retournons-nous pas tous à la terre ? Je sens sa main qui me soulève et m'arrache du manteau de neige sur lequel je suis étendue. J'ignore qui il est et d'où il sort, je ne l'ai pas entendu venir. Il vient s'asseoir contre le tronc du grand cerisier du Japon et me pose sur ses genoux. Il pleure, tandis que sa main droite fouille le sol et jette au loin devant lui cailloux et brindilles. Je sens ses jambes trembler contre moi. Je vois les larmes couler sur ses joues. J'aperçois son prénom sur la gourmette qui orne son poignet. Paul, repose-moi au sol, laisse-moi finir de sécher. Je ne sais pas pourquoi il ne me jette pas au loin comme les autres branches. Seul contre notre arbre, il me raconte le cataclysme de sa vie et comment tout a basculé quatre ans auparavant. Il m'explique que sa femme est partie et combien son chagrin est fort. Il me dit qu'il est comme moi, une branche pourrie que plus personne ne veut. Bien sûr, il a tenté de se faire aider pour combattre sa grande mélancolie et son état dépressif. Les médecins lui disent qu'il a sombré dans la folie, que cela arrive parfois lors de violents traumatismes. C'est vrai qu'il a l'air bien tordu aussi, ce Paul, tombé de l'arbre tout comme moi. Je l'écoute me parler de son amour pour celle qu'il n'a pas su garder, et je ne peux m'empêcher de regarder ce lierre qui me tourne le dos. Mon petit Paul, on a des points communs toi et moi. Pendant des semaines, il revient me voir régulièrement. Je ne suis déjà plus que l'ombre de moi-même, pauvre branche au cœur sec. Mais Paul me ramasse et me manipule toujours avec tendresse et précaution. Il me raconte les malheurs de sa vie, ces vices qu'il a croisés ou qu'il n'a pas su combattre. Il m'explique que les médecins ont sans doute raison et qu'il doit être fou. Lui, il aurait tellement voulu faire le bien autour de lui, mais on ne peut pas effacer ce qui est fait. Il s'en veut de ses actes manqués, de tous les ratés de sa vie. Moi, alors qu'il m'expose ses failles, je le trouve simplement humain dans ses faiblesses, fragile comme devrait toujours l'être l'humanité. Paul, c'est quand on est trop sûr de soi qu'on devient nuisible. Ceux qui sont convaincus de toujours bien faire, ces gens que le doute ne ronge pas, sont les grands tyrans de l'histoire. Celui qui ne pleure jamais est un faiseur de morts. Toi, tes mains sont chaudes, il y a encore de la vie en toi. Je le sens tous les jours quand tu viens t'appuyer contre le cerisier et que tu me ramasses. Quand tu me touches, le feu n'est pas éteint. Moi qui passe le reste de la journée dans la neige, je me surprends à aimer ça.

Je suis pourtant si fatiguée. S'il s'allonge dans la neige, nous partirons ensemble vers la fin du voyage. Comme deux paumés dont l'hiver viendrait à bout, mais ses mains sont plus brûlantes que d'habitude. J'en suis convaincue, Paul va mieux. Toutes ces semaines, il s'est délesté du poids de sa culpabilité et des grands péchés de sa vie. À chacune de ses visites, Paul a soulagé sa conscience pendant des heures, comme un enfant avoue ses bêtises au confessionnal. J'ai bien vu depuis quelques jours cette lueur nouvelle dans ses yeux, il est toujours en vie. Il m'explique qu'il serait facile de lâcher prise, mais que la vie est un combat, et que non, non et non ! Il ne renonce pas, il ne fuit devant personne. Il ne lui fera pas ce plaisir. Alors il se relève, et me dit que les saisons peuvent l'affaiblir, que le temps qui passe peut parfois le sevrer de son énergie. Mais rien ne le détruira. Ses folies, ses vices, tous les péchés de sa vie, ne sont qu'un poids à porter sur le chemin d'un avenir meilleur. Tout le monde porte son sac. On peut l'alléger, on ne peut jamais totalement le vider. Plutôt survivre fou que de mourir raisonnable.

— Nous allons vivre, ma vieille branche pourrie, hurle Paul !

Il gesticule et sort de sa poche un couteau et de la ficelle. Lorsqu'il m'agrippe, ses mains sont désormais incandescentes et ne tremblent plus. Je peux ressentir sa chaleur au plus profond de moi, et je me surprends à vibrer. Quel est cet électrochoc ? Aurais-je moi aussi encore un peu de sève ? Sa fureur de vivre serait-elle contagieuse ? Ou est-ce sa folie que je sens brûler le long de mon écorce ?

Paul entaille le bas de ma branche de son couteau d'un geste sûr. Il fait de même contre le tronc de l'arbre, et m'accroche fortement à celui-ci avec la petite corde. C'est l'hiver, je ne sais pas à quoi il pense. Je suis si fatiguée, aucune chance que la greffe ne prenne. De ses mains chaudes, il me couvre de terre, et protège le greffon.

— Maintenant que tu es réparée, ma vieille branche pourrie, je vais te charger d'une mission. Grandis, monte vers le ciel et gorge-toi de lumière. Lorsque tu auras retrouvé force et beauté, explique aux générations futures qui viendront s'abriter sous ton feuillage qu'un jour, un fou est venu te confier sa vie. Dis-leur comment j'ai aimé, comment j'ai vécu. Dis-leur aussi tous les péchés des hommes que j'ai croisés, mais combien malgré tout, j'aime la vie et cette humanité. Porte ce message d'espoir, dis-leur qu'il est permis d'être un peu dingue, pour éviter de devenir fou.

Non, rien ne me prédestinait à apprécier l'hiver. Après m'avoir malgré moi rattachée de force à mes racines, il a posé une dernière larme sur le bois sec de mon corps. Puis il m'a laissée là, attachée. Ce fou est parti en m'embrassant. Ses lèvres étaient du même feu que ses mains. Il s'est éloigné sans se retourner, me disant qu'il repasserait me voir au retour des beaux jours.

Rien ne me prédestinait à voir le printemps. Je sens le soleil chaud qui me caresse. Les mains de Paul ne sont plus là, mais la sève coule à nouveau en moi. Cette larme tombée sur un corps alors brisé aurait-elle suffi ? Je suis toujours tordue, mais je ne suis déjà plus cette vieille branche pourrie jetée au sol. Mes feuilles sont éclatantes de verdure, et je pointe à nouveau vers le ciel de toutes mes forces. Je vois que le Lierre se retourne et semble vouloir revenir se blottir contre moi. Je sais que ma fleur reviendra dans quelques jours, et je me surprends à être heureuse. Je n'ai jamais revu Paul, mais mon écorce garde au plus profond d'elle la chaleur de ses mains. Celles qui m'ont sauvée malgré moi, et qui me semblent si familières, si faites pour être contre mon corps. T'aurais-je connu dans une autre vie ?

Quel que soit votre passé, quels que soient vos péchés, il y aura toujours une lumière, une étincelle, un Paul. Même au sol, il arrive que les branches pourries refleurissent. Ces fous que vous croisez et que vous ne voyez pas sont vos anges gardiens. Paul en est un, simple humain qui déambule parmi les autres fous. Il faut juste accepter que parfois, la norme ne soit pas la même pour tout le monde. Tandis que je renais et me gorge de soleil, je vais vous raconter sa vie. Les confidences sur ses plus grands péchés, je vais vous les retranscrire. Font-elles de lui un fou, ou est-il définitivement un simple humain tordu comme une vieille branche ? Je n'ai pas la réponse, mais je sais qu'il est toujours vivant. Et comme je sais tout de sa vie, je sais qu'il vaut mieux ne pas être son ennemi… Mais de cela, je vous laisse juge.

Toute ressemblance avec des personnes ou des situations ayant existé serait fortuite…

Vous n'avez pas aimé 2020 ? Découvrez pourquoi 2019 était pire !

I

Alice Pouffe, 22 juillet 2019

4 Non Blondes hurle son légendaire riff de guitare à travers les petits haut-parleurs du smartphone. Le son, déjà médiocre, rebondit sur la table basse où est déposé le téléphone. Trop fort, nasillard. Mais Alice, un verre de pamplemousse rosé à la main, s'en moque bien. Le torse nu, elle danse frénétiquement au milieu du salon, balançant ses cheveux en arrière. À cet instant, elle oublie tout. Ses derniers kilos en trop, cette poitrine lourde qui se balance à chaque pas de danse… De verre en verre, elle reprend possession de son corps à mesure que l'ivresse la gagne. Un petit joint, et elle se sentira vraiment belle. Et surtout désirable. Ce soir, il faut qu'elle le soit plus que jamais. Elle le sent bien. Il a quelque chose d'inhabituel dans la voix. Elle lui a téléphoné dès que son mari a confirmé que son séminaire sur l'origine des maladies mentales allait se prolonger.

— Tu restes à Biarritz encore deux jours ?

— Oui, une conférence que je ne veux surtout pas rater.

— Prends soin de toi, à très vite, mon amour. J'embrasserai les enfants pour toi, avait-elle dit.

Une conférence… Tu parles ! Encore une petite pute d'infirmière qui va monter en grade en passant d'abord par le lit de son grand professeur de mari. Pour être franche, Alice s'en moque. Il y a bien longtemps qu'elle ne croit plus au bonheur conjugal, à la monogamie, et au mariage en robe blanche. Les écarts de son mari, s'ils ne les évoquent jamais, ne sont plus un secret pour elle depuis longtemps. Elle avait d'abord pleuré longuement. Envisager le divorce, un peu, mais pas trop. Alice n'est pas le genre de femme à repartir de zéro. Ce mariage avec son grand médecin, c'est son rang social, son confort de vie. La jolie devanture du magasin, à laquelle elle n'est pas près de renoncer. Alors, elle en a parlé à ses copines. Du moins, les malheureuses en amour, celles qui ne la jugent pas. Les mères de famille resplendissantes, celles qui font encore des bisous dans le cou de leur compagnon après dix ans de vie commune, celles-là l'agacent. Devant ces cruches, elle joue la gentille maman et l'épouse aimante. Mais heureusement, elle a son lot de copines estropiées. Les déchirées de la vie, les nymphomanes, les insouciantes. Peu lui importe comment elles en sont arrivées là. D'ailleurs, en parler n'intéresse pas Alice. Ce qui compte, c'est qu'on parle d'elle. Elle a toujours su attirer l'attention. Être au centre de tout. Elle rêve sa vie sociale en soleil, avec les autres qui lui tournent autour, comme des planètes dans son champ d'attraction. Alors, quand une de ses copines se confie, elle recentre très vite le débat sur elle.

— On s'en fout de tes états d'âme. Je suis en train de te dire que François me trompe ! Tu t'en rends compte ? Je risque de tout perdre !

— Pas forcément, lui répond la bonne copine…

— Comment ça ?

— C'est peut-être un mal pour un bien. De toute façon, tu l'as épousé pour son fric. Garde-le sous la main, continue à t'offrir de jolis sacs Vuitton, et fais-toi sauter ! Ton mec est infidèle,

OK. Vois-y un laissez-passer pour la baise. Si j'étais à ta place, je n'hésiterais pas une seconde, dit la copine en s'enivrant de rosé.

C'est sans doute là que tout a commencé. Alice danse en fumant son joint. Elle se souvient de ce soir de printemps où elle s'est campée devant le grand miroir de la salle de bain. Regarde à quoi tu ressembles, ma pauvre fille ! Tu peux te cacher derrière tes deux grossesses, ça n'excuse rien. Ce n'est pas la faute des gosses si tu t'es abandonnée. Regarde ces cernes sous tes yeux, observe ces joues gonflées par la vingtaine de kilos en trop. Ma pauvre Alice, il y a bien longtemps que tu as renoncé à être désirable. Avec ces fesses que tu rentres au chausse-pied dans ton jean taille 44, ce bourrelet qui te fait comme un troisième sein, comment tu veux rivaliser avec une petite infirmière aux nichons bien fermes et à la peau tendue ? Aucune chance ! Et finalement, tu te demandes si c'est bien ça l'objectif. C'est vrai, pourquoi vouloir lui plaire à lui. Il ne t'a jamais vraiment attirée. Du moins pas physiquement. Son compte bancaire, sa jolie situation, c'est autre chose… Ce soir-là, devant cette glace qui te renvoie cette image de toi que tu vomis, tu signes un pacte avec le diable. Et tu n'as besoin de l'aide de personne. Le diable, c'est toi. Eux ne le savent pas encore. Ils le découvriront bientôt. Maigrir, faire du sport, prendre soin de toi. Autant de bonnes résolutions que tu actes ce soir, et que tu tiendras.

Tout ça pour quoi ? Pour en arriver là, quelques mois plus tard, à danser les seins à l'air dans le salon, en attendant que ton amant arrive. À t'alcooliser pour affronter une de ses nouvelles tentatives de te quitter. Toi qu'il appelle la folle.

Il viendra. Il vient toujours. C'est ton jouet depuis ce soir de juin où tu l'as coincé ivre mort contre le mur de la salle des fêtes du village. Une petite sortie avec les prolos du quartier que tu ne côtoies jamais d'habitude. La solitude t'avait laissé le choix entre un samedi soir minable devant une émission de téléréalité ou te laisser porter vers la musique qui émanait des puissantes enceintes du bal à l'autre bout du village. L'idée de rester seule sur le canapé n'avait pas pesé lourd. Et puis le simple fait que d'autres s'amusent tandis que tu déprimais t'était insupportable. Tu es un soleil, tu te dois d'être au centre de tout. Va pour le bal !

Le joint ne fait plus effet, tu commences à redescendre. Soudain, le froid parcourt ton corps nu. Tes seins pointent, et tu rigoles. C'est vrai qu'on est en décembre, et même si la maison est bien chauffée, le corps reste sensible. Tu hésites à remettre un pull. Et puis tu fantasmes à l'idée qu'il passe la porte maintenant, tandis que tes tétons saillants semblent hurler ton désir. Comment pourrait-il te résister ? Au téléphone, il avait sa voix des mauvais jours. Celle de quand il va désespérément tenter de te quitter. Tu souris, Alice, tout en te roulant un deuxième joint. Évidemment qu'il va rester. Il reste toujours. Il te fera son éternel discours de l'homme marié et père de famille. Il te dira qu'il s'est laissé tenter un soir de beuverie derrière la salle municipale, mais qu'il a honte, et qu'il aime sa femme. L'évocation de ta rivale t'excitera à mort. Il te suppliera de ne pas insister, mais personne ne s'éloigne du soleil sans autorisation. Il ne fallait pas laisser entrer le loup dans la bergerie. Cet homme, c'est ton jouet. C'est toi qui décides quand tu n'en veux plus. Tu vas lui faire payer toutes les outrances que tu as subies. Il est ta revanche sur la vie. Maintenant, tu veux qu'on t'aime, qu'on te voie et qu'on te désire. Ce n'est pas pour rien que tu t'es incrustée dans leur groupe d'amis, toi la soi-disant copine rencontrée au bal. Comme ça, tu gardes le contrôle, tu tiens fermement la laisse que tu as passée autour de son cou.

En pénétrant son entourage, tu gardes un coup d'avance, tu le rends bien docile. Il ne faudrait pas que tu parles, il le sait. Il a tout à perdre. En te frottant contre lui, ivre morte et défoncée, c'est ce que tu lui rappelleras. Sois bien docile, Alban. Après tout, sa femme n'habite pas loin, maintenant tu la fréquentes et tu pourrais facilement t'en faire une bonne copine. Et toi, tu racontes tout à tes bonnes copines… Comme il ne veut pas perdre sa famille, il pleurera discrètement, avant de te baiser comme une brute. Pas par envie, mais à cause de ton petit chantage. À chaque assaut de son sexe, tu sais qu'il te hait. Chaque coup reçu par ton vagin est un cri de haine, mais tu jouis. Cette claque qu'il te met, ce n'est pas pour pimenter vos rapports, mais tu t'en fous. Tu jouis. Il est à toi, c'est ton pantin. Qu'il crève avec ses états d'âme ce con mais, avant, qu'il te baise. C'est un ordre. De toute façon, plus personne ne contrôlera ta vie. Ça finira quand toi tu le décideras. Parce que tu ne fais que retarder l'échéance. Et après toi, le déluge. S'il croit que sa connasse va s'en tirer sans rien savoir…

19 h. Tu laisses tomber la serviette que tu as fini par nouer autour de ta taille, tandis que tu portes un nouveau verre à ta bouche. Te voilà nue et titubante. Le rosé pamplemousse se renverse sur ta poitrine. Tu ris. Pourvu qu'il aime le fruit. Il ne va pas tarder à passer la porte. Ce soir, tu es décidée à l'achever. Ce con se refuse à te dire je t'aime. Ton plan est simple. D'abord laisser passer l'inévitable quart d'heure où il va tenter de rompre. Ensuite, boire et baiser. Que pour lui ce soit sous la contrainte n'est pas ton problème. Bien des hommes paieraient pour en arriver là. Alors, sa théorie fumeuse sur le viol masculin, tu n'en as rien à foutre. Mais ce soir, il ne repartira pas chez sa connasse sans avoir dit qu'il t'aime. Tu l'as prévenu. Tu le mérites. Tous ces efforts pour perdre du poids, tu les as faits pour lui.

Tiens, pourquoi sonne-t-il au portail de la propriété ? D'habitude, tu le laisses entrouvert pour qu'il puisse entrer discrètement. Aurais-tu oublié cette fois ?

Machinalement, tu décroches le combiné du visiophone. S'il croit qu'il va pouvoir tenter de rester sur le seuil, il se met le doigt dans l'œil. Tu es tout excitée, le petit jeu commence.

— Allô, oui ?

— Alice ? Salut, c'est Paul. Je peux entrer ? Faut qu'on discute.

À l'autre bout du combiné, Alice prend un coup de froid et n'en revient pas. Non seulement ce n'est pas Alban, mais il a l'audace d'envoyer son meilleur ami. Tu réalises soudain que tu es nue, tout émoustillée, et que Paul remonte déjà l'allée en graviers dans ta direction. En catastrophe, tu fonces à la salle de bain enfiler un peignoir. Tu te demandes bien ce que ce taré te veut. Tu ne l'as jamais supporté. Chaque fois que tu t'es imposée dans les soirées barbecue, tu avais l'impression que son regard te perçait à jour. Celui-là, tu as tout tenté pour avoir une emprise sur lui, mais en vain. Et tu détestes ne pas dominer. L'idée qu'on puisse être plus intelligent que toi te rend folle. Chacun de ses regards te met mal à l'aise, convaincue que tu es qu'il voit clair dans ton jeu. Par-dessus tout, tout le monde parle de sa folie. Et l'idée qu'il soit plus tordu, plus dangereux que toi, te terrorise.

— Bonsoir, Paul. Ce n'est pas ton genre de passer à l'improviste en pleine soirée. Je peux quelque chose pour toi ?

L'homme pénètre dans le hall de la maison. Il semble mal à l'aise. Il observe tout autour de lui, tandis que son front sue à grosses gouttes. Il s'approche de la photo de famille posée sur le piano, qu'il repose en tremblant, la face contre le meuble.

— Sa… salut, Alice. Je… je viens te dire que tu ne reverras jamais Alban. Tout s'arrête ce soir. Tes menaces, ton chantage. On va se parler toi et moi.

Ton verre de vin t'échappe et vole en éclat sur le carrelage. Alors Alban a osé. Il en a parlé à son ami. Pire, peut-être que tout le village est au courant. Tu n'en reviens pas, Alice. Ne pas perdre ses moyens. Rester digne. Voyons ce que Paul sait exactement. Il y a toujours un moyen de mentir, de retourner la situation.

Et puis, lui-même n'a pas l'air à son aise du tout. Il déambule nerveusement dans le salon, semble s'arrêter devant chaque cadre photo. Il te semble que ses jambes tremblent.

Garder son calme… Analyser la situation tout en envoyant à l'autre taré un sourire aimable et en l'invitant à s'asseoir. Un de ces sourires qui permettent de gagner du temps. Non, Paul n'est qu'un leurre, une tentative désespérée d'Alban pour s'échapper. OK, il en a parlé à son pote, mais tu le connais, il n'a certainement rien dit à sa femme. Non pas qu'il manque de courage. Alban est un vaillant, mais l'idée de perdre sa famille le hante. Allez reprends-toi, Alice. Écoute ce que Paul a à te dire, reprends le contrôle et retourne la situation. Alban viendra ramper à tes pieds dans moins de vingt minutes. C'est toi le soleil, Alice, c'est toi la dominante. Paul n'est qu'une planète sortie de son orbite. Il suffit de remettre les choses à leur place. Au pire, tu es toujours nue et excitée sous ce peignoir… Mais bordel, pourquoi ce con transpire-t-il comme ça ? Et qu'est-ce qu'il fait avec cette photo de ton mari ?

II

20 décembre 2019

John Cheval, une vieille BMW, les deux pieds dans la boue

Alors qu'il engage sa vieille BMW dans le chemin forestier, le commissaire Cheval n'a pas de mal à repérer les lieux du crime sur lequel il se rend ce matin de décembre 2019. À travers la brume qui flotte au-dessus de la verdoyante campagne du nord de Roanne, les lumières des gyrophares le guident tel un phare dans la pénombre. Par intermittence, alors que l'obscurité de la nuit cède peu à peu du terrain aux premières lueurs de l'aube, la lumière bleue des gyrophares transperce le brouillard. De toute évidence, les gendarmes de la petite brigade territoriale de ce coin de campagne sont arrivés les premiers. Au loin, il peut apercevoir le cortège des véhicules bleus stationnés au bord de l'étang. Encore huit cents mètres à parcourir dans les ornières du petit chemin forestier, difficilement compatibles avec la garde au sol basse de la BMW 2002. Dans l'habitacle, John Cheval peste, tout en jetant par la fenêtre son mégot de cigarette. Il a roulé sur l'autoroute A7 toute la nuit, faisant hurler les quatre cylindres de son mythique bolide. Il ne lui a fallu que trois heures pour remonter la vallée du Rhône depuis Marseille, sans doute son record personnel ! Et il risque de s'enliser à quelques centaines de mètres du but, dans cette campagne humide et boueuse. Il braque difficilement pour rejoindre le bout de route goudronnée qui longe l'étang de pêche. Au contact du bitume, la belle Allemande retrouve de sa superbe, faisant entendre son légendaire turbo dans une accélération qui fait décoller tous les canards de l'étang, et se retourner tous les poulets. John Cheval fait hurler sa belle sur la centaine de mètres restants, avant de la stationner au milieu de la chaussée. Pas question de lui remettre les roues dans la gadoue. Une bagnole comme ça, ça se respecte. Comme une dame.

— Dites donc, Schumacher, vous ne pouvez pas stationner ici ! Il faut circuler, lui dit un jeune gendarme venant à son contact.

Le commissaire s'allume une cigarette, tout en fouillant les poches de sa veste. Il finit par en extraire sa carte de police, qu'il présente au jeune bleu.

— Commissaire Cheval, police judiciaire de Marseille. Vous m'avez fait appeler hier soir. J'ai roulé de nuit et je suis parti sans dormir. Alors, Gamin, il ne va pas falloir m'énerver sur la ligne d'arrivée.

— Pardon, Commissaire, il faut reconnaître que vous avez un véhicule peu commun, bredouille le militaire.

Cheval ne répond rien. Exténué par la route, il tente de profiter de la position debout pour étirer sa grande carcasse. Il promène son regard sur le superbe décor de la campagne qui s'éveille. L'air frais de ce matin d'hiver réveille son corps et le fait se sentir vivant. Tout autour de lui, il découvre une nature sauvage et endormie, qu'une chape de brume vient couvrir. Même pour un citadin comme lui, le cadre ne laisse pas insensible. S'il n'avait pas mis immédiatement les deux pieds dans une flaque d'eau trop profonde pour ses petits mocassins, il aurait pu trouver la scène charmante. Le vent courant dans les hautes herbes bordant l'étang vient ajouter une touche de poésie à l'ensemble. Le commissaire, habitué aux bruits de la ville et à son fourmillement, est surpris du calme absolu qui règne sur l'étang. Au loin, seul le beuglement d'une vache se fait entendre, mais il semble rester en harmonie avec le reste du décor.

— C'est chouette ici, dommage qu'on se gèle ! Bon, Gamin, elle te plaît la voiture ?

— Une BMW 2002 de 1974, Commissaire ! Faudrait être difficile !

— Alors, débrouille-toi pour la stationner où tu veux, et prends en soin, c'est tout ce qu'il me reste de mon père. Je ne suis pas très matérialiste, mais c'est un héritage de 170 chevaux pour seulement une tonne, alors forcément on s'y attache. Voici les clés.

Joignant le geste à la parole, Cheval jette son trousseau au jeune gendarme.

— Avant d'aller faire joujou, indique-moi qui commande ici.

— L'Mouton, le gros au fond vers le véhicule des pompiers. Vous ne pouvez pas le rater, c'est celui qui regarde les autres travailler. Il vous attend.

Cheval prend sur lui pour ne pas rire de la remarque de la jeune recrue. Il le salue poliment, avant de se porter à la hauteur du chef de brigade, qui effectivement n'a pas l'air débordé. Prenant le temps de finir sa cigarette avant de se présenter, tout en tâchant de ne pas mouiller plus ses chaussures en marchant, le commissaire observe un instant son contact local. Tout chez l'adjudant Mouton semble dissonant, comme si l'homme ne s'accordait pas avec lui-même. Son uniforme impeccable et sa barrette jaune fièrement portée sur ses épaulettes devraient lui conférer la crédibilité d'un militaire confirmé, mais son énorme ventre et ses jambes trop courtes se chargent de donner à l'ensemble un air ridicule. Cheval n'est même pas surpris lorsque, se tournant vers lui pour l'accueillir, l'adjudant exhibe fièrement une énorme moustache. À bientôt quarante ans, Cheval a regardé Zorro dans son enfance. Et devant lui se dresse le sergent Garcia. Une version équipée de rangers, et les pieds au sec. S'il n'avait pas cruellement manqué de sommeil, s'il n'avait pas si froid aux panards, Cheval l'aurait tout de suite allumé avec une de ces blagues cinglantes dont il a le secret. Mais ce matin, il ne sait pas pourquoi le procureur lui a fait traverser toute la France dans la nuit, en lui refilant le nom d'un village perdu dans le nord du département de la Loire. Alors les vannes sur les gendarmes obèses attendront. Même si c'est vrai qu'il crève d'envie de lui demander où est son épée.

— John Cheval, Commissaire à la PJ de Marseille, dit-il en tendant la main à l'adjudant. Qu'avez-vous pour moi ?

— Mouton, brigade territoriale. Nous vous attendions. Des pêcheurs ont sorti un corps de l'eau hier soir. D'après les premiers témoignages, il flottait à une vingtaine de mètres du bord, et les jeunes ont cru à une vieille carpe morte. Ils se sont amusés à la ramener à l'aide de leurs lignes. Ce n'est qu'en le tirant au bord qu'ils ont vu qu'il s'agissait d'un corps humain.

— Je ne doute pas que ce genre d'affaires n'arrive pas tous les jours dans vos campagnes, Adjudant, mais pourquoi me faire venir depuis Marseille ? Vous savez, l'histoire qui prétend que le vieux port est plein de cadavres lestés les pieds dans le ciment n'est qu'une légende. Nous ne sommes pas spécialistes du meurtre en milieu aquatique.

— Suivez-moi, vous allez comprendre…

Sans plus dire un mot, le gendarme chemine quelques dizaines de mètres le long de la berge de l'étang, jusqu'à rejoindre le campement de jeunes pêcheurs carpistes, qui tentent de se réchauffer auprès d'un feu improvisé dans un tonneau en métal. Cheval marche derrière lui, veillant à bien laisser ses pieds au sec. Tandis qu'il chemine difficilement, il jalouse secrètement la tenue réglementaire de la gendarmerie, qui prévoit de solides rangers permettant de garder l'humidité loin des pieds. Cheval a choisi la police, et il paie à l'instant le manque d'uniforme. Arrivant à hauteur du camp de base, il voit le linceul blanc sur le sol, cachant une forme qui lui semble étrangement petite pour un corps d'adulte. Cheval a un mouvement de recul à peine perceptible, mais l'adjudant Mouton a ce sens de l'observation si propre au militaire, même lorsqu'ils n'ont pas leur épée.

— On a peur des cadavres à la PJ de Marseille ? Allez, Commissaire, un peu de cran, c'est le métier qui rentre, ironise Mouton.

— J'ai vu plus de cadavres que le croque-mort de votre bled, Adjudant. Mais là, il est tôt, j'ai le ventre vide et je n'ai pas dormi. Si c'est un enfant, ça risque de me mettre d'humeur chafouine. Et Cheval énervé n'apporte rien de bon.

— Allez-y sans crainte, John. C'est bien un adulte. Il y a même un petit message pour vous.

Le commissaire observe le regard de son homologue. Dans ses yeux, il peut lire tout à la fois de la malice et de l'impatience, comme si le sous-officier bedonnant prenait plaisir à voir sa réaction à la levée du drap. John n'est pas vraiment l'incarnation du garçon sensible. Des cadavres, il en a vu tellement qu'il y a bien longtemps qu'ils ne le hantent plus la nuit. Avec l'âge et l'expérience, le policier s'est forgé une armure qui tient ses émotions à distance, une sorte de capacité à se détacher de l'humain pour ne s'intéresser qu'au fait. De toute façon, Cheval n'a pas vraiment un tempérament de philanthrope, et la compagnie des autres membres de son espèce lui est souvent déplaisante. Le cadavre a toujours ceci d'élégant qu'il se contente d'exposer des faits, d'aller à l'essentiel sans émotion ni interminables palabres. Quand Cheval enquête, il a besoin de toute sa tête sans que des éléments extérieurs ne viennent le distraire ou polluer sa réflexion. Il n'aime pas qu'on cause. Les cadavres respectent cette consigne sans même qu'on ait besoin de la leur donner. Alors non, il n'a pas peur de soulever le drap blanc, comme il l'a déjà fait des dizaines de fois. Mais les cadavres d'enfants sont les seuls qui viennent encore le réveiller la nuit, lui tirer des larmes ou le faire vomir. Ceux-là ne savent pas se taire. Ce sont des enfants, comment leur en vouloir ? D'une main faussement assurée, John Cheval se saisit d'un des coins du drap blanc, tandis qu'il s'accroupit près du corps. D'un geste de la main, il fait signe aux gendarmes de détourner le regard des jeunes pêcheurs. Ces gamins-là en ont assez vu depuis hier soir. Il ne comprend même pas qu'ils soient encore sur la scène de crime.

— Alors, Commissaire, c'est pour aujourd'hui ou pour demain ? demande le gros gendarme.

Avec expérience, John soulève d'abord juste assez de tissu pour voir le visage de la victime. On apprend ça à l'école de police, toujours se familiariser avec le regard du mort en premier. C'est la plus dure des étapes, car le cerveau, s'il la surmonte, assimile le reste du corps comme un simple amas de chair impersonnel. À sa grande surprise, il se retrouve face à un corps décapité. Il soulève le drap à deux mains, de manière à cacher du regard des jeunes ce corps mutilé. Un corps de femme, sans jambes ni tête. Juste un tronc, torse nu avec deux bras. Et deux énormes seins lacérés, comme si on les avait tailladés au cutter.

— La bonne nouvelle, c'est que ce n'est pas un enfant Adjudant. La mauvaise, c'est que ce n'est pas une carpe non plus, bien que ce soit une belle prise. Vous avez là une scène de crime, car je n'ai encore jamais vu de suicidés amputés et décapités de toute ma carrière. Même à Marseille, où on ne manque pas d'imagination…

— Le procureur ne m'a pas menti lorsque je l'ai eu au téléphone, vous avez du flair, même de bon matin…

— Justement Adjudant, au lieu d'ironiser, j'aimerais bien que vous m'expliquiez ce qu'il me veut, le proc. J'ai fait de la route pour faire une photo avec vous ? Ou est-ce que je suis suspect ?

Mouton garde au coin des lèvres ce petit rictus amusé qui énerve Cheval. Si le gros ne dévoile pas son jeu rapidement, le commissaire va lui faire manger sa moustache.

— Retournez le corps, Commissaire, vous comprendrez.

Sans attendre, Cheval porte la main à la poche de son blouson aviateur pour en extraire une paire de gants en latex, qu'il enfile avec calme. Prenant le tronc par les bras, il le fait pivoter sur le côté pour regarder le dos de la victime. Le corps n'a séjourné que quelques heures dans l'eau. S'il sent la vase, sa putréfaction n'est pas encore à un stade avancé, et la chair n'a pas trop souffert d'avoir été immergée. John le sent sous ses doigts, la peau est encore ferme et n'a pas pris cette couleur verte propre à un cadavre gorgé d'eau. L'étang s'est contenté d'absorber le sang, mais n'a pas pu altérer le corps. Alors que le dos de la victime apparaît, il peut distinctement lire l'inscription au marqueur noir.

Prévenez Cheval, PJ Marseille. Le doc m'a pris Virginie, je prends sa femme.

— Alors, Commissaire ?

Cheval repose doucement et respectueusement le tronc de la femme sur son dos, avant que de la recouvrir du linceul blanc. Avant de se relever, il prend le temps de retirer ses gants, qu'il jette en direction du jeune gendarme venu à leur hauteur.

— Poubelle, Gamin, s'il te plaît. Quand avez-vous découvert le corps ?

— Hier, mais ce n'est pas l'objet de ma question. Que veut dire ce message ? Pourquoi votre nom est-il au dos d'un tronc humain ?

— Et depuis hier, le corps de cette femme est sorti de l'eau, et sèche sous ce drap ? Au mépris des éléments de preuve ou des possibles relevés d'ADN ? Il ne vous est pas venu à l'esprit que l'herbe et sa faune pouvaient contaminer le cadavre ?

— Je n'ai pas attendu l'arrivée de la PJ de Marseille pour apprendre mon travail. Les gamins nous ont prévenus hier dans l'après-midi, répond l'adjudant en caressant sa grosse moustache. J'ai immédiatement voulu avertir le procureur de la République dès que nous avons vu le message. Je n'ai même pas eu besoin de le faire. Dans l'heure qui suivit la découverte du corps, j'ai reçu un appel du ministère de l'Intérieur. Nous avons eu pour consigne d'attendre votre arrivée. J'ignore ce que cela signifie, mais je constate que vous avez le bras assez long pour qu'on nous dessaisisse de l'affaire. L'ordre venant du ministère est clair. L'enquête revient à Cheval, même si c'est de la compétence territoriale de la gendarmerie. Mais en ce moment même, vous n'êtes pour moi qu'un illustre inconnu. Un simple type un peu hautain, qui se pointe avec les cheveux longs, une barbe de trois jours, un look de baroudeur et des chaussures trempées. Un étranger impliqué de près ou de loin dans un meurtre horrible. Alors malgré votre air condescendant, vos relations influentes dont je ne doute pas, et la puanteur de votre cynisme, je vous repose la question. Que veut dire ce message ?

À côté de la défunte, John porte la main à la poche intérieure de son blouson, pour en sortir son paquet de cigarettes.

— Permettez que je fume. La médiocrité a toujours tendance à m'agacer. La cigarette me calme. Depuis hier après-midi, cette pauvre femme, qui a déjà subi les pires atrocités, attend mon arrivée dans l'herbe sous une bâche ? Vous auriez pu transférer le corps à la morgue, j'aurais lu le message de la même manière. Mieux, j'aurais pu garder les pieds au sec. Mais vous teniez sans doute à soigner votre petit effet, Adjudant ?

Avant que John ne puisse se relever, l'adjudant Mouton fait un pas en avant. Surplombant son collègue de la police, il le toise de son imposant gabarit. Sa moustache elle-même semble frémir de colère.

— Cheval, soyons clairs, dit l'adjudant. Il va falloir qu'on collabore. Mais on ne va pas s'entendre. Je n'ai pas passé trente années dans la gendarmerie pour apprécier facilement qu'un commissaire venu de l'autre bout de la France vienne me prendre mon enquête. Et je n'ai pas besoin de beaucoup de temps pour savoir que vous êtes un sale con. Votre arrivée en voiture de collection, ce look de loubard en blouson de cuir, cette gueule négligée de hipster, tout chez vous me débecte au premier abord. J'ai très envie de vous faire ravaler votre cynisme, mais je vais me tenir devant mes hommes. Je suis un soldat, et j'obéis aux ordres surtout quand ils viennent directement de mon ministre de tutelle. Cette enquête est la vôtre, ceci est entendu. Mais faites preuve de respect à mon égard ou il vous en coûtera plus que de simples pieds mouillés. Je vous repose la question, qu'avez-vous appris ici ?

Debout sur la berge, le commissaire Cheval regarde son homologue. Non, ils ne pourront pas s'entendre. L'adjudant appartient de toute évidence à une race différente de la sienne. Tous les deux servent l'État, mais c'est là leur seul point commun. Cheval n'a pas épousé la vie de policier pour accomplir un rêve de gosse, ou parce qu'il se sentait investi de la mission suprême de protéger son prochain. Diplômé de droit, il a profité de l'opportunité de carrière qu'offrait la police, parce qu'il fallait bien faire quelque chose de sa vie. Et puis l'idée de porter une arme et d'entrer en boîte de nuit en montrant sa carte professionnelle lui plaisait. Il avait toujours été réfractaire à toute forme d'autorité, et se moquait bien de son plan de carrière. Mais grâce à un talent inné d'enquêteur, et avec le soin qu'il avait mis à bâtir son réseau d'informateurs, le commissaire Cheval affichait les meilleurs résultats de sa région. Face à lui, il paraissait clair que le gendarme avait épousé la carrière par conviction et amour de l'ordre et des valeurs militaires. Le torse presque aussi bombé que son ventre, l'adjudant arborait fièrement son uniforme. Alors que ses hommes ont opté pour la tenue kaki du gendarme en manœuvre extérieure, plus confortable et plus appropriée à une intervention dans les champs, l'adjudant a conservé sa tenue bleu marine, se contentant d'y ajouter une paire de rangers. Pour avoir les pieds au sec. Malin… Ce respect de la tenue montre une fierté pour son corps d'armée. John n'a que faire de la police. Sans aucun doute, Mouton est moralement plus respectable que lui. Il a dû rêver, petit, de secourir la veuve et l'orphelin. John s'intéresse plus à la veuve, qu'il met toujours un point d'honneur à réconforter. Cependant, malgré son respect pour l'uniforme, Mouton se contente de commander une petite brigade territoriale au nord de la Loire. Rien de glorieux en fin de carrière. Les convictions et les valeurs ne font pas tout. On a beau aimer son bleu de travail, il faut un minimum de talent dans son métier.

John en a. À bien y réfléchir, le commissaire se prend à sourire en songeant qu'un mix des deux ferait un soldat diablement efficace ! Mouton n'apprécie pas l'intrusion d'un étranger sur son territoire, et John le comprend. Il n'aurait pas aimé non plus. Mais le commissaire Cheval n'est pas enclin à collaborer quand il manque de sommeil et qu'il a le ventre vide et les pieds mouillés. Et puis cette femme est restée dans l'herbe trop longtemps à son goût pour ne pas y voir une forme de malice de la part du gros.

— Je vais déjà vous dire qui c'est. Je vous fiche mon billet qu'il s'agit d'Alice Pouffe, la femme du docteur Saleçon. Les deux ne portent pas le même nom. Son mari côtoie les fous d'un peu trop près, et il a toujours préféré que sa femme garde son nom de jeune fille pour se protéger. Certains murmurent qu'elle n'a pas trop protesté. Le charme du nom du docteur ne tient que sur une cédille. Pour ce que j'ai appris ici, je vais répondre à votre question Adjudant. J'ai appris deux choses essentielles. La première, c'est que mon instinct ne me trompe jamais. La seconde, c'est que votre choix de mettre des rangers est diablement malin. Je suis gelé ! Plus sérieusement, dit John en regardant la mine dépitée du gendarme, je vous en dirai plus dans l'après-midi quand je passerai à votre brigade. D'ici là, faites évacuer le corps dans un endroit digne, et faites procéder à l'autopsie et aux relevés ADN. Pour l'instant, j'ai besoin de sommeil pour me remettre les idées claires. Gamin ! Un endroit pour dormir dans le coin ?

— Je m'appelle Antoine, dit le jeune homme. Il y a l'hôtel de la mère Dubois dans le centre. Ce n'est pas tout neuf, mais c'est calme et vous devriez trouver de la place, répond-il en rendant les clés de la BMW au commissaire. De toute façon, c'est le seul ! Vous ne pouvez pas le rater, c'est l'immeuble avec la façade rouge sur la place.

Cheval tape amicalement sur l'épaule du gamin avant de s'éloigner. Le moteur de la vieille Allemande se met à vrombir au démarrage. Quelques secondes plus tard, le commissaire s'engage de nouveau dans le chemin forestier qui ramène au village.

— Sacrée voiture, murmure le jeune gendarme.

— Oui, belle caisse Antoine, répond l'adjudant Mouton. Mais sans GPS ! Sinon, il aurait vu que de l'autre côté de l'étang, il y a un accès goudronné.

Antoine sourit en refermant la parka bleue de son uniforme. De toute évidence, son chef et Cheval ne sont pas faits pour s'entendre. L'adjudant jubile à l'idée que le flic marseillais puisse aller s'enliser dans un chemin boueux. Il s'est bien gardé de lui indiquer l'autre accès à l'étang.

— Je pense qu'il faudra le tenir à l'œil, Chef. Je doute qu'il soit aussi coopératif qu'il le laisse entendre.

— Exact, Antoine. C'est toi qui t'y colles. Le commissaire t'a à la bonne. Tiens-moi informé de ses moindres faits et gestes…

Quelques centaines de mètres plus loin, la BMW stationne au croisement du chemin forestier et de la rue. À l'intérieur, Cheval s'est arrêté pour pleurer. D'une main tremblante, il s'allume une cigarette, tandis que tout son corps est secoué de spasmes nerveux. Virginie. Un simple prénom inscrit au marqueur sur le tronc d'une inconnue. Un prénom à l'effet d'un boomerang au retour violent. Là-bas sur le bord de l'étang, une affaire vieille de trois ans vient de ressurgir du passé. Il avait tenté de rester de marbre, mais son corps avait trahi son émoi. Transporté par l'émotion, il avait cru ne pas pouvoir retrouver son souffle après avoir retourné la défunte. Mouton avait dû croire que le commissaire était sensible à la vue du cadavre. Il n'en est rien. Virginie… Il m'a pris Virginie… le message de l'assassin lui était adressé. Aucun doute possible. Condamnée à l'oubli par une mort injuste, elle ressortait de l'obscurité pour demander justice. Et c'est vers lui, son ami d'enfance, qu'elle se tournait. Lui qui avait dû enquêter sur sa mort, alors qu'il n'était encore qu'un commissaire fraîchement promu. Lui qui n'avait jamais cru à son suicide. Lui aussi qui n'avait pas trouvé la moindre piste sérieuse. Putain de karma… Il n'avait pas su l'aider la première fois. Depuis, il l'avait mise en terre sans apporter de réponses à sa famille sur les circonstances de sa mort. Pire, il avait dû se contenter de la théorie officielle. Virginie s'était suicidée en se défenestrant. Inenvisageable pour tous les gens qui l'avaient entourée. John inspire fortement, tentant de reprendre le contrôle sur son corps. À l'aube de ses quarante ans, une chance lui est donnée de reprendre à zéro cette enquête qui lui tenait tant à cœur. Il ne la gâchera pas. Sa main droite repose la bouteille de whisky dans la boîte à gants. La traditionnelle cuite matinale attendra. Peut-être juste une rasade, pour se remettre de ses émotions. Et une clope. Fumer et boire sont les deux seuls moyens qu'il a trouvés pour la rejoindre plus vite.

III

18 décembre 2019
Deux jours avant l'arrivée du commissaire, Paul Bricole

Dans la vieille cave enterrée du corps de ferme, le son du transistor couvre tout juste les gémissements du professeur. L'épaisseur des murs de granit perturbe par intermittence la réception du signal hertzien. Alors que l'émission s'interrompt, la voûte de la cave propage les cris de douleur de l'homme enchaîné contre le mur du fond. Là, affaissé sur le sol, les mains liées, il s'obstine à ne pas lever les yeux vers la caméra installée face à lui sur son trépied, comme pour ne pas croiser le regard de son ravisseur. À pleins poumons, il crie au secours, dans l'espoir d'être entendu. Dans l'atelier attenant à la grange, l'homme observe le professeur sur son écran de contrôle. Il coupe le son sur son moniteur. Il finira bien par s'épuiser. Avec le temps, le silence s'installera. Il le sait bien, lui, que la résignation succède toujours à la colère. Le professeur n'a pas tenu compte de ses appels au secours quand il était allongé sur son lit d'hôpital. À présent, le ballon a changé de camp. Le professeur Saleçon va devoir rendre des comptes. On verra bien qui est le plus fou des deux. En ouvrant le tiroir du vieil établi de bois, il finit par trouver ce qu'il cherche. Il jette un rapide coup d'œil par l'entrebâillement de la porte pour s'assurer que la cour de la ferme est vide, puis sort de la grange. En cet humide matin de décembre, la brume recouvre de son épais manteau la campagne et les champs environnants. La bâtisse tout entière est happée par le voile d'humidité qui flotte dans l'air. Loin de la route et du village, la ferme offre une clandestinité totale. On ne viendra pas le chercher ici. Tenant fermement son outil à la main, il s'engage par la petite porte de bois sur le côté de la maison. Après avoir descendu quelques marches, sa main finit par trouver l'interrupteur. Les néons s'allument les uns après les autres, laissant apparaître un long couloir voûté. Au fond, le corridor s'élargit sur la pièce principale. Au sol, un homme menotté gît sur le sol, bras en croix contre le mur de pierre.

— Bonjour, Professeur. J'espère que vous avez bien dormi. Je viens reprendre notre petite conversation.

— Paul, laisse-moi partir, je t'en supplie, gémit le prisonnier.

Sans dire un mot, son bourreau prend le temps de redresser le pied de la caméra, et de vérifier le niveau de la batterie.

— Ça tourne, Prof ! Tâchez de crever l'écran !

S'approchant de sa victime, Paul se saisit de l'annulaire de sa main gauche, qu'il écarte des autres doigts, tandis que le professeur se débat de toutes ses forces. Sortant de sa poche le sécateur récupéré dans l'établi, il y insère le doigt de son otage, tandis que celui-ci hurle de peur.

— Ils disent que c'est fait pour des branches de cinq à six millimètres de diamètre, mais vous avez de gros doigts, professeur.

— Je… Je t'en supplie Paul, ne fais pas ça.

Cette supplication est une tentative désespérée. Le visage marqué par l'effroi, les pupilles dilatées fixant son doigt pris dans l'étau des deux lames rouillées, le prof joue sa dernière carte. Face à lui, son bourreau passe sa main libre dans sa longue barbe, comme s'il hésitait encore. Mais son regard noir et déterminé ne laisse guère de place au doute.

— Pourquoi devrais-je faire preuve de pitié ? Vous m'avez lentement déconstruit, morceau par morceau. Vous n'avez pas touché à mon corps, mais vous avez patiemment détruit ma tête et mon âme pour servir vos intérêts. Regardez-moi dans les yeux ! Je n'ai pas votre science ni votre vice. Pour vous rendre la monnaie de votre pièce, je fais avec mes armes. Il serait présomptueux de croire que la perte de votre doigt est plus douloureuse que tout ce que vous m'avez ôté. Je vais vous l'enlever, et je veux que vous le sachiez. Ce n'est que le premier morceau. Je vais vous détruire méthodiquement. Un mauvais karma nous relie. Savez-vous ce qu'est le karma ? C'est une sorte de tout, l'ensemble des causes et conséquences liées à notre existence et à nos actes. Chacun son rôle voyez-vous. Vous êtes la cause de mes malheurs, je suis la conséquence de vos actes. Il est probable que cela sera douloureux et pas très beau à voir. Et je ne suis pas très bon jardinier. J'espère ne pas me rater. Vous n'êtes pas obligé de regarder !

Paul n'attend pas que le prof tourne la tête. Refermant le sécateur de sa main droite, il fait se briser la phalange dans un craquement sec. L'effet de surprise est total. D'abord parce que le sang ne vient pas immédiatement. La peau, sous l'effet de la poussée des deux lames, s'est fripée au contact du métal. Les chairs contenues forment un garrot naturel. Ensuite parce que le professeur ne crie pas. Il faut que Paul rouvre le sécateur pour que le doigt bascule, libérant avec lui l'effroyable douleur de l'amputation, et projetant un jet irrégulier de sang sur le sol. À ce moment-là, Paul sait que le professeur a mal. Le cri qui traverse la cave vient rouler sous l'épaisse voûte, semblant se répéter sans fin. Paul sourit, tandis que les spasmes de la douleur secouent le corps de la victime. Il finit de couper l'annulaire qui pend encore à un lambeau de chair.

— J'ai beaucoup crié moi aussi, Prof, mais ça n'a rien soulagé. Je vous avais dit que vous aviez de gros doigts. J'ai dû m'y prendre à deux fois.

Le bourreau ramasse le membre sectionné pour le mettre dans une petite boîte en plastique. L'alliance en or, restée sur le membre sectionné, se recouvre déjà de la couleur de l'hémoglobine. De la main de sa victime, ligotée à un anneau métallique au mur, s'écoule un flot de sang rouge et épais, dont l'odeur imprègne désormais la pièce. Une odeur âcre, sentant le fer. Paul prend calmement place sur un tabouret, essuyant ses mains maculées dans un vieux chiffon.

— Savez-vous que le sang a cette odeur en raison du fer qu'il contient ? Votre femme sentait un peu plus fort, mais je suppose que c'est lié à l'importante quantité qu'elle a perdue. Il y a tout ce qu'il faut dans la boîte derrière moi pour qu'un médecin compétent comme vous soigne cette blessure. Mais vous devez la mériter. Je vais vous reposer ma question d'hier soir, et vous allez me répondre sans détour. En fixant bien l'objectif ! Si cette réponse me convient, je vous libérerai de vos chaînes le temps que vous puissiez stopper l'hémorragie. Alors, Prof ? Que savez-vous de ma rupture avec Virginie ? Quelle est votre part de responsabilité ? Ne me faites pas encore perdre mon temps, où je couperai des morceaux plus gênants.

Tandis qu'il s'installe pour assister au spectacle, l'homme glisse dans sa poche l'alliance du prof.

☒ Lui voler son mariage.

IV

20 décembre 2019
John Cheval, les fesses de la mère Dubois, et le colis sur le lit

— Il y a quelqu'un ? John attend devant la petite banque d'accueil de l'hôtel de La Mésange, l'établissement de la mère Dubois, que lui avait indiqué le jeune gendarme. Il n'avait pas menti. Avec sa façade rouge criard et sa terrasse débordant sous les marronniers de la place du village, on ne pouvait pas le rater. Dehors, quelques anciens bravent le froid de ce milieu de matinée, profitant des premiers rayons du soleil pour boire un petit blanc en terrasse tout en fumant. À l'intérieur en revanche, il n'y a pas foule. Et John a toujours les pieds mouillés. Il meurt d'impatience de prendre une douche chaude et de se reposer un peu. Il frappe la cloche sur le guichet, pour signaler à nouveau sa présence.

— Voilà, j'arrive ! répond une femme depuis la pièce du fond. Faut pas être pressé comme ça mon petit monsieur, à la campagne on prend le temps de vivre.

Cheval voit arriver dans la lumière une superbe jeune femme. Avant de se présenter face à lui, elle prend la peine de retirer son tablier de ménage, laissant apparaître une ligne élancée aux belles proportions. D'un mouvement de tête, elle libère du bandeau qui les contenait ses cheveux aux reflets roux. Il semble à Cheval que le soleil vient d'entrer dans la pièce. S'approchant enfin de l'accueil, consciente de son petit effet, la jeune femme finit de l'achever d'un regard puissant.

— Bonjour, monsieur, soyez le bienvenu.

— Vous… Vous êtes celle qu'on appelle la mère Dubois ?

— Les gens du village ont parfois des expressions bien à eux, mais je suis effectivement la gérante. Vous cherchez une chambre ?

— Je m'attendais à trouver une grand-mère avec de la barbe, sourit John. Oui, il me faut une chambre, durée indéterminée. Je suis là pour mon travail.

— Je sais, Commissaire. Les gens d'ici parlent beaucoup. Suivez-moi, je vous conduis. C'est en haut de l'escalier. L'hôtel n'est pas tout neuf, mais il a été rénové l'année dernière. Mon mari est malheureusement décédé avant de pouvoir s'occuper de la façade.

Maligne la nana, songe Cheval tout en matant la paire de fesses qui le devance dans l'escalier. En moins de deux minutes, elle me fait savoir qu'elle sait qui je suis, qu'elle n'est pas responsable de cette couleur dégueulasse et, surtout, elle me glisse qu'elle est veuve. Et ce jean lui va vraiment très bien… Quand on a un cul pareil, on le sait. Je ne crois pas qu'elle m'ait précédé dans l'escalier par hasard.

— C'est ici, Commissaire, chambre 22.

— Appelez-moi John.

— Comme vous voudrez, Commissaire. Cette chambre n'est pas la plus lumineuse, elle donne sur la cour. Mais votre adjoint est passé hier soir, et il a insisté pour que vous ayez la 22. Il a déjà déposé un colis pour vous. Je vous laisse vous installer tranquillement.

— Merci, madame. Comment dois-je vous appeler ? La mère Dubois doit bien avoir un prénom ?

— Sophie, appelez-moi Sophie, sourit-elle avant de redescendre l'escalier.

John attend que la jeune femme disparaisse de son champ de vision pour porter la main à son arme sous son blouson de cuir. Lorsqu'elle a passé l'angle pour faire disparaître son joli cul de sa vue, il sort discrètement son Sig Sauer, qu'il pointe en direction de la porte. John sait qu'il n'a pas d'adjoint sur place. Celui qui a choisi cette chambre pour lui n'est de toute évidence pas bien intentionné, et le flic ignore s'il est encore là. La clé tourne sans difficulté dans la serrure. D'un geste vif, il fait s'ouvrir la porte, tandis que sa main gauche frappe l'interrupteur. La lampe du plafonnier vient éclairer la petite pièce d'une lumière jaune, faisant apparaître un mobilier sobre. Devant lui s'étale tout le confort impersonnel d'une chambre d'hôtel. Le lit deux places occupe quasiment tout l'espace au centre de la pièce, tandis qu'une porte coulissante laisse apercevoir une petite salle de bain. John sait au premier regard que la chambre est vide. Au milieu du lit trône une petite boîte en carton sur laquelle on a scotché une page blanche. Le commissaire rengaine sa pétoire. Si on a pris la peine de lui laisser un message, ça n'est pas pour se trouver sur les lieux à son arrivée. Il referme la porte derrière lui. Sa main gauche cherche en vain une paire de gants latex dans la poche de son blouson. La dernière paire a servi au bord de l'étang. Tant pis pour les empreintes. Précautionneusement, il ôte le morceau de scotch qui retient la feuille de papier sur le couvercle de la boîte. Les quelques lignes griffonnées laissent entrevoir une écriture tremblante.

« Bonjour, John. Te souviens-tu de la chambre 22 ? Tu en as consacré du temps près de moi, à chercher des réponses, à hurler ta colère. Je ne compte plus les heures que tu as passées à m'interroger, ne me laissant même pas le temps de reprendre mon souffle après sa mort. Tu aurais tant voulu que je sois le responsable... Ça n'aurait pas ramené Virginie, mais cela aurait justifié la haine que tu me vouais pour te l'avoir prise six ans plus tôt. Tu voulais tellement qu'elle se soit jetée dans le vide à cause de moi. Moi qu'elle avait choisi d'aimer à ta place. J'aurais été le coupable parfait à tes yeux. Toute ta colère, toutes nos larmes dans cette chambre 22, tous ces cris de douleur que nous avons poussés, pour n'aboutir à rien... Suicide... Un mot qui sonne comme une injustice. Affaire classée, et Virginie qu'on met en terre sans qu'on ait de réponses... Toi qui reprends ta petite vie de flic célibataire minable, et moi qui reste enchaîné dans ma camisole, avec ma douleur et mes larmes comme seule compagnie. Tu m'as pris pour un fou quand je t'ai dit que Virginie ne s'était pas suicidée. Je t'ai hurlé que je l'aurais su, senti au plus profond de moi. Tandis que je te parlais du lien sacré qui m'unissait à elle, tu m'as jeté ce regard de pitié, comme le soldat qui contemple son ennemi vaincu et mourant, et qui sait pourtant qu'il ne triomphe pas pour autant. Non, il y a six ans nous avons perdu tous les deux. Perdu d'abord la femme que nous aimions – parce que je sais que tu l'aimais toujours – et perdu aussi le droit à la vérité, mais cette fois, le fou n'est pas chambre 22, sanglé à un lit d'hôpital. Cette fois, nous serons deux pour finir cette enquête. Le fou va te mâcher le travail, monsieur le commissaire... Prends le temps de regarder cette petite vidéo. Elle a un caractère plus distrayant qu'informatif, mais la fin devrait te plaire. Je me garde le privilège de t'en dire plus en temps voulu. Jouons ensemble, ou l'un contre l'autre si ta haine à mon égard t'étouffe encore. C'est à toi de voir. Bonne chasse.

P.S : J'ai pu t'observer ce matin au bord de l'étang. Je sais que tu as trouvé ma première prise et le message qui t'était destiné. Je sais que tu me hais, mais par respect pour ce que tu as ressenti pour elle, je ne voulais pas te laisser en dehors de tout ça. »

Paul… La lettre n'est pas signée, mais John sait que c'est lui. Il l'a laissé il y a deux ans dans un asile psychiatrique lyonnais. Chambre 22… Si son internement était un alibi indéniable, il n'en restait pas moins selon John le principal fautif dans la mort de Virginie. Oh, bien sûr, il ne l'avait pas poussée par la fenêtre. Mais il l'avait tant fait souffrir que, John en était convaincu, si elle s'était vraiment suicidée, ce ne pouvait être qu'à cause de lui. Dire qu'il l'aimait tant. Lui l'aurait traitée comme une princesse, tandis que Paul en avait fait sa serpillière, un misérable passe-temps. À cette époque, John était un gentil. Et les femmes ne sortent qu'avec les connards. Le gentil est toujours cantonné au rôle de meilleur ami, de confident. Virginie pleurait sur l'épaule de John, mais couchait avec Paul. C'est une des lois immuables de l'humanité. Les femmes rêvent du prince charmant, mais ne sont attirées que par les bad boys. Il l'avait vue partir un matin sans la retenir, parce qu'elle s'excusait d'aller vers un bonheur dont elle était convaincue. Il avait attendu qu'elle passe la porte pour pleurer, pour ne pas l'entraver dans ses choix. Et Paul avait fini par la pousser vers la mort.

En reposant la lettre sur le lit, Cheval sort du carton le boîtier plastique du DVD. En se tournant vers le meuble TV de la chambre, il n'est pas surpris de voir le lecteur, dont la trappe ouverte attend qu'il y dépose la précieuse galette.

— OK, Paul, voyons ce que tu as à me dire.

V

18 décembre 2019
Paul joue avec des objets tranchants dans une cave

— Alors, Prof ? Que savez-vous de ma rupture avec Virginie ? Quelle est votre part de responsabilité ? Ne me faites pas encore perdre mon temps, où je couperai des morceaux plus gênants. Soyez coopératif, c'est pour la télé.

Affalé sur le sol de cailloux de la cave, François Saleçon lutte de toutes ses forces pour ne pas perdre connaissance. Il ne sait pas depuis combien de jours il est là, les bras en croix, enchaînés à ces anneaux à bestiaux. Dans cette cave sans fenêtres ni puits pour la lumière du jour, la notion même de temps s'efface. Alors pour se faire une idée, Prof compte les repas. Trois par jour vraisemblablement. Trois instants brefs où Paul allonge sa chaîne après lui avoir déposé une gamelle à même le sol. Pas assez pour qu'il se serve de ses mains, mais suffisamment pour qu'il puisse se pencher pour laper tel un animal. Au début, Prof s'y refusait. Mais il ne veut pas faire à Paul le plaisir de mourir de faim. Tant qu'il lui reste un infime espoir de s'en sortir vivant, il fera le nécessaire pour conserver des forces et son esprit. Car sa force, justement, c'est son esprit. En cela, il sait qu'il est supérieur à Paul. Non, il ne se laissera pas briser par son bourreau. Il en était convaincu il y a encore une minute. Ni les marques d'urine souillant son pantalon ni l'odeur de ses excréments, sur lesquels il s'asseyait toute la journée, ne le détruiraient. Lui, l'homme public et respectable, au charisme légendaire, survivrait à cet affront. Paul était un bluffeur, un faible. Il finirait par triompher de lui. Il n'avait pas le moindre doute il y a peu. Puis le sécateur avait fait avancer sa réflexion. En deux fois… La faute à un doigt trop gros pour un outil de jardin prévu pour des petites branches. Pour la première fois, Prof Saleçon craque. Il ne sait pas s'il pleure de douleur ou de fatigue nerveuse. Mais les larmes viennent, accompagnées de spasmes. Si la tête se croit forte, elle ne peut rien contre la douleur physique du corps. Le professeur souffre des deux. Sa main crache du sang et envoie des flammes à son cerveau, tandis que sa tête se met à douter de sa supériorité pour la première fois. Paul vient de franchir la ligne rouge qui marque sa détermination. Il ne bluffe pas, et désormais Prof réalise qu'une partie « à la vie à la mort » a commencé. Il n'ose pas tourner la tête vers sa main droite mutilée, dont s'écoule son sang par jaillissements réguliers. Quel coup de maître ! Froid, déterminé et bestial, Paul a frappé un grand coup. Le psy est bien obligé de reconnaître que Paul mène au score. Et là, juste devant lui, une trousse à pharmacie avec tout ce qu'il faut pour stopper l'hémorragie… François Saleçon comprend qu'il est urgent de gagner du temps. Sa vie en dépend. Son caméraman n'était pas le faible qu'il avait supposé. Face à lui, une bête déterminée le toise.

— Si je te dis ce que je sais, tu me libéreras ? Que je puisse retrouver ma femme et mes enfants ?

— Je te laisserai te soigner. Tu te vides comme un porc. Et tu sais que moi et les animaux…

Une nouvelle giclée de sang, provoquée par un pouls haletant, arrache un hurlement de douleur au prof. La douleur finit de le convaincre. Il va passer à table. En dire un peu, juste le minimum, pour calmer la bête, obtenir un répit salvateur.

— OK, Paul, je vais te dire ce que je sais de votre rupture, tout au moins ce qu'elle m'en a dit.

Son bourreau lui fait signe de la main, l'intimant de se taire. Il démarre le caméscope posé sur le trépied, prend le temps d'ajuster le cadrage et la luminosité. C'est un perfectionniste. Ce film doit être son chef-d'œuvre. Quand il juge que la technique est au point, il s'installe sur le tabouret, face à sa victime. Le temps de se cramer une petite cigarette, tout en contemplant son œuvre. Il a belle allure, le Prof ! Son froc souillé, sa main, de laquelle jaillit un geyser de sang, vont apporter la dimension dramatique dont son œuvre manque. C'est qui l'animal maintenant ? Paul est content. Tout ce travail va enfin payer. Le monde entier va bientôt savoir. De là-haut, Virginie obtiendra justice. Cette justice que l'enquête lui a refusée. Quand celle des hommes et leurs tribunaux vous abandonnent, il reste la force brutale, l'absolue terreur. Dans une salle d'audience, on peut mentir, se payer le meilleur des avocats, et tromper son monde. Au fond d'une cave voûtée, pas de baveux en robe noire pour lever la séance. Rien que Paul, son suspect, et un sécateur. Ici, on recherche la vérité. Et le sang reste le meilleur des interrogatoires. À bien y réfléchir, Paul en est convaincu, la société ferait parfois des économies si elle suivait son modèle !

— Oui, parle-moi de ce 8 juillet 2013, mais choisis bien chaque mot. C'est un sujet qui me donne des envies de jardiner…

VI

8 juillet 2013, Marseille
Virginie et Paul, la tentation du vide

Si quelqu'un avait poussé la porte de la salle de pause pour demander l'heure à Virginie, elle aurait bien été incapable de répondre. Quand on enchaîne les gardes, on prend vite l'habitude de retirer sa montre, pour éviter ce triste réflexe que la fatigue vous impose, et qui consiste à détester ces aiguilles qui se refusent à tourner plus vite. La blouse blanche, les Crocs au pied, c'est rapidement comme une deuxième peau, qui vous rappelle que dormir n'est pas une option. Alors, à quoi bon guetter l'heure de rentrer chez soi, puisque le travail doit se faire ? Seule, souvent. En sous-effectif, tout le temps. Tout en versant son café dans le mug ébréché, Virginie peut voir les spasmes de sa main. Le voilà, ce premier signe de l'avancement de la journée. Tu trembles, ma fille, se dit-elle. Tes nerfs te lâchent. Il doit être environ 21 heures ! Un rapide regard vers la grande baie vitrée, et Virginie voit le soleil se coucher sur Marseille. Les derniers rayons disparaissent derrière Notre-Dame de la Garde. Le soleil, son unique montre. Elle avait pris sa garde un peu plus tôt, mais déjà le stress de ces premières heures passées auprès des malades se faisait sentir. Désormais, la nuit avait cet avantage de plonger le temps qui passe dans un grand suspense drapé de noir. Au petit jour, elle quitterait ces horribles sandales en plastique dans lesquelles ses pieds glissaient sur la transpiration de la journée. Évidemment, ils auraient pu mettre la climatisation en marche, s'il y en avait une. Son corps, elle ne le maîtrisait déjà plus depuis la fin d'après-midi. Les kilomètres incessants dans les couloirs pour passer d'une chambre à l'autre, il y a longtemps qu'elle ne les comptait plus. Sa montre, équipée d'un podomètre, aurait pu le faire pour elle. Mais à quoi bon la porter, si c'est pour rajouter de la déprime à ce foutu temps qui se refuse à accélérer ?

Virginie, elle ne s'entraîne pas pour le Marseille-Cassis ! Elle bosse !

Vingt minutes. C'est le temps dont elle dispose officiellement pour s'accorder une pause. Elle jette un œil au vieux divan rouge. Elle hésite. Si elle choisit de s'asseoir, Virginie n'est pas sûre de pouvoir se relever. Ses jambes supplient, réclament une trêve. Mais la jeune infirmière lutte encore un peu. Elle jette un œil au planning. Deux absentes cette semaine. Toujours les mêmes qui tirent au flanc, avait marmonné Nicole, la DRH, ce matin à la prise de poste. Elle lui aurait bien craché son mépris à la figure, mais à quoi bon ? Nicole avait lutté toute sa vie pour quitter l'enfer du service pédiatrique, pour accéder à la fonction suprême de cheffe. Des études reprises sur le tard, et jusqu'à sacrifier son mariage pour s'élever dans la hiérarchie hospitalière. Elle était désormais la DRH, plus la Nicole aux pieds calleux et aux genoux fatigués. Elle savait mieux que personne ce qu'était le travail. Elle n'en pensait sans doute pas un mot, mais la direction de l'hôpital la payait pour dire ce genre de choses. Un travail de journée, derrière un bureau. Avec les pieds dans de vraies chaussures, le temps d'aller chez le coiffeur, et une vie de famille le soir. Nul doute que Nicole n'avait pas oublié ce qu'était le métier d'infirmière. Mais elle ne voulait pas y revenir, et faisait ce qu'il fallait. L'obsession des chiffres et des statistiques avait remplacé l'humain, seule priorité de ses anciennes collègues. Ce matin, Virginie voulut hurler sur sa cheffe. Lui dire qu'elle pouvait garder ses petites réflexions minables sur les collègues. Hurler que sur les deux absentes, une enterrait son papa. Hurler que l'autre était en dépression, faute de n'avoir été entendue lorsqu'elle criait au surmenage. Virginie n'a rien dit. À quoi bon ? Virginie est en colère contre sa hiérarchie.

Le sofa finit par gagner. Un court instant, la jeune femme ferme les yeux. Délicieuse sensation que de sentir son corps flotter, porté par les coussins, tandis que ses jambes pendent dans le vide sans contrainte. Vingt minutes pour faire le point. Pas une de plus, ma fille. Ce soir, Paul dormira encore seul. Nul doute qu'en rentrant demain, il sera d'une humeur exécrable. Comment lui en vouloir ? Virginie aussi souffre du manque, mais elle peut s'abrutir l'esprit sous la charge de travail. Paul, lui, est un humain. Le soir, comme toute personne normale, il est à la maison. Seul devant la télé, il a du temps pour maudire Virginie autant qu'il l'aime. Lorsqu'ils se croiseront demain matin, avant qu'il ne se rende au bureau, Paul lui adressera un bonjour glacial, comme tous les matins. De ces bonjours qui veulent dire « j'ai encore dormi seul ». Virginie, épuisée, les nerfs à vif, tentera de se défendre. La dispute qui suivra ne durera guère plus de cinq minutes. Les deux amants finiront par faire l'amour dans le salon, dans l'odeur du café chaud que Paul ne boira jamais. Faire l'amour n'est pas le mot exact. Ce corps épuisé qui ne demande qu'à aller se coucher, elle l'offrira à son homme comme tous les matins. Sans passion, sans envie, anesthésiée de fatigue. Ce corps traumatisé, Virginie le donnera sans retenue, dans une farce d'amour rassurante, pour obtenir au-delà de ses ultimes ressources physiques un sursis pour son couple. Un pansement de plus dans une longue journée. Ses seins, ses reins, seront les messagers d'une promesse. Un jour, mon homme, nous aurons du temps pour nous deux. Il y a longtemps qu'elle ne l'aime plus. Dans une vie emplie de sang et de mort, Virginie ne trouve plus la force d'avoir des sentiments. Mais elle se donnera quand même. Et dans l'extase de l'orgasme, Paul se sentira fort et dominant. Tout en remontant son pantalon, il quittera l'appartement apaisé, persuadé que Virginie a reçu le message. Va jouer les cow-boys, mon cœur, maintenant que ta virilité est au top, se dira-t-elle. Et n'oublie pas ton arme de service. Moi, je vais dormir. Dernier avertissement, chérie, se dira-t-il. Elle en est convaincue, son ami François, le chef du service psychiatrique, a raison quand il affirme que Paul est un con ! Il l'aime pour son joli minois et son irrésistible cul, mais il ne sait rien de ce qu'elle ressent et ce à quoi elle aspire. Paul aime sa plastique, le corps de Virginie est un objet de désir. François, dont c'est le métier d'analyser les comportements humains, ne cesse de le lui répéter. Paul est un primate, il ne ressent rien d'autre pour elle que l'irrépressible envie de s'accoupler. Selon le psychiatre, c'est propre à la superbe plastique de Virginie, qui renvoie Paul à ses instincts les plus primaires. Il est fier de s'afficher avec elle, fier de pénétrer une si belle femme, mais n'éprouve pas l'envie de chercher à la connaître ou de percer les secrets de sa sensibilité et de son âme. Il la renvoie à sa condition d'objet. Virginie écoute toujours les conseils avisés de François. Son charisme et ses talents professionnels sont reconnus partout en Europe. Ça l'ennuie parfois que son ami soit si dur avec Paul. Peut-être que Paul est un con, mais il est la seule chose stable dont elle dispose. Le reste de sa vie n'est que sang, endorphine et sueur. Elle voudrait qu'il la comprenne, qu'il la respecte jusque dans ses fatigues. Qu'il sache que « je suis morte laisse-moi dormir » veut dire non. Mais Paul est un primate. Beau, fort, mais resté au stade du mammifère. On ne demande pas à Cro-Magnon d'être en osmose avec qui que ce soit. Il a tellement changé ces derniers temps. Lui qui n'était au début que douceur et attention, s'est changé en prototype du mâle égoïste et dominant, à la limite de la violence. Elle a d'abord voulu lui trouver toutes les excuses possibles, à son homme. C'est vrai qu'il exerce un métier à risques, et qu'il est exposé au danger toute la journée. Son stress, il faut bien qu'il l'évacue. Elle a longtemps voulu se convaincre qu'il était juste maladroit et qu'il traversait un passage à vide. Mais jamais Paul n'était redevenu cet homme attentionné et attentif à ses besoins. C'est comme si soudain, à l'approche de la quarantaine, elle avait eu l'impression de vivre avec un autre homme, sans même s'apercevoir du changement. Un jour, elle le quittera. François a raison. Avant qu'il ne lui réclame des enfants, son assiette remplie quand il rentre, et son journal bien plié sur la table. Virginie n'est pas cette sorte de femme. Virginie est infirmière. Une race à part. Virginie est en colère contre l'égoïsme de Paul. Elle est en colère contre elle-même, qui n'a pas la force de tout remettre en question, par fatigue.

Vingt minutes de pause, pas une de plus. Inutile de les gâcher à envisager les problèmes à venir. Elle porte le mug de café désormais froid à sa bouche. Sa main tremble toujours autant. Sous ses ongles qui n'ont pas vu de manucure depuis longtemps, elle distingue un cheveu. Blond, fin, enfantin. Elle pourrait sourire en se souvenant que cette main-là avait passé la soirée dans la chevelure fine et douce de la petite Lucie. Quand on est usé, les enfants sont souvent le dernier lien qui nous rattache à la gaieté.

Lucie était morte à vingt heures. Après des mois d'une lutte courageuse contre son cancer, la petite s'était éteinte, deux jours après que les médecins ont renoncé à l'acharnement thérapeutique. Non, aujourd'hui, Lucie, dont le sourire radieux et les grands yeux avaient illuminé le service oncologie pendant deux ans, ne faisait plus rire personne. Quand on l'avait transférée en réanimation pédiatrique, elle n'était déjà plus que l'ultime lueur de sa petite vie. Virginie avait tenu contre elle le petit corps frêle de la fillette de trois ans. La pose du dernier goutte-à-goutte, l'oreiller qu'on remonte sous la tête, autant de gestes du quotidien, pour banaliser l'inacceptable. Autant de leurres qui ne servent à rien, et n'enlèvent rien à la douleur. Virginie peut se blinder, la mort d'un enfant dans ses bras fait exploser la carapace, fend l'armure et vous pénètre le cœur comme une lame. Cette main qu'elle a passée doucement dans les cheveux de la fillette, c'est l'ultime sursaut d'humanité d'une femme qui refuse ce qui n'est pas dans l'ordre naturel des choses. S'ensuit toujours le même rituel. D'abord le drap blanc qu'on remonte sur le petit corps, puis la distance qu'on prend pour laisser de la place à la famille, qui détient officiellement le monopole du chagrin. Dans ces moments-là, Virginie s'isole dans les toilettes du service, vomit un peu et pleure beaucoup. La tête sur la cuvette, elle repense à ses années d'école d'infirmière. À ce temps passé à apprendre patiemment la pose d'un cathéter, le bandage d'une plaie. Et tout ce vide sidéral sur la gestion des émotions. Le non-apprentissage du contact avec la mort, qui n'est que la face injuste de la vie. Vient alors le premier stage, le premier contact avec le patient, et donc avec la faucheuse. À l'hôpital, cette dernière rôde partout. Chaque patient est une proie possible. Virginie n'a pas été formée pour ça, ni aucune de ses collègues. Bien sûr, elle a reçu tout un enseignement théorique. Mais la mort d'une fillette ne se gère pas avec un manuel. Ça se gère avec les tripes et la bile qui vous brûle la gorge. Certaines abandonnent, d'autres restent. Mais jamais on ne s'habitue vraiment. Ce soir, le ventre vide, la gorge incendiée par l'acidité de son vomi, Virginie est étendue sur le canapé du personnel. Elle tourne et retourne entre ses doigts ce fin cheveu d'enfant, et ne peut s'empêcher de pleurer. Lucie avait trois ans et la vie devant elle. Elle est morte au service réanimation de l'hôpital de La Timone, comme tant d'autres le jour même dans les étages. Comme un numéro, dans l'indifférence la plus totale. Virginie est en colère contre la vie.

Tout le monde devrait pleurer, se dit-elle. Les larmes, c'est la dernière chose qui nous rattache à l'humanité. L'indifférence n'est pas une option, et le silence et les non-dits sont autant de couteaux plantés dans la douleur pour l'éternité. Comment font ceux qui disent ne rien ressentir ? De quoi est fait leur blindage ? Virginie est une femme, pas un soldat. Son corps est programmé pour porter la vie. Elle est infirmière, pas guerrière. Son cœur est au service des autres et à l'écoute de leurs souffrances. Elle ne pleure pas pour un cheveu, elle pleure pour toutes les Lucie qu'elle a perdues cette année. Virginie est en colère contre la mort.

Encore dix minutes de pause. Pas besoin de montre pour le savoir, la banalité de ce quotidien a rendu son cerveau aussi infaillible qu'une horloge. La jeune femme se lève, comme pour signifier à ses jambes « préparez-vous, on va y retourner ». Elle a sans doute somnolé un peu, car elle se sent vaseuse. Elle cherche du regard un endroit où déposer le cheveu. La poubelle n'est pas une option. Ce serait tuer Lucie une seconde fois.

Ouvrant la baie vitrée, elle propulse le petit fragment de princesse dans les airs.

— Tu vois, Lucie, te voilà hors de l'hôpital.

Bien sûr, la fenêtre ne se referme pas ! Pour un peu, la poignée lui resterait dans la main. De toute façon, rien ne tient debout dans ce bâtiment. Les murs délabrés, les courants d'air, l'odeur d'urine et les cafards qui passent de chambre en chambre sont le quotidien des patients comme des soignants. Alors une poignée cassée de plus… Virginie ironise. Elle est belle la France ! Ça vante les mérites de son système social à chaque élection, mais la vérité c'est qu'ici, à Marseille comme ailleurs, on manque de tout. L'hôpital pour enfants n'est pour Virginie qu'un grand couloir de béton dont les murs sentent la pisse, dans lequel on tente de guérir les plus fragiles avec les moyens du bord. Rien qu'en réanimation, il faut se battre pour que chaque enfant ait une couverture par-dessus le drap médical la nuit. Il faudra encore des décennies pour que le cancer ne tue plus les petites Lucie. Mais pour que le froid ne lui facilite pas le travail, il suffit d'injecter de l'argent ! Virginie est en colère contre le système et ses gestionnaires.

Plus que cinq minutes de pause. Le mistral s'engouffre dans ses cheveux tandis qu'elle bataille avec la poignée de la baie vitrée. Comme il est doux, ce vent qui vient caresser sa peau. Comme il est chaud, cet air méditerranéen qui lui soulève ses longs cheveux blonds, aérant sa nuque et réveillant son crâne. De toutes les chansons, l'air du vent a toujours été sa préférée. Comme il serait facile, après tant d'horreurs, de céder à l'appel du vide.

L'ivresse de la chute, puis le néant. Du deuxième étage, l'impact avec le sol serait trop brutal pour être douloureux. Virginie se dit qu'en plongeant, elle s'émanciperait de sa colère. Toute sa colère.

Je suis morte, Paul, laisse-moi dormir. Désormais, tu ne disposes plus de mon corps. Ce serait si facile de te quitter comme ça, en économisant les explications et tes tirades larmoyantes. Quant à la DRH, il faudra bien qu'elle ouvre le débat du surmenage dans les services. La mort devra entendre que Virginie n'était pas prête à lâcher la main de Lucie. Les gestionnaires, eux, investiront dans une poignée et des charnières anti défenestration. Beau geste ! Pourvu que ça ne soit pas aux dépens du budget couverture pour les minots !

— Tu vas être en retard chez toi !

Sylvie, sa collègue de service, fait une entrée fracassante dans la salle de pause. En tenue civile, elle tient la main de la petite Najouah, que les médecins soignent pour une leucémie. Virginie les regarde bouche bée. Elle ignore ce qui vient de se passer. Là, face à la fenêtre, seule avec son trop-plein de colère et son chagrin, allait-elle réellement commettre l'irréparable ? Peut-on sauter dans le vide par fatigue ?

— Comment ça, chez moi ? Quelle heure est-il ? Je… Je n'ai pas de montre.

— Il est 8h00 ma jolie, ta garde est finie.

Stupéfaite, Virginie se tourne alors vers la fenêtre. Non, le soleil ne se couche pas sur Marseille, il se lève. Depuis l'est, ses rayons éclairent peu à peu la cité phocéenne. Elle ne s'est pas assoupie cinq minutes. Assommée par la fatigue, rongée par sa colère, elle a dormi toute la nuit sur le sofa de la salle de pause. Ce cheveu qu'elle vient d'offrir au vent, c'est la petite Lucie qui a veillé sur elle toute la nuit. Un prêté pour un rendu, se dit-elle.

— J'emmène Najouah et les autres enfants du service prendre l'air en bord de mer, lui dit Sylvie. Tu te joins à nous ?

Virginie observa le regard joyeux de la petite fille. Najouah était ici pour soigner son cancer. Si la chimiothérapie avait triomphé de sa jolie chevelure, la maladie n'avait pas pu atteindre sa joie de vivre. Sous le bandeau qui protégeait son petit crâne nu, Najouah irradiait de son sourire. L'idée joyeuse de quitter l'hôpital pour la matinée la transportait. Déjà, la jeune femme pouvait entendre les rires des autres enfants qui se regroupaient dans le couloir, sous la surveillance attentive des adultes. Avec quelques-unes de ses collègues, Virginie s'occupe d'une association qui donne un peu de bon temps aux enfants malades, en leur offrant une bouffée d'oxygène dans leur quotidien médicalisé. Pas grand-chose, une sortie au théâtre, un concert, un petit bowling… etc. De ces petits moments du quotidien qui permettent aux enfants de sortir de la Timone, de voir le jour, de sentir le Mistral sur leur peau. Bref, de se sentir normal.

Najouah prend la main de Virginie, ses petits doigts serrent de toute leur force. La jeune femme croise son regard et se souvient immédiatement de la raison de son engagement. Cette étincelle dans les yeux de la petite, c'est ce qui fait avancer Virginie. Paul devra attendre. Il ne comprend plus rien à ce qui la fait vivre. Paul est devenu un con. Elle ne rentrera pas ce matin, sa vie est là, dans le creux de sa main. Elle a choisi viscéralement d'être au service des autres. Elle est infirmière, bénévole, femme, et en ce jour qui se lève elle sait qu'il faudra désormais l'accepter telle qu'elle est. Lucie n'est pas morte pour rien. Il reste des dizaines de Najouah à sauver. Ces petits doigts d'enfant sont un révélateur. Peu importe les cafards et l'odeur de pisse. Peu importe le manque de reconnaissance de l'administration. Virginie va continuer de donner le meilleur d'elle, sans jamais cesser le combat. Il y aura toujours des colères et des coups de mous. Mais c'est une infirmière, baisser les bras n'est pas une option. Sauter par la fenêtre non plus. Elle va devoir apprendre à canaliser ce trop-plein émotionnel et cette colère qui l'étouffe. Non, elle ne rentrera pas ce matin pour donner dans un ultime effort son corps épuisé, à un homme qu'elle ne reconnaît plus. Ce matin, elle n'a pas besoin de sentir le membre de Paul entre ses cuisses pour se sentir vivante et déconnecter son cerveau des atrocités de la nuit. Sa vie est là, dans le creux de sa main, à demander un peu d'air frais et de chaleur humaine. Elle ne rentrera pas non plus ce soir… Cela, il faudra l'expliquer à Paul. Lui dire qu'elle va continuer de se donner corps et âme, mais à ceux qui en ont besoin. Le comprendra-t-il ? Aucune chance, Paul est un con ! Beau et ténébreux comme au premier jour, mais aussi devenu bestial et égoïste. Si elle veut survivre, il faut déjà qu'elle s'entoure de gens qui l'acceptent pour ce qu'elle est profondément. Aujourd'hui, la mort de Lucie est sans doute celle de trop. Virginie a besoin de se sentir aussi vivante qu'utile, pour ne plus jamais s'imaginer sauter par la fenêtre. Pour cela, il lui faut mettre un coup de pied à sa vie. Pourquoi s'acharner à vouloir à tout prix être normale, avec un mari et un appartement, quand on ne s'épanouit que dans sa vocation ? Il faut que quelqu'un paie pour cette colère qui la ronge, que quelqu'un lui serve d'exutoire. Ce sera Paul. Si elle ne le fait pas aujourd'hui, elle sait que demain elle n'aura plus la force de le quitter. Si elle regagne l'appartement ce matin, qui sait s'il ne va pas encore l'attraper par le bras pour la secouer, comme il y a une semaine. Elle porte encore les traces de ce bleu qui ne veut pas quitter sa peau meurtrie. La petite Lucie ne verra plus jamais la mer, mais Najouah lui serre la main très fortement. Ses yeux d'enfant sont plongés dans les siens, et ils sont porteurs d'un message de courage. Il lui semble à cet instant que la petite lui parle.

— Regarde-moi Virginie, je me bats contre une leucémie et pourtant je souris. Je ne tente pas de sauter par la fenêtre.

Qui rentrerait chez soi retrouver le fantôme de son mari dans un moment pareil ?

— Tu sais, Sylvie, ça va le rendre fou que je vienne avec vous…

Après avoir chargé les enfants dans le minibus devant l'hôpital, la jeune femme échangea quelques minutes avec son ami François, qui traversait le parvis pour attaquer sa journée. Elle ne consacra que quelques minutes à lui faire confidence de sa nuit et de son état d'esprit. Comme toujours, François posa une main rassurante sur son bras, l'assurant qu'elle faisait le bon choix, qu'il admirait son courage. Oui, François la soutiendrait. Le van des enfants était prêt à partir. Tandis qu'elle s'installait à l'avant, elle sortit son smartphone de son sac pour envoyer un bref SMS. Paul le verrait sans doute plus tard. Il ne prend le travail qu'à neuf heures, il doit sans doute encore traîner sous la douche. Elle va le faire maintenant, avant qu'elle n'en ait plus la force.

***

Il avait toujours aimé jouer avec la buée sur le miroir de la salle de bain quand il sortait d'une de ses douches brûlantes matinales. Cette douche qu'on prend tellement chaude parce qu'on a besoin de sentir son corps vivant au réveil, mais sous l'eau de laquelle on reste des heures, la tête appuyée contre la paroi vitrée, somnolant. Vouloir se sentir vivant, mais prolonger désespérément la nuit bien au chaud dans l'élément liquide. C'est sans doute quelque chose de fœtal. Chaque matin, à l'abri dans le liquide comme dans le ventre de sa mère, il revient à la vie. Il faut renaître, couper l'eau et s'exposer à ce froid immédiat qu'offre la nudité. C'est son premier cri à lui.

Alors qu'il s'enroule dans la serviette chaude, il s'applique à laisser ses deux pieds bien au sec sur le minuscule tapis de bain. C'est important d'avoir les pieds au sec ! C'est par là qu'on s'enrhume. La simple idée du contact avec le carrelage froid l'horrifie. La personne qui a inventé ce matériau n'a jamais dû quitter ses chaussures pour prendre sa douche ! Dans la pièce, l'humidité et la moiteur sont bien visibles dans l'air, malgré la puissante VMC.

Il lui faut glisser savamment avec le tapis de bain jusqu'au meuble vasque, dans un piétinement ridicule. Franchement, le propriétaire aurait pu penser la salle de bain différemment ! Face au miroir empli de buée qui ne lui renvoie rien, il s'amuse de sa propre absence. Son corps revigoré par la douche lui rappelle qu'il est bien là, mais l'absence de son reflet semble lui dire « retourne te coucher ». Chaque matin, il fixe cette glace embuée, comme si quelqu'un d'autre que lui pouvait se refléter. Machinalement, il se saisit du sèche-cheveux qu'il oriente face à la glace. Il joue à se faire apparaître tous les matins depuis trente ans, il a donc trop d'expérience pour se faire avoir comme les novices. Un geste de la main sur la vitre laisse des traces et n'est que partiellement efficace. La serviette élimine complètement la condensation, mais laisse des petites peluches. La seule vraie solution pour redécouvrir sa tronche au sortir de la douche, c'est le sèche-cheveux. Tous les puristes vous le diraient. Efficace, sans trace, mais un peu bruyant. Tandis qu'il braque fièrement la glace avec le souffleur, il déclenche la radio, réglée pour couvrir le bruit du moteur électrique, ce qui revient à dire qu'elle hurle. Il est huit heures dix-sept, et Damien Saez chante « Putain, vous m'aurez plus. »

Ami, prends ma lanterne, car j'ai perdu ma flamme, mon amour est parti, elle a jeté mon âme…

Il a toujours aimé Damien et sa poésie. Tandis que sa jolie petite gueule commence à apparaître dans la glace, il se rêve lui aussi en poète écorché vif, hurlant au monde sa mélancolie.

— Ton amour est peut-être parti, Damien, mais le mien ne va pas tarder à rentrer du travail, se dit-il à lui-même. Et avec cette gueule d'ange, ces jolis abdominaux et cette barbe de trois jours, nul doute que la petite infirmière ne lui résistera pas en rentrant. Hier matin, ils se sont encore disputés, et il s'en veut un peu. Il est si maladroit quand il faut parler de ce qu'il ressent ! Il voudrait lui dire qu'elle lui manque, qu'il l'aime si fort que ces nuits sans elle sont des moments difficiles, mais qu'il comprend qu'elle n'a pas le choix. Il l'admire tellement sa Virginie, grand cœur sur tous les fronts, prête à s'engager dans tous les combats pourvu que la cause soit noble. Il a beau faire le dur devant son miroir, son torse musclé n'est qu'un leurre. S'il était possible de revenir au Moyen âge, c'est elle qui serait le preux chevalier, défenseur de la veuve et l'orphelin. Lui ne serait que la princesse qui mendie de l'attention.

Alors quand elle rentre au lever du jour, il se comporte en princesse. Ses frustrations, son manque, il les transforme en colère, qu'il lui jette maladroitement au visage. Alors que lui part au travail, elle rentre du sien, exténuée. Cette petite heure qu'ils partagent ensemble, il devrait la passer à la prendre dans ses bras au lieu de l'accabler. Mais parfois, la testostérone prend le dessus, et il ne contrôle plus rien. Oui, il en est conscient, il a été trop dur avec elle hier matin. Et les autres jours aussi. Il s'est comporté comme un con, il est en colère contre lui-même. Tandis qu'il enfile son pantalon, il décide qu'il lui fera ses excuses. Bien sûr, Virginie ne doit déjà plus lui en vouloir.

Comment le pourrait-elle, alors qu'ils ont fait l'amour passionnément dans la cuisine ? Non, le lien qui les unit est si fort, il ne faut pas qu'il s'inquiète. Ce n'est pas qu'un simple lien du mariage. Paul a toujours considéré ça comme une simple formalité administrative. Non, selon lui, Virginie et lui sont comme des âmes sœurs. C'est décidé, il va tâcher d'être plus gentil et respectueux.

« Que je meure à l'instant si l'envie me reprend.

De remettre ma tête dans la gueule du serpent.

De me laisser encore crucifier le cœur.

Pour un joli sourire au parfum de leur fleur… »

Paul adore cette chanson. Bien sûr, le texte traite d'un homme qui ne veut plus retomber amoureux, et qui dit que les femmes causent sa perte. Mais Damien Saez est parfois un peu trop pessimiste. On dirait qu'il hurle sa haine du sexe féminin, dans une complainte misogyne dissimulée sous de jolis textes. Mais Paul sait qu'il n'en est rien. Derrière les mots, Saez cache sa douleur et sa peur face à l'amour perdu. Il parle de la terreur qui l'habite à l'idée de devoir s'exposer de nouveau un jour au grand amour et à la passion. Il hurle sa colère d'avoir perdu la femme qu'il aime.

Paul ne fera pas la même bêtise. Quand elle passera la porte, il l'accueillera avec gentillesse et du café chaud. Tandis qu'il finit de boutonner sa petite chemise cintrée, il se tapote les joues avec de l'after-shave. Il a volontairement laissé le bouton du col ouvert pour paraître plus cool. Il sait que Virginie aime son style assumé de hipster un peu bobo. Le principe est un peu con, mais il fait fureur en ce moment. S'il devait résumer, il dirait qu'il s'agit de porter des chemises hors de prix et des souliers vernis, tout en conservant un air hirsute. L'art d'être élégant sans paraître trop propre. C'est significatif de cette époque un peu perdue. Les femmes se battent pour être l'égal des hommes, et eux passent de plus en plus de temps à prendre soin d'eux et à se féminiser. Alors pour continuer à exposer un peu leur testostérone, ils se laissent pousser les poils comme des Homo sapiens. Ça doit sans doute servir à dissocier l'individu mâle de sa femelle, pense Paul. D'un geste assuré, il égalise aux ciseaux les petits poils de sa moustache qui viennent mourir sur ses lèvres.

— Je vais te couvrir de baisers, mon amour, et ça ne te piquera même pas, songe-t-il.

Il est frais, habillé et de bonne humeur. Il est déjà huit heures vingt quand il rentre dans la cuisine. Comme tous les matins, Virginie va pousser la porte en jetant dans l'entrée son sac à main. Le mur d'en face en porte les séquelles, comme autant de cicatrices de ces levers du jour où elle se précipite chez elle pour retrouver son lit. Tandis que Paul fait couler deux espressos, Damien hurle son désespoir dans le poste de la salle de bain resté allumé. C'est vrai que les voisins ont peut-être raison, quand le sèche-cheveux est éteint, c'est un peu fort.

Marguerite ou tulipe, et de roses à lilas,
Tu sais l'ami pour moi elles ont toutes ici-bas,
Quand elles vous montent au ciel qu'elles vous disent qu'elles vous aiment,
Elles ont toutes pour moi l'odeur des chrysanthèmes.

Sa fleur à lui va rentrer. Elle devrait déjà être là. Il est soudain pris d'une crise d'angoisse. Sur le plan de travail de la cuisine où il a passé la nuit en charge, l'écran de son smartphone affiche une notification. D'un geste, il déverrouille son portable.

Je ne suis pas un animal qu'on baise sur le carrelage pour lui donner une leçon. Je te quitte, Paul. N'essaie pas de me retenir.

La tasse percute le sol au moment précis où l'artiste conclut.

J'en peux plus de ces jeux qui nous tuent.
J'en ai marre de ce cœur, mon Dieu, qui ne bat plus.
Et qui toujours s'incline aux pieds de fausses blondes.
Qui nous mènent à la cime qui nous traînent à la tombe.

Paul tremble. Il desserre le deuxième bouton de sa chemise décidément trop slim fit, comme pour essayer vainement de respirer. Une boule de colère lui écrase la poitrine et lui serre la gorge. Il veut hurler, mais rien ne sort. Pas comme ça, Virginie, pas par texto, pas après toutes ces années de vie commune ! Il frappe le plan de travail si fort de sa main droite qu'enfin un cri de douleur lui déverrouille le diaphragme. Pourtant, il sait déjà. Il sait qu'il est le seul fautif et que Virginie fait le bon choix. Il ne suffit pas d'un éclair de lucidité dans la salle de bain pour gommer toutes ces années à la traiter comme un objet. Trois poils de moustache coupés et un espresso ne pouvaient pas effacer des années à vivre sans considérer l'autre. Alors Paul s'effondre doucement le long du lave-vaisselle, et se met à sangloter. Non, il ne la récupérera pas, il n'essaiera même pas. Virginie est un oiseau libre, qui mérite mieux qu'un con comme lui. Il n'a jamais fait ce qu'il fallait pour l'apprivoiser. S'il doit être en colère, c'est uniquement contre sa misérable petite gueule de hipster égocentrique. Le chevalier est allé se mettre en sécurité derrière les remparts de la rupture, et la princesse chiale de toute sa bêtise. En face de lui, il peut voir son reflet dans les baies vitrées du salon. Aucune buée ne vient masquer la laideur de ce visage qui pleure. Horrifié, il lui semble que l'homme que la vitre renvoie n'est pas lui. Paul se relève doucement, et se met à hurler. Il comprend qu'il s'est laissé abuser. Le fautif, ce n'est pas lui. C'est cet autre dans la glace. Il ouvre la grande baie vitrée. Il enjambe la rambarde de plexiglas, et bascule en un instant dans le vide. Le geste est instinctif et non calculé. Il veut s'éliminer, comme on se débarrasse de la médiocrité ou des nuisibles. En faisant cela, il est convaincu qu'il tuera aussi cet autre, responsable de tous ses malheurs. L'instant d'après, un grand craquement se fait entendre, suivi d'un bruit sourd. Damien Saez ne chante plus, et le silence semble reprendre sa place, avant que Paul ne se mette à hurler de douleur. Non, quand on habite au deuxième étage juste au-dessus d'un parc bordé d'arbres, on ne meurt pas en sautant par la fenêtre. On se fait juste très mal à l'atterrissage. Paul est un con qui s'est brisé la jambe. Il ne doit la vie qu'à cette vieille branche cassée à côté de lui, qui est morte pour le sauver en amortissant sa chute. Du sol, avant de perdre connaissance, il reconnaît la publicité pour une célèbre marque de monte-escaliers que sa radio trop forte lui renvoie. Il sourit avant de s'évanouir. Qu'est-ce qu'il peut se sentir con !

VII

18 décembre 2019 : clap de fin, et coupez !

Alors que le professeur Saleçon achève son récit, assis sur le tabouret derrière la caméra, Paul ne peut s'empêcher de verser une larme le long de sa joue. Les mots de son ennemi sont un miroir bouleversant de ses propres émotions, mais aussi de celles de Virginie. Ce que Paul a ressenti ce jour-là, il n'est pas surpris que son prisonnier le lui décrive en détail. Paul lui a tout raconté en consultation, ou lors des longues séances de psychothérapie à l'hôpital. Mais le prof assène aussi comme un coup de poignard la vision des choses de Virginie, ses états d'âme à elle, comme Paul ne les avait jamais ressentis. Alors qu'elle était sa femme, c'est à François qu'elle les avait confiés. Et le prof a pris le temps d'insister sur chaque mot, d'appuyer là où c'est douloureux. Paul se pensait maître du jeu depuis sa petite démonstration de jardinage au sécateur. Le talent du psychiatre se rappelle à ses bons souvenirs. Quand il s'agit de manipuler l'âme et de blesser le cœur, c'est bien Prof le seul maestro. Même avec un doigt en moins, son poison verbal se propage dans la tête de Paul. Ça lui fait mal d'entendre que Virginie le traitait de con, de primate. Mais il ne laissera pas le doc reprendre le dessus. Ce n'est pas lui qui est enchaîné comme une bête, à patauger dans ses excréments. Si Paul est touché par les confidences de son otage, il garde le contrôle de la situation. Et il est toujours déterminé à broyer sa proie. Mais il va le faire à sa vitesse, tel le chat jouant avec la souris. Il coupera autant de morceaux qu'il le faudra, mais Saleçon finira par lui dire ce qu'il veut entendre. Il lui repose à nouveau la question.

— Quoi encore, Paul ? Je ne t'en ai pas assez dit pour aujourd'hui ?

— Tu as tué Virginie ?

— Fous-moi la paix, taré ! C'est le chagrin que tu lui as causé qui l'a tuée.

— OK, ça va pour aujourd'hui. Une dernière séquence à tourner, et j'éteins la caméra. Nous y reviendrons de toute façon.

— Paul, je vais mourir si je ne soigne pas ma main tout de suite… Ça fait presque une heure que tu me questionnes, je me vide de mon sang !

— L'idée est alléchante, mais c'est trop tôt. Paul passe dans le champ de la caméra un instant. Sur la droite de l'écran, il actionne la commande électrique du treuil, qui détend les deux chaînes qui entravent les mains du professeur. Juste assez pour qu'il puisse ramasser la trousse de secours, que Paul pousse vers lui d'un coup de pied. Lorsqu'il se retourne pour faire face à la caméra, il adressa un message à son unique spectateur.

— Le porc finira par parler. J'ai d'autres atouts.

— Paul, que comptes-tu faire de ces images ?

— C'est pour un vieux copain.

VIII

20 décembre 2019 : John et la fin du film

Depuis sa chambre d'hôtel, John voit l'image se figer sur ce visage barbu qui le fixe, marquant la fin de la vidéo. Devant lui, Paul exhibe le doigt amputé du professeur. Aucun doute, la partie de chasse avec le dingue reprenait. Il ne sait pas où Paul veut en venir, mais il a reconnu le Professeur Saleçon, un ami et collègue de Virginie, que le commissariat de Marseille avait interrogé dans le cadre de son enquête. De toute évidence, cette garde à vue version Paul était plus douloureuse.

OK, le taré. Je vais venir te chercher…

John presse le bouton de la télécommande, faisant basculer la pièce dans un noir profond. Il se laisse chuter en arrière sur le lit, bras écartés. Il garde les yeux ouverts malgré l'obscurité, mais ne parvient pas à discerner les contours de la pièce. La chambre semble aspirée par un gigantesque trou noir. Les objets ont disparu, et John sent son corps flotter sur le lit au milieu de nulle part. Il apprécie ce moment de calme intense, propice à faire le point. Que faut-il penser des événements récents ? Comment gérer l'émotion suscitée par le souvenir douloureux de la mort de Virginie ? Son visage lui revient, doux et chaleureux. Elle semble là dans la pièce, à lui sourire. John sait que cette nouvelle enquête va l'impliquer émotionnellement, au-delà de tout ce qu'il a déjà connu. Mais si Paul croit qu'il existe une vérité à faire éclater, si cette chance, même minime, existe, alors le commissaire sait au plus profond de lui qu'il n'entravera pas l'ancien compagnon de la jeune femme. Pourtant, il faudra faire bonne figure, mener l'enquête avec déontologie. Une femme a été tuée, et son rôle est d'arrêter les assassins. Mais Paul l'a fait venir ici dans un but précis. John sait que derrière le cadavre de l'étang, le vrai mystère à résoudre est la mort de son amie.

IX

21 décembre 2019
John, l'apprentissage d'Antoine, les enfants

Les estafettes stationnent gyrophares allumés au fond du petit lotissement pavillonnaire de la famille Saleçon-Pouffe. Le commissaire engage la BMW aussi loin que possible dans l'allée de terre. À l'entrée de la maison, une foule d'hommes en uniformes bleus discutent. John repère rapidement Antoine. Le jeune gendarme se tient posté devant le portail de la résidence.

— Salut, Gamin, dit John en descendant de la voiture.

— Je vous attendais, Commissaire. Vous avez encore mis les deux pieds dans la seule flaque du lotissement. Vous êtes doué !

— Ouais, mais t'as vu, j'apprends vite. John sourit en exhibant fièrement sa paire de rangers. J'aime autant avoir les pieds au sec quand je chasse. La mère Dubois m'a sorti ça des reliques de son mari. C'est pile ma pointure ! Y a pas de hasard dans la vie, dit-il en faisant un clin d'œil au jeune. On dirait que tout ce que le père Dubois a laissé en mourant va m'aller comme un gant.

— Et vous avez bien fait, répond Antoine en ricanant. Il pleut tout le temps dans ce trou à rats. L'adjudant Mouton vous attend. Comme d'habitude, cherchez loin de l'action. Vous tomberez forcément sur lui.

— Tu n'as pas l'air de l'aimer beaucoup, le sergent Garcia, Gamin.

— Je n'ai pas choisi de démarrer ma carrière dans ce trou perdu, sous l'autorité d'un phacochère. Mais je ne me plains pas, ces jours il y a un peu plus d'action que d'habitude. On fait ce métier pour ça, n'est-ce pas, Commissaire ?

John écrase sa cigarette tout en observant le jeune homme. Tout dans son regard pue l'arrogance de la jeunesse. Campé comme un athlète sur ses deux jambes, affûté comme un gamin de vingt-cinq ans qui s'entretient, il a dans les yeux ce petit éclair d'intrépidité qu'ont les hommes sûrs de leur force. Ceux que la vie n'a pas encore broyés. Une vie sans l'inexorable poids de la désillusion, qui, avec les expériences de la vie, accompagne toute prise d'âge. Antoine incarne tout à la fois l'insolence et l'impatience de la jeunesse, celle que John n'a déjà plus. Cette jeunesse bercée d'illusions, qui s'est envolée avec la mort de Virginie. Quand on voit mourir son amour d'enfance, le prix à payer est souvent de perdre les deux. L'amour et la jeunesse. Antoine lui fait tellement penser à lui au même âge. Pas encore cabossé, pas encore caché derrière la carapace de pudeur qu'il s'est forgée, rempart imprenable pour masquer ses blessures. Le gamin a-t-il seulement déjà aimé ? Un jour, toute cette montagne de muscles et d'arrogance pliera le genou devant un petit brin de femme, entrée dans sa vie sans crier gare. Pour l'instant, il se tient fort sur ses deux jambes, montant la garde devant la maison des Saleçon-Pouffe, tel Roustan gardant la porte de l'empereur Napoléon.

— Ce n'est pas un phacochère, c'est un mouton, sourit John. Et je crois qu'il m'aime modérément. Au lieu de rester comme un con à surveiller le portail, rends-toi utile, Gamin. Trouve-nous des gants, et viens avec moi.

— Je n'ai pas le droit de quitter mon poste, le gros m'a affecté ici.

— Sérieusement, Antoine ? Y a trente gendarmes au mètre carré, personne ne va tenter d'entrer. Ici, tu ne sers à rien, tu es juste bon à faire la potiche. À l'intérieur, tu me seras utile. C'est mon enquête ! Je te réquisitionne !

Le jeune homme ne se fait pas prier pour suivre John qui, déjà, remonte la petite allée de graviers blancs. Ils franchissent la porte d'entrée ensemble, puis se postent dans le hall. Devant eux, une dizaine d'hommes en uniforme s'affairent à prendre des photos de tout ce que le grand salon des Saleçon-Pouffe comporte comme bibelots. La pièce affiche un désordre total. Des bouteilles de champagne jonchent le sol et les buffets, tandis que sur la table trônent encore les restes d'un cocktail bien fourni en petits fours.

— On a fait la fête, ici, dit Antoine.

— Oui, et on dirait que personne n'a pris le temps de ranger et nettoyer.

John s'écarte du passage pour laisser passer deux gendarmes, chargés de sacs plastiques pleins d'objets trouvés sur place.

— On commence à évacuer les restes de la petite fête. Les gars vont porter tout ça à la brigade pour les mettre sous scellés. Des spécialistes de Lyon se chargeront de faire les analyses dans leur labo, dit l'adjudant Mouton en s'approchant. Vous aviez raison, Commissaire, personne n'a de nouvelles de la famille Pouffe depuis plusieurs jours.

— Rien du côté des Saleçon non plus, glousse Antoine ?

L'adjudant fait mine de ne pas remarquer l'absence de la cédille. Il continue son récit.

— Les derniers témoignages font état d'une grosse réception mardi dernier. Mais depuis, aucun des voisins n'a rien remarqué. Et les deux voitures sont dans le garage.

— Je vous ai montré la vidéo qu'il m'a laissée. Aucun doute possible, j'ai reconnu formellement le professeur Saleçon, à un doigt près.

— Saleçon, corrige l'adjudant. John ne relève pas.

— S'il détient cet homme, vu le message qu'il a laissé sur le cadavre, il y a de grandes chances que j'ai raison, et que notre victime soit madame Pouffe. Faut voir le bon côté des choses. On va gagner du temps pour identifier le corps, dit John. Prenez tout ce qui traîne dans la salle de bain. Brosses à dents, peignes… En croisant les ADN, on l'identifiera avec certitude.

— Merci, Commissaire, dit l'adjudant d'un air cynique. Mes gars et moi savons ce que nous avons à faire.

— Je ne doute pas de vos hommes. J'ai pris la liberté de demander l'aide d'Antoine. Ayant la charge de cette affaire, je suppose que vous n'y verrez pas d'objection ?

Le moustachu ne répond même pas, se contentant d'envoyer à son jeune subalterne un regard noir qui en dit long sur le fond de sa pensée.

— Faites comme chez vous, c'est votre enquête, dit-il. De toute façon, on n'a plus rien à faire ici. Il faut attendre les gars du labo pour qu'ils procèdent à une analyse plus poussée des lieux. On sait que le mari est aux mains de votre « ami ». Quant à la femme, il y a de grandes chances pour qu'elle ait servi à appâter les carpes. Mais aucune trace de sang ni de lutte ici. On ne l'a pas tuée dans la maison. Je vous laisse jouer avec le gamin, moi je vais tâcher de battre la campagne avec mes hommes. Votre taré a écrit qu'il nous observait. Il ne doit pas être bien loin. Pendant que vous jouez à repasser derrière moi, je vais plutôt essayer de sauver le professeur, tant qu'il en reste des morceaux.

Sans dire un mot de plus, Mouton quitte la maison, suivi des autres gendarmes. Bientôt, dans la vaste pièce, ne restent plus que John et Antoine.

— OK, fiston. Maintenant que le sergent Garcia est parti perdre son temps à courir après Zorro, je te propose de commencer ta leçon.

Antoine jette un œil excité à Cheval. Tandis qu'il achève d'enfiler ses gants, il bombe le torse et fait un pas prudent dans la grande salle à manger.

— Que dois-je faire, Commissaire ?

— Observer, Antoine. Juste observer, et me dire ce que tu vois.

Le jeune homme s'immobilise, conscient que John le met à l'épreuve. Il ne veut pas le décevoir, alors qu'il semble marquer une certaine forme d'intérêt pour lui. Antoine prend le temps de bien observer la pièce autour de lui. Sur sa droite, un vaste canapé d'angle longe le mur du fond, coincé entre le piano et la baie vitrée. Sur lui, des couvertures et des oreillers traînent, comme si on avait voulu dormir dessus. Sur l'accotoir, une boîte de préservatifs ouverte et un pot de gel lubrifiant indiquent que les occupants n'ont finalement pas opté pour une sieste. Mais ce détail est trop évident pour que ce soit ce que Cheval attend de lui. À voir le nombre de verres sur la table basse, ce qui s'est passé ici s'apparente plus à une orgie qu'à un simple câlin entre deux adultes consentants. Même le gros Mouton a dû relever ça… Sur la gauche de la pièce, la table du salon est recouverte de bouteilles vides et de petits fours. Là encore, tout indique qu'on a fait la fête, et qu'on a bien arrosé la soirée. Mais encore une fois, Antoine se dit que ses observations sont trop évidentes pour que John le teste avec ça. Non, le commissaire attend mieux. Alors que le regard d'Antoine se pose sur le piano, un détail attire son attention. Il fait un pas en avant pour mieux voir. Là, un petit cadre est posé, avec deux jeunes garçons en photo. Le plus vieux des deux doit avoir tout juste sept ans.

— Mon Dieu, Commissaire ! Savez-vous si le couple a des enfants ?

— Aucune idée, Gamin. Mais tu as mis dans le mille. Je ne connais le professeur que dans le cadre des interrogatoires que j'ai menés lors de la mort de mon amie. Je ne sais rien de sa vie privée. Mais s'ils ont des gosses, la question qui se pose est « où sont-ils » ? Pas dans la maison, de toute évidence. Vu le défilé, ils se seraient manifestés. Et tu peux être sûr que tes collègues ont fouillé toutes les pièces. Mais ils cherchaient des éléments pour retrouver un adulte. Nous, nous devons nous concentrer sur les gosses.

Sans attendre, Antoine se rue dans le grand couloir à gauche de l'entrée. John le suit en l'observant.

— Attends ! Leçon numéro deux, petit. Si tu cherches la chambre des gosses, c'est toujours au fond du couloir. N'ouvre même pas la première porte, c'est forcément celle des parents. On met toujours les mômes dans les chambres les plus éloignées du salon. Ça permet de faire la bringue en espérant qu'ils dorment. Et vu ce qui traîne comme alcool ici, je serai surpris que cette maison échappe à la règle.

Nerveusement, Antoine fait basculer la poignée de la porte au fond du couloir. La lumière fait apparaître une chambre d'enfants bien ordonnée, avec deux petits lits, et des étagères couvertes de peluches.

— Il y a bien des gosses, dit Antoine. Deux lits, comme pour les deux mômes de la photo. Et le phacochère est passé à côté de ça…

John observe un instant la configuration des lieux. La pièce joliment décorée d'une tapisserie à l'effigie d'un dessin animé est parfaitement ordonnée et harmonieuse. Les lits sont faits, et rien ne traîne sur le sol. Les jouets sont rangés, comme attendant le retour des enfants.

— Leçon numéro trois. C'est trop propre pour être honnête. S'il y a eu un drame dans cette maison, je peux t'assurer que les gosses n'étaient pas là. Ça ressemble à une chambre rangée. Et il n'y a rien de plus louche ! Ça n'arrive jamais en présence des enfants. On dirait que la mère a profité de leur absence pour mettre un peu d'ordre.

— En vacances chez les grands-parents ?

— C'est une hypothèse, répond John en passant ses doigts parmi les peluches sur les étagères. Comme elles sont douces… Il allait falloir expliquer à ces deux gamins, si on les retrouvait, que cette douceur de l'enfance et ce câlin qu'on fait à maman le soir ne reviendraient jamais. Parce qu'un taré l'a jetée, décapitée dans un étang, avec un télégramme écrit au feutre dans le dos. Désormais, la seule histoire qu'on leur racontera sera celle de leur mère morte, et de leur père mutilé. Et cette histoire-là ne les aidera pas à dormir. À quoi joue Paul ? Il prétend vouloir venger la mort de Virginie, mais quel lien y a-t-il entre elle et les Saleçon-Pouffe ? John n'en a trouvé aucun au moment de son enquête. Il finira par trouver. Il trouve toujours. Sauf pour Virginie…

— Là, sur le petit bureau. Antoine montre du doigt une enveloppe fermée. C'est marqué « pour Cheval », Commissaire…

De ses mains gantées, John ouvre l'enveloppe. Il en sort une petite chaîne fine, avec un pendentif en argent. Il le reconnaît immédiatement, et sa poitrine est écrasée par l'émotion. Comment est-ce possible ? Il faut qu'il en ait le cœur net tout de suite. En retournant le médaillon, l'inscription qu'il cherche est bien présente. « Semper fi ». Oui, c'est bien le médaillon de Virginie. Celui-là même que John lui a offert le jour de ses dix-huit ans. Le genre de cadeau qu'on fait à son amour de jeunesse, comme pour se jurer fidélité et se rassurer. Une manière de l'enchaîner à soi. John sent ses jambes l'abandonner. Il doit s'asseoir sur le lit derrière lui. Putain de karma ! Même morte, elle revient toujours à lui. Mais dans quel but ?

— Tout va bien, Commissaire ? Antoine prend le pendentif des mains de Cheval, des yeux desquels coule une larme. Pudiquement, il lit l'inscription, avant de retourner le médaillon. Sur l'autre face figure la gravure d'un grand arbre aux profondes et gigantesques racines. Son regard croise alors celui de John.

— On en parle ?

— Oui, dit John. C'est le médaillon d'une amie. Elle ne s'en séparait jamais. Je le sais, car c'est moi qui lui ai offert. Même après notre rupture, elle continuait de le porter. Virginie était bouddhiste. Cet arbre symbolise le karma, et ses racines les liens entre les hommes. Elle disait toujours que nos vies ne se rencontraient jamais par hasard. Que les liens entre nos deux âmes étaient comme les racines de cet arbre. Profonds, et indestructibles. La citation latine au dos est l'abréviation de « semper fidelis ».

— Toujours fidèles, chuchote Antoine.

— Je vois que tu connais ton latin, sourit John.

— Je suis un soldat. Avant d'être affecté en gendarmerie, j'ai servi au quarante-septième régiment d'infanterie. C'était notre devise aussi…

John ne peut retenir un rire nerveux. Ainsi donc, Virginie avait raison. Tout le monde est relié par un fil, et personne ne se croise par hasard. Même depuis le monde des morts, elle met sur sa route les gens nécessaires à l'avancée de son enquête. Le karma, comme elle disait souvent… John est au centre d'une toile bien tissée, les pions sont en place, mais la règle du jeu n'est pas encore définie. Il n'arrive juste pas encore à la décoder. Ce médaillon, il ne l'a pas retrouvé dans les effets personnels de son amie après son décès. Avec le temps, il a fini par oublier jusqu'à son existence. Et voilà qu'il réapparaît. Le taré lui envoie un message.

— Regarde dans l'enveloppe, Antoine. Je suis sûr qu'il m'a encore adressé du courrier. Si c'est le cas, sois gentil, lis-le-moi.

Le jeune homme sort le pli enfermé dans l'enveloppe, hésite un instant, perturbé par l'émotion qui a saisi John. Doit-il lire à haute voix ? Bien que cela relève de l'enquête, l'émoi suscité chez Cheval l'intimide. Il lui semble qu'il viole son intimité. Il fait racler sa gorge pour se donner du courage.

« Tu le reconnais n'est-ce pas, John ? Elle ne l'a jamais quitté. Comme je suis convaincu que tu as encore le tien autour du cou. Même après notre mariage, elle a toujours refusé de s'en séparer. Elle aimait dire en riant que c'était son bipeur en cas d'alerte. À l'autre bout du fil qui vous unissait, elle était convaincue que tu recevrais le message si besoin. J'étais souvent jaloux de toi, John. J'avais son corps, mais je n'ai jamais su si j'avais son âme. Je pense qu'une part d'elle était restée avec toi, dans la douceur de l'enfance. Combien de fois j'ai fait l'amour à ce corps nu, sublime et abandonné, en contemplant ce collier au bout duquel tu étais, maudit flic ange gardien qui hantait mes nuits ! Comme si tu refusais de me la laisser pour de bon. Et comme si elle ne voulait pas s'abandonner complètement non plus. Je sais que tu l'as cherché aussi, ce collier. Sais-tu où je l'ai retrouvé ? Au cou de la femme d'un professeur en psychiatrie. Hasard de la vie, selon lui ! Virginie le lui aurait donné en signe d'amitié. Lui l'a offert à cette pute qui le portait comme un trophée. Tu y crois, John ? Elle refusait même de l'enlever pour travailler ! Et elle le lui aurait donné ? Pour le moment, le prof ne dit rien. Il refuse de se confier plus. Mais je te l'ai dit, j'ai d'autres atouts convaincants. Ne perds pas ton temps à identifier le corps de l'étang. C'est bien celui de la grosse truie. Pour ce qui est des deux petits marcassins, ne les cherche pas, je les ai conviés à ma petite fête. Papa le porc a besoin de les voir pour retrouver sa langue. À la guerre comme à la guerre John… À ce sujet, as-tu décidé si nous jouions ensemble ou l'un contre l'autre ? Dépêche-toi, la partie est bien engagée. »

Antoine sent sa gorge se nouer, alors qu'il repose la lettre sur le petit meuble blanc.

— Commissaire, il a kidnappé les gosses ! Il va les tuer !

John ne dit rien. Son regard ne parvient pas à quitter le médaillon de Virginie. L'émotion le projette quelques années en arrière. Il se voit lui passer la petite chaîne en or autour du cou, tandis qu'elle rit aux éclats. Il ne sort de sa rêverie que lorsqu'Antoine pose une main virile sur son épaule pour le ramener dans son monde.

— Commissaire ? Il a les enfants avec lui. On fait quoi maintenant ?

— On sort, et on va participer aux recherches. Il faut arrêter ce taré avant qu'il ne fasse encore plus de mal autour de lui. Tu vas conduire, Gamin. Je me sens fatigué.

— OK. Et merci pour la leçon, John. J'ai beaucoup appris. Il y a cependant une question que je me pose. Pourquoi ce Paul appelle tout le monde avec des noms d'animaux ?

— Rien ne t'échappe, Gamin. Paul est malade. De la tête. En clair, c'est un taré. Je l'ai toujours su, mais elle ne voulait rien entendre. Le résultat est brillant. Elle est morte à cause de lui, et maintenant il mène je ne sais quelle vendetta pour assouvir sa soif de vengeance. Le professeur Saleçon est l'homme qui a diagnostiqué sa folie et l'a fait interner. Paul sortait d'une tentative de suicide après que Virginie l'a quitté. Je ne saurais t'expliquer pourquoi, mais dans ses crises de démences, il assimile les humains à des animaux. Il n'a pas pu assister aux obsèques de sa femme à cause de son internement. Je suppose qu'il se venge du professeur… Ce que j'ignore, c'est pourquoi il veut me mêler à ça ? Il a l'air d'insinuer que Saleçon serait pour quelque chose dans la mort de sa femme. Si c'est le cas, vu la folie de Paul, je ne donne pas cher de la peau du prof. Je pensais Paul encore en hôpital psychiatrique du côté de Lyon. J'ignore comment il est sorti. Mais celui qui l'a libéré n'a pas eu l'idée du siècle…

— L'adjudant dit qu'aucun type répondant au signalement de la vidéo n'est connu dans le coin, dit Antoine. On a fait placarder son portrait dans tous les bleds des environs. Ici, c'est la campagne, les gens peuvent être bavards, mais pas trop enclins à dénoncer. Dans la campagne, il y a une vieille qui s'est un peu acoquinée avec les boches en quarante. Je ne la connais pas, mais elle se fait encore traiter de collabo par les gamins du village. C'est vous dire si on a la culture du secret par ici. Mais je vais faire refaire les affiches, en précisant que c'est un kidnappeur d'enfants. Ça devrait faire la différence. Il va falloir aussi creuser dans le passé de ce type si on veut comprendre ses motivations et son mode opératoire.

— Ne perds pas ton temps avec ça. Je m'occupe de fournir un rapport détaillé à la brigade. Je connais bien Paul Arnout, rien de son passé ne m'est étranger. Préviens ton adjudant que je m'en charge personnellement. Inutile de mobiliser des hommes là-dessus. L'urgence est de ratisser le secteur. Je ne comprends pas ce que Paul fait dans la région. Je l'ai laissé il y a deux ans dans un hôpital psychiatrique à plus d'une heure d'ici. Mais crois-moi sur parole, si ce taré s'est mis en tête que la famille Saleçon-Pouffe est responsable de la mort de sa femme, alors je ne donne pas cher de leur peau.

— Justement, Commissaire… La mort de cette femme… Le doc, les accusations du fou… Vous en pensez quoi ?

— Gamin… Comment te dire… Je viens de passer ces dernières années à me convaincre qu'elle est morte de chagrin à cause de Paul. Si jamais ce n'est pas le cas, de toi à moi, je ne crois pas que je serai d'un grand secours pour cette famille. Mais les gosses n'ont rien à voir là-dedans. Je vais tâcher de ne pas l'oublier…

— Vous allez me trouver gonflé, mais je pense que vous êtes personnellement trop impliqué pour être à la tête de cette affaire.

— Tu as raison, Gamin, répond Cheval en remontant dans la voiture. Mais parfois, il faut savoir laisser deux ou trois trucs sous le tapis. L'essentiel est d'attraper le tueur et de récupérer les gosses.

Assis derrière le volant de la BMW 2002, Antoine écoute avec attention. Concentré sur le plaisir de conduire le bolide, il ne répond rien à la dernière phrase de John. La belle slalome avec rage dans les lacets de la petite crête, tandis que le turbo hurle.

— Elle en a sous le capot !

— Fais-toi plaisir, répond Cheval tout en fouillant dans la boîte à gants. Il en sort une bouteille de whisky, dont il se sert une rasade directement au goulot.

— Commissaire, il est dix heures du matin…

— Ouais, je sais, je ne suis pas en avance. Chienne de vie, putain de karma de merde !

— Vous avez dû sacrément l'aimer, cette nana…

— Antoine…

— Oui, Commissaire ?

— Ferme-la et conduis.

X

19 décembre 2019

Partie de chasse en forêt. Paul, son fusil, et les gros yeux de maman

Paul immobilise la vieille camionnette dans un renfoncement du chemin forestier. Là, sous les sapins, au plus profond d'un chemin boueux et gelé, personne ne viendra s'aventurer à part lui. La première route départementale est à six cents mètres, et peu de randonneurs osent se risquer ici en cette saison. À une semaine des fêtes de Noël, les gens se ruent plus vers les centres commerciaux qu'en forêt. Non, il ne sera pas dérangé. Il retire la clé du contact, puis se sert une gorgée du café chaud qu'il a préparé dans son thermos. Machinalement, il passe ses doigts dans sa barbe fournie tout en se regardant dans le rétroviseur. Il a toujours aimé le style hipster, un peu négligé. Mais là, on est plus près du bûcheron canadien qui n'a pas le temps de s'entretenir. Il trouve tout de même que cela accentue l'aspect viril de son visage, tout en durcissant ses traits. Oui, cette barbe est une bonne idée. C'est une belle matinée, avec cette fraîcheur et ce brouillard de décembre comme Paul les aime tant. Mais pas question de rêvasser. Il a à faire. Il enfile sa veste orange fluorescente, pour être en règle avec la législation du département sur les conditions de chasse. C'est un truc sérieux, la chasse. Trop de gens s'imaginent que les chasseurs sont des fous furieux, armés et alcoolisés dès le matin. Il a à cœur, lui, d'être en règle. Il porte la main à sa poche, par réflexe. Non, il n'a pas pensé à prendre sa boîte de cachets. Mais ce n'est pas très grave. C'est vrai que depuis deux mois qu'il ne les prend plus, il se sent mieux. Comme libéré d'un poids. Comme quoi… On guérit de tout. Il attrape la housse de sa carabine, soigneusement rangée derrière les sièges. Qu'elle est belle, cette Remington au calibre 243 winchester ! Excité à l'idée d'aller chasser, il a passé la soirée de la veille à la nettoyer et la faire briller. Il casse le canon pour introduire la première balle, puis il la repose sur le siège, ouverte. On ne badine pas avec les règles de sécurité quand on manipule une arme à feu.

Paul ouvre l'une des deux portes de l'arrière de la camionnette.

— Bonjour, les enfants !

À l'arrière, assis à même le sol sur des couvertures, deux enfants en pyjama grelottent. Le plus âgé des deux garçons, un petit brun de sept ans, s'approche de lui.

— Tu as dit que tu nous emmenais voir maman. Elle est où ? Avec mon frère, on a froid. Et j'ai envie de faire pipi.

Paul lui tend la main pour l'aider à descendre de la camionnette. Il fait signe au plus jeune des deux frères de rester assis, et referme la porte sur lui.

— Tu vois la cabane, là-haut ?

De son doigt, il indique au jeune garçon une petite maison au milieu des sapins, sur le sommet du bois. Elle doit être à trois cents mètres environ, et le dénivelé n'est pas très important.

— Maman se cache là-bas, dans la cabane. Je suis sûr qu'elle t'a vu arriver, et qu'elle t'attend sur le seuil. Je ne peux pas venir avec toi, et ton frère non plus. Il te rejoindra juste après, mais vous devez y aller chacun votre tour. Maman a bien insisté. C'est un cache-cache rigolo, on s'amuse bien, non ?

— Moi, j'ai un peu peur de toi. Et je suis en pantoufles, c'est tout mouillé. Maman va me gronder si j'arrive avec les pieds tout sales, répond l'enfant.

— Ne t'inquiète pas, je t'assure que maman ne te fera pas les gros yeux. Allez, fonce maintenant. Et pour ne pas salir tes chaussons, reste bien dans la ligne droite qui est dégagée. Si tu vas derrière les arbres, tu risques de te salir ! Au fait, c'est quoi ton prénom ?

— Adel, monsieur.

— Fonce Adel, maman n'aime pas attendre. Elle fera une drôle de tête si tu traînes.

Sans plus attendre, le petit enjambe le vieux tronc couché qui bloque le bas du sentier, et commence à grimper la pente. Paul le regarde un instant s'éloigner, puis retourne à l'avant de sa camionnette. Sa tasse de café chaud est toujours là, sur le tableau de bord. Il la serre très fort entre ses mains, comme pour les réchauffer. Le petit monte vite. Il boit le fond de sa tasse, puis met la main sur son fusil. Il se poste devant le véhicule, pour profiter un peu de la chaleur du moteur. On est en décembre, et si Paul peut concilier le plaisir de la chasse et un peu de confort, il ne va pas se gêner. Machinalement, il referme le canon de son arme, et épaule.

Adel monte avec prudence. Le sol humide regorge de pièges pour ses petits chaussons. Il prend soin de vérifier où il pose les pieds. Il commence à apercevoir la petite terrasse qui entoure la maison, mais ne voit toujours pas maman. Il passe devant le panneau de bois clouté contre l'arbre, qui indique « propriété privée, zone de chasse ». Il sait lire correctement depuis sa sortie du cours préparatoire, mais ne sait pas ce que c'est que la chasse. Lorsqu'il passe devant la tête du cerf, posée sur le billot de bois, il se met à trembler. Deux corbeaux finissent de manger les yeux, ce qui laisse deux cavités béantes et effrayantes. Mais Adel ne crie pas. Il a déjà vu des images à la télévision, des grands qui tuent les animaux pour manger. Ce doit être ça, la chasse. Il se dit qu'il doit être courageux, et continuer d'avancer. Ainsi, il aura moins froid et rejoindra maman au chaud plus rapidement. À cinquante mètres de la cabane, il décide de ne pas regarder la tête du sanglier sans yeux, plantée sur une pique. Ça fait trop peur, il faut avancer. Il arrive à quelques mètres de la cabane. Maman n'est pas là, elle l'attend sans doute au chaud à l'intérieur, avec un cacao. Il voit en s'approchant la tête plantée sur le pic au milieu du chemin. Celle-là, Adel ne peut pas l'éviter. Il faudra passer devant. Il ne reconnaît d'abord pas quelle espèce d'animal c'est. Le corbeau dérangé s'envole, alors que l'enfant n'est plus qu'à deux mètres. Soudain, un hurlement d'effroi fait se lever tous les oiseaux du bois. Adel tombe sur ses genoux, aux pieds de la tête de sa mère, dont les orbites vides ne lui adressent pas le moindre regard. Le monsieur avait raison, elle ne fera pas les gros yeux en le voyant.

Le cri lancé par l'enfant est le signal attendu. Paul compte jusqu'à cinq, pour s'assurer que le marcassin a eu le temps de comprendre et de souffrir. Le projectile se loge dans la gorge d'Adel une seconde avant que la détonation ne se fasse entendre. Ces cartouches subsoniques portent bien leur nom. Un joli tir, réussi du premier coup malgré les trois cents mètres. L'enfant s'écroule contre sa mère pour un dernier baiser. Paul ne vise jamais la poitrine. Si on se rate, on risque de blesser la bête inutilement. Lui vise toujours la tête ou le cou. Ça fait plus de dégâts, mais c'est radical. Il a visé un peu bas ce coup-ci. Depuis sa lunette, il a pu voir le projectile se frayer un chemin dans la trachée de l'enfant. Pas très grave, se dit-il. Le résultat est le même. Et puis son trophée ne sera pas abîmé. Il monte à toute allure la pente qui le sépare de la maison. Arrivé à hauteur de l'enfant, il sort une bague en plastique numérotée, qu'il passe autour de sa cheville. Chasseur oui, mais respectueux des règles et des quotas ! C'est un beau marcassin, qui doit faire dans les vingt-cinq kilos. Paul est aux anges. Il se prend en photo à côté de lui, à l'aide de son smartphone, et fixe fièrement la caméra, qui n'a rien raté de la scène. À présent, il faut le mettre à l'abri des charognards. Il le tire par les pieds sur le seuil de la cabane. Paul peste. La tête du marcassin vient de taper contre les deux petites marches de bois. Il ne doit pas abîmer son trophée. Il déteste sa maladresse. À l'intérieur, il ouvre le grand congélateur. Plus de place. Pas un souci. De toute façon, le professeur a besoin de protéines pour se remettre de ses émotions de la veille. Il se décide donc à sortir une belle cuisse. Il la redescendra à la voiture plus tard, et la cuisinera ce midi pour son otage. Bien plié, le marcassin finit par se loger dans le congélateur, non sans peine. C'est une bonne chose de faite, songe Paul. Retournant à l'extérieur, il casse le canon de son arme pour en éjecter la douille usagée. Portant la main à sa poche, il est surpris de ne pas trouver d'autres munitions.

— Quel abruti, je n'ai pas pensé à prendre d'autres balles ! Paul peste à voix haute. Comment je vais faire avec le deuxième marcassin ? Pour une fois qu'on s'amuse !

Quelques instants plus tard, Paul frappe contre la porte arrière de la camionnette.

— Petit, ton frère est avec sa mère. Mais toi tu vas aller voir papa. C'est un ordre de ta maman. Elle te rejoindra plus tard. Tu te souviens des règles du cache-cache ? Pendant que je roule, tu restes bien sous les couvertures, personne ne doit te voir !

Avant de remonter en voiture, Paul fait signe au caméraman de couper.

☐ Détruire tout ce qui le rattache à une forme d'humanité :

☒Femme ;

☒Enfant 1 ;

☐Enfant 2.

XI

17 septembre 2013, Marseille
François Saleçon, de l'importance de la cédille

Deux mois déjà. Et elle n'a toujours pas pu trouver le temps ou l'envie de venir le voir. Soixante jours qu'il est allongé dans ce lit du service orthopédique de l'hôpital de La Timone. Virginie travaille ici, au même étage. Et depuis tout ce temps, elle n'a jamais poussé cette porte pour venir lui rendre visite. Paul se demande bien qui traite l'autre comme un animal à présent. Qu'elle ne veuille plus de lui, il peut le comprendre, il peut même l'accepter. Il n'a jamais su faire ce qu'il fallait pour prendre soin d'elle. Mais elle le détesterait au point de ne même pas prendre de ses nouvelles ? Ils sont toujours mari et femme. Qu'elle ne l'aime plus c'est une chose, mais il croit que lui, si la situation avait été inversée, il se serait montré présent. Au moins pour la soutenir. À force de scruter cette porte, il en connaît les moindres détails. La plaque d'inox griffée par les coups du lit médical n'a plus de secret pour lui. Il a compté six cent soixante-quinze éraflures. Ou six cent soixante-seize, il n'est plus sûr. Il recomptera demain. De toute façon, il n'a que ça à faire. Cette porte a dû en encaisser des coups, à force qu'on vienne y faire taper les brancards, au rythme des malades qu'on descend passer des examens. Et elle ne s'ouvre jamais pour laisser entrer Virginie. Les seules visites qu'il reçoit sont celles du personnel médical et de temps à autre d'Adèle Ramirez, sa concierge. Une grosse dame portugaise qui parle à peine français, et dont Paul ne connaissait jusqu'alors qu'une seule qualité, celle de laisser un hall d'entrée impeccable dans l'immeuble. C'est elle qui l'a trouvé dans la cour, les os de ses deux tibias sortant à travers son petit pantalon chino de bobo ridicule. Lui ne se souvient de rien. Alors lorsque Adèle Ramirez passe le voir deux fois par semaine, elle lui raconte qu'il pleurait en cramponnant sa branche. Elle lui murmure, gênée, qu'il répétait sans cesse la même phrase.

— Je ne te baiche pas comme oune animal, dit-elle avec son accent de Porto.

Paul est embarrassé et un peu honteux. Mais la brave Ramirez lui fait de la compagnie. Et puis c'est elle qui a prévenu les pompiers. Quand il vous amène le courrier et des pastéis, ces petits flans « dou pays » comme elle le dit, on ne met pas son sauveur à la porte. Cette foutue porte qui a reçu un nombre de coups de brancards qu'il faudra recompter demain d'ailleurs, mais qui tient toujours debout. Ce n'est pas son cas. Depuis sa défenestration ratée, Paul a un peu galéré. Le diagnostic est tombé assez vite une fois que l'ambulance l'a transporté jusque sur le lieu de travail de sa femme, comme une manière de le suicider une seconde fois. Pour les tibias, il n'a pas été utile de contacter le docteur House. Quand les os sont à quatre-vingt-dix degrés du reste de la jambe, même le radiologue peut vous diagnostiquer une fracture ouverte en s'économisant d'allumer sa machine. Quatre opérations plus tard, il est toujours allongé sur son lit médical, les deux jambes relevées dans un élégant système d'étriers. Il contemple ses orteils qui dépassent de ses bandages. Il sait que le temps viendra inexorablement où il se remettra debout, et il appréhende un peu l'idée d'être en appui sur ses jambes, dont les deux tibias tiennent provisoirement par un subtil mécanisme de broches. Mais le temps est long, et Paul s'ennuie dans cette chambre. Sa journée n'est entrecoupée que par les visites des infirmières et des aide-soignantes. De temps en temps, son chirurgien daigne passer le voir pour lui rappeler qu'il a sauté de son balcon et qu'il ne peut pas s'attendre à guérir en deux semaines. Quand Paul lui demande quand il peut espérer rentrer chez lui, le doc répond toujours la même chose :

— Je répare des os, je ne vidange pas les cerveaux. Votre guérison ne dépend pas que de moi, mais aussi de votre tête et de votre corps.

Son corps, justement, le laisse un peu tranquille ces derniers temps. Il s'est habitué à la morphine, et ses douleurs sont anesthésiées. Paul ne souffre plus. Du moins pas physiquement. Sa blessure est au cœur. Le psychiatre psychanalyste qui le suit dans le cadre de la procédure d'accompagnement des personnes ayant attenté à leur vie lui dit qu'il est malade, et que son acte n'est que la conséquence d'un long processus de dégradation de son équilibre mental. Selon le docteur Saleçon, une crise de folie aurait de toute façon, un jour ou l'autre, poussé Paul à enjamber ce foutu balcon. C'est le résultat d'une descente aux enfers programmée, à laquelle son cerveau dégénérescent ne pouvait échapper. Paul n'en croit pas un mot. Schizophrénie, dédoublement de la personnalité, tout ça, ce sont des conneries pour faire scientifique. Lui, il a eu juste un coup de mou. Certes, il ne s'explique pas ce geste désespéré, qu'il a commis sans même y réfléchir, et sans préméditation aucune. Sur le moment, la douleur de la rupture lui sembla si violente et insurmontable que son corps tout entier s'est jeté dans le vide en un instant.

Mais Paul le sait, il n'est pas fou ! Non, il a toute sa tête. Il est juste malheureux, et son cœur saigne encore des lacérations causées par le SMS de Virginie. Sa tentative de suicide n'est rien d'autre qu'un geste de désespoir, spontané et incontrôlable. Ce jour-là, il lui sembla que son éradication totale était la seule issue. Comme un reset sur l'ordinateur, une restauration complète du système à une date antérieure pour corriger les bugs de la journée. À son réveil, non seulement sa rupture avec Virginie était toujours d'actualité, mais la fonction « tient debout tout seul » était désactivée. Lorsque le docteur Saleçon lui rend visite pour ses séances de psychanalyse, il se livre à lui à cœur ouvert, sans tabou ni honte. Il parle en pleurant du manque qu'il ressent. Il lui dit que l'absence de Virginie est comme une amputation. Le couple n'est plus là, mais il ressent encore le membre manquant. Et la douleur est insoutenable. Il lui parle aussi de sa culpabilité de ne pas avoir su prendre soin d'elle, de s'être laissé submerger par les emmerdes de son métier à la con.

Le psychiatre psychanalyste fronce beaucoup les sourcils et l'écoute tout en griffonnant quelques notes.

— Si vous voulez que votre ex-femme puisse venir vous rendre visite, il faut vous soigner, lui dit-il. Cela passe par accepter l'idée que vous êtes malade. Aujourd'hui, je ne peux pas l'autoriser, vous êtes encore trop faible psychologiquement.

Alors il lui prescrit des petits cachets rouges, que le patient fait semblant de prendre deux fois par jour. Il ne faut pas contrarier le professeur Saleçon, c'est lui qui a les clés pour sortir de cet hôpital. Et c'est lui qui détient le précieux sésame pour que son amour puisse lui rendre visite. Comme elle doit se languir, elle aussi, de pouvoir croiser son regard… Non, il n'est pas fou, mais il ne contredira pas l'éminent docteur Saleçon. Il a compris que s'il faisait semblant, il afficherait beaucoup plus vite les signes d'une guérison rapide, et que les visites de ses proches lui seraient autorisées. Qui sait si alors, Virginie ne sera pas encline à reconsidérer leur amour. Tous les jours, il se prête au jeu des faux semblants, remercie le psy de ses bons conseils avisés et lui concède que oui, peut-être est-il un peu léger mentalement en ce moment, mais qu'il se sent de mieux en mieux. Et puis Paul ne peut s'empêcher de penser à cette vision d'horreur ce matin-là, quand il lui sembla que ce n'était pas lui que son reflet dans la vitre lui renvoyait. Alors il ne se l'avoue pas tout à fait, mais jouer au fou ne peut sans doute pas lui faire de mal. Si jamais il est un peu fatigué, le doc le guérira. En attendant, il se prête à cette mascarade de bon cœur, persuadé que cela lui permettra de voir sa femme. Il finit par avaler les cachets du bon docteur. Et il surveille la porte. Aujourd'hui, il en est convaincu, sa belle infirmière va passer le voir pour prendre de ses nouvelles. Il a fait tout ce qu'on lui a dit, il faudrait être profondément inhumain pour l'abandonner ainsi. Virginie n'est pas inhumaine, elle est chevaleresque ! Elle poussera cette porte bientôt. En attendant, il griffonne inlassablement le carnet à spirales qu'Adèle Ramirez lui a laissé. De son stylo à bille, il noircit les feuilles de ses pensées, comme pour faire sortir sa souffrance.

Comme un animal, comme un animal… Comme un animal ? T'ai-je si mal aimée, Virginie ?

Puisqu'ils veulent que je sois fou, puisque c'est la seule solution pour te voir, alors soyons le fou de cette partie. De toute façon, je finirai par le devenir si ce sale con continue de me couper du monde. Tâchons de faire bonne figure, et soignons le style ! Mon personnage sera à la hauteur du rôle qu'on veut me faire jouer. Comme un animal ? Je vais leur en donner, moi, des animaux.

Ravagé par l'ennui et désireux de gagner du temps sur sa période d'isolement, Paul se met à griffonner malicieusement des caricatures toute la journée. Étalant sur les pages de son cahier le chagrin qui le ronge, il s'amuse à représenter le personnel hospitalier en figures animales. Sous son stylo, le professeur Saleçon devient un affreux bouc en blouse blanche, tandis que les infirmières se changent en vipères hostiles dressées autour de son lit. Adèle Ramirez obtient le rôle de la poule. Ils veulent que Paul soit fou, ils vont être servis. Virginie passera cette porte très bientôt ! Au fait, combien a-t-elle de rayures cette porte ? Il est temps pour lui de se remettre à compter.

Dans la salle de pause, Virginie pleure à chaudes larmes. Affalée sur le sofa, elle garde le regard dans le vide tout en fixant la baie vitrée. Deux mois qu'elle n'a pas pu voir son mari, deux mois qu'elle culpabilise. Elle l'a quitté par message, sans classe ni franchise, après une nuit de colère qui avait failli finir tragiquement. Et alors que dans un sursaut d'orgueil, elle revenait à la vie et faisait le choix de ne pas se jeter par la fenêtre et de reprendre son existence en main, elle commettait l'acte qui allait pousser son mari dans le vide. Ce SMS envoyé avait eu l'effet d'un tsunami soufflant son mari par-dessus le balcon. Paul avait sans doute raison, leurs deux existences sont vouées à être liées. Il affirme sans cesse que leurs âmes sont connectées. Paul appelle cela le lien karmique qui les unit, cette capacité à ressentir les mêmes émotions dans le même intervalle de temps, les peines comme les joies. Face à l'insupportable douleur de la rupture, l'homme qu'elle quittait ce soir-là réagissait comme elle aurait dû le prévoir. Avec les mêmes pulsions qu'elle. Avec la même attirance pour le vide. Il faut le vivre pour y croire. Mais Virginie sait que Paul a raison, ce lien existe bien entre les deux époux. En faisant le choix de le quitter, elle est convaincue qu'elle a tenté de rompre cette chaîne qui les relie, sans mesurer les conséquences destructrices d'un tel acte. Paul s'est jeté dans le vide, quelques instants après qu'elle a manqué du courage nécessaire pour le faire. Et Virginie se sent coupable de l'avoir poussé. Depuis soixante jours, Paul souffre seul sur son lit, sans qu'elle puisse le voir. François, son collègue psychiatre psychanalyste, le lui interdit. Paul est trop instable, encore trop fragile. La vue de sa femme provoquerait des pulsions morbides que le malade ne dissimule même pas. Pour le sauver du danger qu'il représente pour lui-même, Virginie ne doit lui rendre aucune visite. Elle, elle voudrait juste pouvoir lui tenir la main. Elle n'est pas épanouie avec lui et ne regrette pas sa décision, mais c'est quand même toujours son mari. Quand le divorce sera prononcé, elle espère qu'il sera l'ami loyal qu'il a toujours été. Quelle sorte d'amie est-elle, si elle ne peut pas se tenir auprès de lui quand il est au plus bas ? Depuis deux mois, elle se sent si fragile et si seule. Son Paul, il n'était peut-être pas si horrible que ça. Bien sûr, c'est un macho et un éternel donneur de leçons. À son contact, elle s'est si souvent révoltée de se sentir rabaissée, ramenée à sa condition de femme soumise qui ne parvient pas à s'épanouir. Se sentir incomprise l'a poussée à prendre son envol dans un élan de colère. Mais qu'a-t-elle gagné depuis qu'elle l'a quitté ? Est-elle plus heureuse dans sa nouvelle vie de femme célibataire ? Elle se sent fragile comme jamais, et si seule… Dans ces moments-là, l'épaule solide et rassurante d'un homme est toujours la bienvenue. Celle de Paul n'est plus là pour apaiser ses colères, et Virginie se demande si elle n'a pas fait de lui le bouc émissaire de toutes ses rages. Sans lui, elle se sent si fragile. Elle ne compte plus le nombre de fois où elle est restée postée devant la porte de la chambre 22, sans jamais la pousser. Non, elle n'est jamais entrée. François a raison, elle lui a fait assez de mal comme ça. Elle a lu quelque part que ce lien si fort entre deux personnes peut être terriblement destructeur. Il serait le fruit de plusieurs vies passées à s'aimer ou se détester, forçant les deux êtres à se réincarner sans cesse pour se retrouver jusqu'à la fin des temps. À force d'avoir l'éternité pour s'apprendre mutuellement, les deux âmes arrivent à un état de communion totale, aussi bien du corps que de l'esprit. Se peut-il que Paul croie vraiment à toutes ces conneries ? En attendant, Virginie pleure seule dans le canapé de la salle de pause, ses jambes sont lourdes et ses tibias la font souffrir. Elle en est convaincue, Paul tire de toutes ses forces sur ce lien invisible qui les unit, comme pour l'attirer vers lui. Elle a mal parce qu'il souffre, elle pleure parce que son cœur hurle. Depuis son lit médical, son mari se consume, et elle brûle avec lui. Putain de karma…

François pousse la porte de la salle de pause au moment même où Virginie termine de sécher ses larmes. Il la regarde un court instant avant de s'approcher d'elle pour la saluer. Mon Dieu qu'elle est belle se dit-il, dans sa blouse qui lui cintre les hanches et laisse apercevoir le galbe de sa poitrine généreuse. Ses yeux emplis de chagrin donnent à l'ensemble des airs de divinité romaine, et François ressent instantanément ce violent trouble du désir qui lui parcourt la colonne vertébrale, comme un grand frisson qui le fait se sentir vivant. Belle comme la Vénus de Canova, ses yeux mouillés sont l'incarnation de la fragilité féminine. L'homme qui reste indifférent devant un tel tableau n'est pas fait de chair et de sang. Le sien bouillonne, il peut sentir cet uppercut au cœur qui le frappe à lui couper le souffle. Depuis la première fois qu'il l'a vue, il désire cette Vénus sublime. Il se rêve en Panthéon, gardien immortel de son sanctuaire. Et il méprise l'univers tout entier, comme si plus rien n'existait d'autre que lui en orbite autour de sa déesse. Ce regard qu'elle jette vers lui à présent le happe à l'extérieur du vaisseau de ses apparences et le précipite dans le vide. Elle est si belle…

— Merci d'être venu, François. Je sais que ton temps est précieux.

Le baiser qu'elle pose alors sur la joue du psychiatre a la violence d'une gifle. Si insignifiant et impersonnel, il le renvoie à sa simple condition de personnage dans le décor. Les femmes savent si bien remettre les amoureux transis à leur place. Le doc encaisse le coup sans dire un mot. Il réajuste sa cravate, et tâche de reprendre l'air hautain que ne doit jamais perdre un professeur de médecine, surtout devant une insignifiante infirmière, même si elle est belle à en crever.

— Je ne dispose que de très peu de temps. J'ai encore beaucoup de patients à visiter et une vingtaine de consultations qui m'attendent. Que puis-je faire pour toi ?

— Comment peux-tu me poser cette question ? Tu sais très bien pourquoi je t'ai fait venir. Donne-moi des nouvelles de mon mari.

Le psychiatre la regarde. Ses yeux brillent et son corps se tend. Dressée devant lui se tient une tigresse prête à bondir. Sublime, féline et à bout de nerfs, elle irradie de toute sa beauté fragile. François sait que ce n'est pas pour lui. Mais il profite du tableau.

— Tu l'appelles de nouveau « mon mari » ?

Virginie danse sur ses pieds, nerveusement. François se dit qu'il doit s'y prendre autrement, s'il ne veut pas qu'elle lui saute au visage toutes griffes dehors. Elle est si belle… Il sait qu'il la désire. Il doit prendre en un instant la décision qui va faire basculer leur vie. Tant qu'elle ne s'émancipera pas de ce con, elle ne pourra pas être sienne. Là devant lui, fragile et bouleversée, il lui semble évident qu'il doit décider pour elle.

Quitte à mentir. N'est-ce pas le rôle d'un psychiatre de donner l'impulsion nécessaire à la guérison de ses malades ? La manipulation mentale n'est pas un crime, surtout si elle sert les intérêts de François.

— Bon, les nouvelles ne sont pas bonnes, Virginie. Paul souffre clairement d'un dédoublement de la personnalité. Les voix qu'il entend sont intérieures, et le poussent à des pulsions morbides. J'ai hésité à t'en parler, mais ce n'est pas un simple traumatisme lié à votre séparation. Je pense que les causes sont plus profondes. Tu n'es pas responsable de son état psychique. Votre rupture n'est que la goutte d'eau qui a fait déborder le vase de ses émotions.

— Ça veut dire que je peux le voir ? Si je ne suis pas nuisible à sa santé, plus rien ne m'empêche de me tenir à ses côtés.

Le doc prend une profonde respiration. La partie va être rude, mais il sait qu'il joue à domicile. Sur le registre de la folie, son avis fait autorité, et ce n'est pas cette petite pute qui va venir entraver ses ambitions. Non, elle n'ira pas le voir. À partir de maintenant, elle est à lui, et commence la mise en place de ses pions sur l'échiquier.

— Je ne sais pas comment t'annoncer ça, mais Paul ne veut pas que tu lui rendes visite.

— Je ne te crois pas, je le connais trop. Ce comportement-là, ce n'est pas mon homme !

— Ton homme ? Pardon d'être cruel, mais tu l'as quitté sans trop te soucier d'y mettre les formes. Tu claironnais à qui veut l'entendre que cet homme-là n'était plus celui que tu avais épousé. Je t'explique les raisons de ce changement et tu m'engueules ? Pour ce qui est du diagnostic médical, rappelle-moi qui de nous deux dans cette pièce est médecin ? Qui est chef du service psychiatrie de cet hôpital ?

— C'est toi François, bien sûr.

— Bien. Maintenant que ceci est acté, je te demanderai de garder ton sang-froid et de ne plus remettre en cause ma parole. Je suis ton ami depuis ton arrivée dans cet hôpital Virginie. Je sais que tu as du chagrin, mais n'attends pas de moi que je te mente pour te faire plaisir. Non, Paul ne veut pas te voir. Il faut que tu comprennes que l'homme que tu as connu n'existe plus pour le moment. Celui qui se tient dans la chambre 22 est un aliéné aux tendances suicidaires, qui se montre violent avec son entourage. Je ne pense pas que tu sois prête à vivre ça. Et il me l'a encore dit tout à l'heure, il ne veut pas se retrouver face à toi. Son discours est plein d'incohérences. Il te réclame, puis la minute d'après il vocifère des choses terribles, des menaces contre ta vie. C'est comme si au plus profond de lui, une lutte intérieure se tenait, entre sa folie et sa raison. Comme si deux Paul s'affrontaient.

— Je peux comprendre qu'il me déteste, mais Paul n'a jamais été schizophrène.

— Le dédoublement de la personnalité n'a rien à voir avec la schizophrénie, Virginie. Cette dernière se traite et se canalise avec des médicaments. Le mal qui frappe Paul n'a pas de remède, en tout cas pas pharmaceutique. Certains traitements peuvent l'apaiser, mais pas sur le long terme. Ce qu'il lui faut, c'est de l'isolement et une psychanalyse. Je dois reconstruire son psychisme.

— Mais moi, que puis-je faire pour lui ? Tu ne peux pas me condamner à l'inaction, François. C'est inhumain.

— Si tu veux l'aider, continue à te tenir à distance. Crois-en mon expérience, il faut absolument le couper de ce qui le rend fragile.

— Tu vas me le guérir ?

— Je te le promets…

Virginie s'approche de François.

— C'est si dur ce que tu me demandes. Que doit-il penser de moi ? Je le quitte alors que tu m'expliques qu'il est malade, et je l'abandonne à nouveau chaque jour que Dieu fait.

Elle accepte volontiers de se blottir dans les bras rassurants que lui présente le doc. Elle se dit que dans son malheur, elle a la chance d'avoir dans le corps médical un ami fidèle et loyal. Entre ses mains, elle sait que son mari est en sécurité. Peu importe ce qu'elle éprouve ou non pour Paul à l'instant présent. La question n'est plus de savoir s'ils forment toujours un couple, mais bien de le sauver de ses démons. Elle se sent si fautive qu'elle est convaincue qu'elle lui doit bien ça. Toute à ses pensées, blottie dans les bras du sauveur de son mari, elle ne prête pas attention à la main droite de François qui vient de glisser au bas de ses reins. Elle se laisse aller à pleurer à chaudes larmes, tandis que le psychiatre savoure ce petit instant de gloire, comme un poilu de quatorze qui vient de gagner cinquante mètres de terrain à l'ennemi. La main posée sur ses fesses, c'est dix mètres de gagnés aux boches dans les tranchées. Elle sait se faire discrète. S'il osait, il saisirait sa nuque pour amener son visage contre le sien et l'embrasser à pleine bouche. Mais il est encore trop tôt, la jolie bête est blessée, mais peut encore mordre. Et il ne veut en aucun cas perdre sa prise. Gêné, il sent l'afflux sanguin à son entrejambe. Pas question d'être trahi par une érection à ce moment de la partie ! L'heure est à faire fonctionner sa tête, pas son sexe. Il écarte la jeune femme qui, toute à son chagrin, ne se rend compte de rien.

— Va travailler, Virginie, je te tiendrai au courant de l'évolution des choses après ma visite de l'après-midi. Qui sait, on peut dîner ensemble un soir ? Ça te changerait les idées.

Virginie esquisse un sourire poli et quitte la pièce en le saluant de la main.

Le doc s'installe tranquillement dans le canapé, sortant de sa poche un paquet de cigarettes. Il en porte une à la bouche, tout en contemplant le panneau d'interdiction de fumer sur le mur. Cette règle ne s'applique pas à lui. Elle est valable pour le commun des mortels, mais pas pour le Professeur Saleçon. L'hôpital est un monde très hiérarchisé, et les médecins titulaires sont le sommet de la pyramide. Comme dans toutes les sociétés, le sommet fixe les règles pour que la base les applique, tandis que le haut de la pyramide les contourne. Lorsque la porte s'ouvre pour laisser rentrer son collègue chirurgien orthopédique, il est occupé à faire des ronds avec sa fumée.

— Salut, François ! Dis donc, je viens de croiser la petite Virginie qui sortait d'ici. Ça avance notre pari ?

— Salut, Étienne ! Oui, ça prend forme gentiment. Je viens de faire une avancée considérable… Tu peux te préparer à me payer le restaurant !

Étienne Flantier, chirurgien orthopédique, s'installe à côté de son ami dans le canapé. Étendant ses jambes sur la table basse, il se saisit du paquet de cigarettes et s'en allume une en souriant.

— Mon vieux François, si tu gagnes ce pari-là, tu auras tout mon respect. Cette petite a un cul à faire bander un mort. Je sais que tu es un prédateur redoutable, mais la gamine n'a pas une réputation de fille facile dans l'étage.

— C'est ce qui rend la chasse plus palpitante, Étienne ! Mais crois-moi, je l'aurai. Elle a déjà baissé sa garde, elle m'assimile à l'image du protecteur et elle est, tout entière, pendue à mon discours de médecin psychiatre. Elle ne le sait pas encore, mais je la tiens.

— Tu es un immonde manipulateur François.

— Faut-il que je te rappelle tes escapades nocturnes chez l'amputée du quatrième, vieux ? Tes séances de massage du moignon à minuit, ce n'était pas de la manipulation ?

À cette dernière phrase, les deux compères explosent de rire. François est à deux doigts de s'étouffer avec la fumée de sa cigarette.

— Tu le déplâtres quand l'autre con ?

— À la fin de la semaine normalement, répond Étienne. Je dois lui faire passer une radiographie, mais je pense que la consolidation osseuse est bien avancée. Il va pouvoir commencer sa rééducation.

— Ça ne m'arrange pas trop, vieux. J'ai besoin d'un peu de temps supplémentaire. J'avance doucement avec Joli Cul, je ne veux pas la brusquer. S'ils se croisent, ça va compliquer mon affaire. J'ai beau le tenir à l'isolement, s'il peut se dresser sur ses jambes, c'est un risque que je ne peux pas prendre.

— Le pari se termine lundi prochain. C'est ton problème.

— Sois pas vache. Tiens-le-moi au chaud dans son lit, et moi je maintiens sa quarantaine pour trouble psychologique.

— J'y gagne quoi ? Non seulement j'améliore tes chances de remporter le pari, mais je n'ai aucune contrepartie.

— Tu veux toujours changer ta série de fers pour le golf ? Si tu me le tiens au chaud dans sa prison de plâtre encore un mois, et que tu acceptes de prolonger jusque-là notre petit défi, je te les offre. Allez, sois fair-play.

— Tope là, c'est pour la beauté du sport que j'accepte. Et puis je suis curieux de voir comment tu vas t'en sortir quand la petite va t'éconduire. Elle n'est pas épaisse, mais je ne voudrais pas la voir en colère. Ça pourrait être renversant.

En se levant, François se saisit d'un petit bloc-notes qu'il tire de la poche de sa blouse.

— Donne-moi ton stylo Étienne.

Il griffonne rapidement quelques mots sur le bout de papier, qu'il arrache pour le punaiser sur le tableau des notes d'information du comité d'entreprise.

— Qu'as-tu écrit ?

— La direction vous rappelle que fumer ici vous expose à une amende.

— T'es vraiment un enfoiré, sourit Étienne.

— J'ai mon petit niveau. Merci pour le délai, et choisis tes clubs de golf. C'est pour moi ! Je te laisse, je dois aller m'occuper de mon rival.

— Comment va son mental ? Je ne m'occupe que de ses jambes, mais j'ai vu dans son dossier médical que tu le traitais pour un trouble grave du comportement. Il est vraiment cintré ?

François Saleçon ne put s'empêcher de rire aux éclats.

— Il est parfaitement sain d'esprit. Il est atteint au plus profond de lui parce que le chagrin de sa rupture le dévore. Le mec est surmené, épuisé mentalement. Mais la seule maladie dont il souffre, c'est qu'il est con ! Je l'ai convaincu qu'il devait accepter sa pathologie pour revoir Virginie. Depuis, il simule sa folie en dessinant des petits animaux sur ses cahiers et en tenant des propos insensés en ma présence. Je ne suis pas dupe, mais je le laisse faire. Il le fait pour la revoir au plus vite. Et moi, plus il feint sa folie, plus je pousse loin son traitement médicamenteux. Plus je force la dose, plus il délire, et plus je suis légitime quand je dis au joli petit cul qu'il est fou et qu'elle ne doit pas le voir. D'ailleurs, à force d'avaler tous ces cachets, il va finir par vraiment perdre la tête.

— Je retire ce que j'ai dit, tu n'es pas un enfoiré. Tu es un véritable salopard, murmure Étienne.

— Oh, écoute, tous les moyens sont bons. Je ne l'ai pas poussé par la fenêtre non plus ce con ! Si la nature avait bien fait son travail, elle aurait trié les cons dès la naissance. Non, mais sérieusement, même pas fichu de se suicider ! J'arrange un peu l'histoire pour gagner du temps. J'ai décidé que cette fille serait à moi, et je l'aurai.

— Ton orgueil te perdra, François, répond Étienne.

Orgueilleux, le doc l'est incontestablement. Convaincu de sa supériorité sur le reste de l'espèce humaine, l'éminent professeur Saleçon quitte la salle de pause. D'un pas assuré, il remonte le long corridor vitré qui mène au centre du service. Au croisement des couloirs, l'effervescence de la salle d'attente le reconnecte à sa vie de médecin. Les personnes assises le saluent respectueusement, tandis qu'il réajuste le nœud de sa cravate. Sur tout l'étage, il est le respecté Professeur Saleçon, l'homme dont l'avis fait office de vérité. Celui dont on admire le charisme et l'empathie. Il croise une élève infirmière qui lui adresse un bonjour timide, les joues rougies. François Saleçon se sent fort, viril, bien installé dans sa respectable toute-puissance. S'il avait le temps, il la séduirait aussi. Il est ici chez lui, sur son terrain de jeu. Et il adore ça. Étienne Flantier lui parle de son orgueil, mais quel est le problème ? Il a sacrifié ses plus belles années à de rudes études universitaires. Son internat, il l'a fait dans les plus infréquentables asiles de fous que la métropole connaisse. Maintenant qu'il maîtrise les rouages de l'esprit humain, et qu'il est reconnu pour son talent à pénétrer au plus profond du cerveau des patients, quel mal y aurait-il à mettre sa science et ses connaissances au profit de ses intérêts personnels ? Selon lui, aucun. Quand on a son talent et sa réussite professionnelle, l'orgueil est la moindre des rémunérations. Ce n'est pas sa faute s'il a un putain de karma !

XII

23 décembre 2019
Qui es-tu, Alice Pouffe ? Ma petite-fille est une traînée

— Je devais récupérer Adel et Noël à l'école ce matin, mais quelqu'un les a kidnappés ! Un homme qui prétendait venir de ma part !

Adel et Noël. Dans le bureau de l'adjudant Mouton, une vieille dame presque centenaire pleure. Tandis qu'elle verse un flot ininterrompu de larmes sur le col de sa grosse veste d'hiver, la grand-mère d'Alice Pouffe vient de donner des prénoms aux deux jeunes enfants disparus. Ils ne sont plus juste les gamins, mais Adel et Noël. Antoine a soudain un haut-le-cœur, comme si ses tripes encaissaient, à la vue de cette grand-mère pleurant la disparition de ses deux arrière-petits-enfants. Jusque-là, John et lui cherchaient les gosses. Gosses… Un mot presque vulgaire et sans chaleur. Dans le feu de l'action, ils n'avaient pas eu le temps de les humaniser. Entre deux sanglots, la vieille vient de leur donner un prénom. C'est comme si dans le cerveau et le cœur d'Antoine, elle leur avait donné vie, au moment même où ils étaient peut-être morts. Ces deux prénoms, jetés avec spontanéité, leur donnaient corps et âmes, alors qu'ils n'étaient jusque-là que deux anonymes recherchés. Son regard croise celui de John, appuyé contre le mur du fond. Il lui semble que le commissaire n'est pas plus à l'aise. Tandis qu'il questionne la vieille dame, il torture entre ses doigts un innocent trombone dérobé sur le bureau de l'adjudant.

— C'était écrit d'avance !

La voix gémissante de la grand-mère d'Alice vient briser le silence pesant qui flotte dans le bureau. Mouton tend un kleenex à la vieille dame, qui se mouche bruyamment.

— Que voulez-vous dire ? John s'allume une cigarette, tandis qu'il tire une chaise pour s'installer auprès de la vieille.

— Ça ne vous dérange pas de fumer dans mon bureau ? demande Mouton.

— Je repose ma question, dit John à la grand-mère d'Alice Pouffe. Que voulez-vous dire par « c'était écrit d'avance » ?

La vieille lève les yeux vers le commissaire. Des grands yeux noirs, qui paraissent soudainement séchés de leurs larmes. Elle n'a plus dans le regard que de la colère.

— Je dis que ça devait arriver. Je connais bien ma petite-fille. Alice a toujours été autodestructrice. Elle n'a toujours attiré vers elle que le chaos et la mort. C'est son karma, Commissaire. Il est mauvais. Vous savez ce que c'est que le karma, vous ?

— J'en ai une vague notion, soupire John en pensant à Virginie.

— Depuis toujours, ma petite-fille sème la mort et la destruction. C'est ainsi depuis sa plus tendre enfance. À la mort de ses parents, mon vieux mari Roger et moi, on l'a élevée. Je lui ai donné le même amour qu'à ses frères, la même abnégation à vouloir en faire une belle personne. Mais j'ai compris très vite que c'était peine perdue. C'est une folle, qui ne s'est jamais souciée du mal qu'elle faisait autour d'elle. Mon mari et moi vivions depuis toujours dans l'attente du drame suivant. Le pauvre homme, la perversion d'Alice lui aura fait faire un arrêt cardiaque avant ses quatre-vingts ans, me laissant veuve. Depuis toute petite, Alice vit sa vie comme si elle était une armée en campagne, menant la politique de la terre brûlée. Ce qu'elle détruit sur son passage, au rythme de ses caprices et de ses délires, elle ne s'en soucie guère. Nous avons tout connu, mon mari et moi. Les groupes d'amis qui explosent, les petits amis suicidés, les relations adultères qui finissent dans un bain de sang… Alice ne nous a rien épargné. J'ai espéré si fort que mes arrière-petits-enfants n'en soient pas les victimes prochaines… J'ai prié Dieu nuit et jour. Mais je crois qu'au fond de moi je savais que cela arriverait. J'ignore ce qu'elle a encore fait, je ne suis même pas sûre d'avoir la force de l'apprendre. Mais Adel et Noël ne devraient pas se retrouver mêlés à tout ça. Un jour, il faudra qu'elle paie pour ses actes. Elle a disparu elle aussi, c'est peut-être même une de ses mises en scène pour fuir son mari et emporter les enfants avec elle. Ou une manœuvre d'un de ses amants pour se venger d'elle. Elle est capable de tout !

John tire sur sa cigarette tout en observant la vieille. Faut-il lui dire pour sa petite-fille ? Non, c'est trop tôt. Ils ne peuvent pas se permettre que la vieille craque maintenant. Dans une disparition, chaque seconde compte, et pleurnicher fait perdre un temps précieux. Il n'éprouve pas de compassion pour Alice Pouffe. Pour lui, ce n'est qu'un cadavre de plus dans sa carrière bien fournie de flic. Le tas de chair qu'il a vu au bord de l'étang ne lui inspire ni dégoût ni pitié. Froidement, il n'y voit qu'un élément de l'enquête, le premier morceau d'un puzzle à reconstituer. Il faut bien un cadavre pour lancer les investigations. Non, la grosse Pouffe ne l'émeut pas. Mieux, il commence à se dire au plus profond de lui qu'elle n'est pas morte par hasard. Paul est fou. Personne ne peut remettre ça en cause. En revanche, le roi du sécateur estimait qu'Alice Pouffe et son Saleçon de mari étaient liés de près ou de loin à la mort de Virginie. Et si John était bien là pour l'empêcher de nuire, il ne pouvait s'empêcher de ressentir au plus profond de lui un élan de solidarité avec Paul. Après tout, lui aussi disait se sentir connecté avec Virginie par ce foutu lien karmique. Et John a très envie de savoir où Paul l'entraînera dans son sillage. Il l'a fait venir jusque-là, mais pour l'emmener où ? Si c'est sur le chemin de la vérité à propos de la mort de son amie, il ne se pressera pas pour l'arrêter. Non, John se fiche bien de la mort d'Alice Pouffe. En revanche, la disparition des enfants change la donne. Si John peut se dire intérieurement que la mère paie peut-être pour ses actes, Adel et Noël ne sont que deux bambins innocents. Les savoir entre les mains du taré donne à son interpellation un caractère d'urgence absolue. Non, la vieille n'a pas besoin de savoir pour sa petite-fille. Il y a encore des infos à lui soutirer avant de la laisser s'écrouler. Mais il vaut encore mieux pour l'instant lui cacher la vérité sur l'homme qui détient les enfants. En ne sachant rien, la vieille a sans doute plus de choses à dire.

— Vous semblez dire que votre petite-fille est une personne peu recommandable. Dans la maison, nous avons trouvé la trace de beaucoup de restes d'alcools. Pour quelqu'un de peu fréquentable, elle avait tout de même l'air d'avoir une sacrée vie sociale !

Les yeux de la vieille paraissent se rallumer. Désormais, le chagrin et l'inquiétude s'effacent totalement. Seule une colère noire subsiste, glaçant son visage. Quoi qu'elle s'apprête à dire à cet instant, John sait que ce ne sera pas flatteur pour sa petite-fille.

— Ce n'est pas compliqué d'avoir une vie sociale quand on écarte les cuisses plus facilement qu'on ne va à la salle de gym…

Ma petite-fille est une traînée, mariée à un pervers narcissique. Vous croyez que je ne sais pas pourquoi régulièrement, j'ai mes deux arrière-petits-enfants à dormir chez moi pour plusieurs jours ? Elle me les présente propres et bien coiffés, dans leurs plus beaux habits. La maison est impeccable et les chambres des gamins sont rangées. L'illusion de la mère parfaite. Seulement, il ne faut jamais que je traîne, je dois repartir le plus vite possible. Et que pensez-vous qu'elle fasse de ses soirées, une fois que moi j'ai récupéré les gosses ?

— J'ai pu voir le salon, j'en ai une vague idée, soupire John. J'ai un petit appartement dans le huitième arrondissement, à Marseille, dont le salon ressemble vite à ça les soirs de déprime. Je veux dire, beaucoup d'alcool, mais les capotes en moins… Votre petite-fille se livrait-elle à des rencontres… disons… pour adultes ?

— Ne jouez pas au prude avec moi, monsieur le commissaire. À mon âge, on n'a pas peur de prononcer le mot partouze ! Alice donne son cul à qui le veut bien plusieurs fois par semaine, dans des orgies dont parle tout le village. Et son mari s'en accommode très bien. Cela lui évite bien d'avoir à la toucher. Il les aime plus fraîches, voyez-vous… Il travaille à Marseille. Et quand il rentre pour le week-end, le boulot sur sa femme est fait. En quelque sorte, il sous-traite.

Antoine et John ne peuvent s'empêcher de sourire lorsque leurs regards se croisent. La centenaire a son franc-parler. À force d'affronts et de souffrances, cette femme a fini par détester sa propre petite-fille, au point de médire d'elle, sans s'inquiéter un seul instant de son absence. Finalement, la vieille va peut-être prendre comme une délivrance la mort d'Alice. John reprend l'interrogatoire.

— Que savez-vous des hommes qui la visitent ? Avez-vous des noms ? Connaissez-vous un certain Paul Arnout ?

— La seule chose que je sais d'eux, ce sont les taches que j'enlève sur les fauteuils, ironise-t-elle. J'ignore qui est ce Paul, sans doute un de ses amants. Questionnez le voisinage, ici tout le monde passe sa vie à la fenêtre. Mieux ! Demandez-le à son mari. Il ferme les yeux sur tout cela, aime à se faire passer pour une victime, mais il est tout aussi tordu qu'elle. Peut-être même que c'est lui qui tient le registre des visites !

À cette dernière remarque, un silence gênant parcourt la pièce. L'adjudant Mouton prend sur lui d'expliquer que le professeur Saleçon a lui aussi été kidnappé, et que la gendarmerie a des raisons de penser que le ravisseur est le même homme. Le chef de brigade sort de son tiroir une grande photo du suspect, que le jeune Antoine a tiré d'une copie d'écran de la vidéo. Dessus, Paul apparaît de face, portant ses lunettes rondes et sa grande barbe noire. Si cette dernière donne un aspect longiligne à son visage, la photo est assez nette pour qu'une personne le connaissant puisse l'identifier. John guette une réaction dans le regard de la vieille, mais cette dernière reste de marbre. Pour toute réaction, elle se contente de leur dire qu'elle ne connaît pas cet individu, et que ces messieurs les gendarmes gagneraient du temps en demandant directement à Alice.

— À propos de votre petite-fille, nous avons la certitude que c'est une victime aussi, ajoute John en rangeant la photo dans la poche de son blouson.

À cette annonce, l'inquiétude regagne immédiatement la vieille femme.

— Si ce n'est pas un nouveau coup foireux d'Alice, alors cette fois, peut-être qu'elle a fait du mal à la mauvaise personne… Ce Paul peut très bien être un de ses anciens amants, plus virulent que les autres. Tout se paie, Commissaire ! C'est aussi ça, le karma. Sauvez les gosses, ils ne sont pas responsables des actes de leurs parents.

Antoine observe cette femme depuis le début de l'interrogatoire. À aucun moment, elle n'a exprimé de compassion ou d'inquiétude pour sa petite-fille. Sa seule préoccupation est la santé des deux petits. Il se dit qu'Alice Pouffe a dû beaucoup la faire souffrir et la décevoir, pour qu'elle perde à ce point l'amour familial. Seuls ses arrière-petits-enfants la rattachent à une forme d'humanité. Pour Alice, elle n'éprouve rien.

Un gendarme fait irruption dans le bureau pour remettre un document à l'adjudant Mouton. Le gros prend le temps de le consulter, avant de le faire glisser vers Antoine et John.

— Si c'est son adresse, alors prends deux hommes avec toi, Antoine, et fonce, dit le commissaire. Je ne t'accompagne pas. D'abord parce que je doute qu'il y soit, ensuite parce qu'il faut que je dorme un peu si je veux avoir les idées claires. Je n'ai pas fermé l'œil depuis plusieurs jours. Tu me déposeras à l'hôtel. Adjudant, je vous laisse avec madame. Vous savez quoi faire. Il est temps de lui dire.

Le commissaire écrase sa cigarette sur le bord du bureau métallique, puis récupère son blouson de cuir sur le dossier de la chaise avant de quitter la pièce, immédiatement suivi d'Antoine. Seul face à la vieille, Mouton regarde, effaré, le mégot écrasé sur son bureau. Face à lui, indifférente, la grand-mère d'Alice Pouffe reste figée, le regard vide. Oui, le moment est venu de l'annoncer. De toute façon, le labo vient de faire parvenir les résultats des tests ADN, et s'il demeurait un doute sur l'identité du corps, ceux-ci le dissipent définitivement. C'est bien le corps d'Alice Pouffe qu'on a repêché dans l'étang. Il faut maintenant l'annoncer à la famille. La vieille a beau décrire un portrait peu flatteur de sa petite-fille, elle n'en est pas moins de sa famille. Dans quelques instants, la colère va céder la place à l'hystérie et aux larmes. Mouton sait trop bien comme il est difficile de trouver les mots justes dans ces circonstances. Et l'autre cow-boy au blouson de cuir et à la petite barbe de trois jours lui laisse la corvée. Il va tâcher de ne pas être maladroit.

— Madame, pourriez-vous identifier Alice sur une photo, même si je n'en ai qu'un morceau ?

— De la photo ?

— Non, de votre petite-fille…

XIII

22 décembre 2019
Paul, la cuisson du sanglier

Quatre-vingt-dix minutes. C'est le temps exact à respecter pour la cuisson du ragoût de sanglier. La cocotte doit cuire à feu doux, pour que la viande ait le temps de chauffer sans durcir, et se détacher de l'os. Si c'est valable pour le sanglier, aucune raison que la recette ne fonctionne pas pour une jambe humaine. Bien sûr, il faut de temps en temps arroser d'un trait de vin blanc, et insérer le bouquet garni d'aromates sur la toute fin de cuisson. Dans la petite cuisine de la ferme, Paul s'affaire. Il s'est paré du vieux tablier qu'il a trouvé sur le clou vers la grosse gazinière, et porte à sa bouche la louche brûlante pour goûter son plat. Tandis qu'il souffle doucement dessus pour ne pas se brûler, une petite voix se fait entendre.

— Monsieur barbu, j'ai faim !

Paul se retourne vers la petite table de la cuisine. Sur la vieille chaise de paille, un petit garçon en pyjama l'observe, l'air effrayé.

— C'est bientôt prêt, Noël. Il faut savoir patienter un peu. Et puis, tu viens nous voir à l'improviste, heureusement que j'avais de la viande au congélateur !

Il est marrant, lui, songe Paul. Il rentre tout juste de la chasse, le repas ne va pas se faire en deux secondes chrono ! Déjà, il a fallu que ça décongèle, parce qu'une patte de sanglier, même si le bestiau s'appelle Alice, ça fait quand même un beau morceau de viande. Ensuite, entre le découpage et la cuisson, on se retrouve vite à ne pas avoir mangé à dix-sept heures ! Et puis la cuisine de cette bicoque, ce n'est quand même pas le confort de son ancien appartement marseillais. Quand il était venu il y a un mois, pour proposer de la louer à la vieille, il avait trouvé l'endroit fonctionnel, mais au confort sommaire. Ici, on doit se contenter des ustensiles de base. Pas de robot moderne qui vous dise comment doser, qui pèse pour vous les ingrédients, et/ou vous cliquez bêtement sur suivant. Le Paul, il doit cuisiner avec deux fourchettes et une louche. Heureusement que sa regrettée maman lui a enseigné les bases de la cuisine traditionnelle. L'assaisonnement par exemple ! Un doigt d'aromates, jamais plus. En ouvrant le petit Tupperware en plastique, il sourit à l'idée qu'il en a justement un, de doigt. Il lui suffit de remettre l'alliance en place… Encore un peu de vin blanc pour libérer les saveurs. Paul verse une larme dans le plat, et le reste de sa bouteille dans son verre. Le prof lui a dit un jour en consultation que sa consommation d'alcool pouvait être excessive. Il avait tenté de lui expliquer que c'était l'autre qui noyait son chagrin. En levant les yeux, il voit son reflet dans la vitre du four. L'autre, cet inconnu au regard noir et désapprobateur, semble le juger. La cigarette aux lèvres, il le fixe de son regard triste. Il dépose le chiffon sur la poignée du four, pour que son reflet ne puisse plus le voir.

— Tu n'influenceras plus jamais ni ma vie ni mes choix, lui lance Paul en goûtant la viande.

À l'asile psychiatrique, l'autre avait choisi de s'effacer au profit de Paul. Il suffisait de ne plus prendre ses cachets. C'était une décision mûrement réfléchie ensemble, après des heures de discussions sur son lit d'hôpital. Des deux, c'était lui le plus qualifié pour venger la mort de Virginie. Il n'y avait pas de retour en arrière possible. La bête est libérée, assoiffée de vengeance. Dénué de sens moral, affranchi du fardeau des valeurs et de l'éthique, Paul ne reculera devant rien pour obtenir la vérité. Sa vérité. Celle que tout son corps et son âme espèrent. Du fond de sa tombe, la belle tire de toutes ses forces sur le fil de sa vie, qui le relie à lui. Elle a passé son existence à lui murmurer à l'oreille que leurs destins étaient liés par ce lien karmique. Il a fini par s'en convaincre. À présent, il n'est plus que le bras armé de sa belle. D'outre-tombe, elle lui hurle que le prof l'a tuée. Dans le miroir, l'autre veut faire les choses dans les règles, faire confiance à la justice. Mais c'est trop tard. La glace de verre qui les sépare est une frontière derrière laquelle Paul l'a définitivement enfermé, sans possibilité de retour. Peu importe à ses yeux les conséquences de ses actes. Sans elle, il n'est déjà plus que l'ombre de lui-même. Paul tient sa carcasse en vie dans l'unique but d'accomplir sa mission. Ce qu'il adviendra de lui après ne l'intéresse pas. Il espère la rejoindre rapidement, pour que leurs âmes soient de nouveau réunies. L'autre s'accroche à une morale inutile et désuète. La justice des hommes ne leur viendra pas en aide. Les protagonistes de cette affaire sont tous des animaux pour Paul, et lui est le chasseur. Ces gens-là ne comprennent que le sang, et il a un don pour le faire couler. La chasse n'a pas de secret pour lui. L'autre aurait tergiversé. Paul va gagner du temps. Prof finira par avouer son crime. Bien sûr, la partie est compliquée, car le psy manipule l'âme humaine avec toute l'aisance de ses années de pratique.

Mais Paul a pour lui sa bestialité. Ce que Prof lui a fait pendant ces mois d'hospitalisation, sa lente déconstruction, il va lui rendre au centuple jusqu'à obtenir ses aveux devant la caméra. L'honneur de Virginie sera lavé aux yeux du monde entier. C'est sa mission. Celle que son amour perdu lui a confiée. Elle lui a enseigné que les conséquences de nos actes se payaient dans cette vie ou celle d'après. Le karma… Prof est l'acte, Paul sera la conséquence. Mais pour l'instant, il faut nourrir son prisonnier, le garder encore en vie le temps d'obtenir des aveux complets. Lui redonner juste assez de force pour parvenir à ses fins, et mieux le détruire ensuite. La cocotte sur le feu est brûlante. Paul récupère le chiffon pour la saisir par les poignées de fonte. Il croise le regard de l'autre un court instant dans la vitre du four. Inutile d'insister, il les tuera tous ! Traversant la cour, il jette un rapide coup d'œil à la campagne autour de lui. Le jour décline déjà sur cette journée de décembre, plongeant les champs et les dépendances dans l'obscurité. On aperçoit à peine la camionnette stationnée sous la grange. Cette ferme retirée du village, dépourvue de voisinage, est vraiment l'endroit parfait. Derrière lui, le petit Noël traîne des pieds.

— Dépêche-toi, papa doit avoir faim !

☐ Détruire tout ce qui le rattache à une forme d'humanité.

☒Femme

☐ Cuisson en cours

XIV

23 décembre 2019
Résidence des Hernandez

Antoine stationne la BMW à l'entrée de ce qui ressemble à un chantier. Assis derrière le volant de la voiture que lui a confiée John, il prend le temps d'observer autour de lui. Les caméras de surveillance que le maire a fait installer devant l'école ont permis de relever la plaque d'immatriculation de la camionnette utilisée par le ravisseur. Le véhicule est enregistré à cette adresse. Le décor n'est pas celui qu'Antoine avait imaginé sur le trajet. La maison devant lui est de toute évidence en fin de construction et déjà habitée. Il s'agit d'un joli pavillon résidentiel, avec dans la cour une balançoire pour enfants et un trampoline. Les rideaux aux fenêtres, la terrasse joliment décorée, rien ne laisse présager qu'un psychopathe kidnappeur d'enfants vit ici. Le cadre a tout de la gentille famille fraîchement installée sur la commune. Le jeune gendarme frémit à l'idée que les enfants sont peut-être même scolarisés avec les gosses de la mère Pouffe. Dans l'allée de cailloux, un véhicule stationne. Plus loin, on aperçoit un SUV blanc, dont l'arrière dépasse du garage. De la lumière jaillit de l'intérieur de la maison, à travers les fenêtres. Antoine a l'impression de débarquer dans une petite famille modèle à l'heure où les enfants rentrent de l'école pour le goûter. Non, rien ici ne laisse présager la présence d'un tueur psychopathe kidnappeur d'enfants. En s'extirpant de la voiture, il porte discrètement la main à son arme de service pour en retirer la sécurité. On n'est jamais trop prudent, se dit-il. Les apparences peuvent être trompeuses. Et puis c'est la première fois qu'il intervient seul. L'adrénaline booste son rythme cardiaque. Les patrouilles des brigades voisines ne seront pas là avant une dizaine de minutes, et ses collègues sont tous à battre la campagne pour retrouver les gosses. La maison a l'air calme. Antoine se décide à y aller seul. Il lui semble évident que Paul n'est pas là, et qu'il n'y a pas matière à déplacer un régiment. Il a tout juste retiré son doigt de la sonnette que la porte d'entrée s'ouvre sur le visage d'un homme.

— Bonjour, Gendarmerie nationale. Vous êtes Alban Hernandez ?

Un silence gênant s'installe. À l'intérieur, l'homme d'une bonne trentaine d'années observe le gendarme, dont la main droite ne lâche pas la crosse de son automatique. Une petite fille d'environ cinq ans vient se blottir dans les jambes de son père en souriant. Antoine retire la main de son arme.

— Puis-je entrer, monsieur Hernandez ?

L'homme a vu le signe d'apaisement envoyé par le jeune militaire en présence de son enfant, et semble l'apprécier. Il s'efface afin qu'Antoine puisse entrer dans le vaste hall. La maison est fraîchement bâtie. Mais si les peintures ne sont pas encore faites, le jeune homme constate tout de suite qu'un soin particulier a été apporté à la décoration intérieure. Oui, tout porte à croire qu'une gentille petite famille s'est installée ici il y a peu, et se construit petit à petit la maison du bonheur. Antoine peut se détendre un peu.

— Qui vit ici, monsieur Hernandez ?

— Ma famille, répond l'homme sèchement.

— Et de qui se compose-t-elle ? Antoine reposa le cadre avec la photo de mariage sur le buffet.

— Ma femme et mes deux enfants. L'homme prend sa fille dans les bras et s'engage dans le salon. Que puis-je faire pour la gendarmerie, jeune homme ?

— Vous êtes le propriétaire d'un utilitaire ? Un joli GMC Vandura noir ?

— Oui, j'ai cette chance. C'est un modèle de 1980, la réplique exacte du véhicule d'une série à succès. Mais je vous ai vu arriver au volant d'un petit bijou vous aussi. Si c'est votre véhicule de fonction, vous êtes un veinard, sourit-il. Mais si vous êtes un amateur de belle carrosserie venu admirer le van, je suis désolé, mais il n'est pas là.

Antoine observe l'homme devant lui. Il semble plutôt calme et détaché. Pas tout à fait le profil d'un kidnappeur d'enfants, songe-t-il.

— Que faites-vous dans la vie, monsieur Hernandez ?

— La même chose que vous, répond sèchement son hôte. Je suis lieutenant de police. La seule différence est que je ne rentre pas chez les gens sans dire ce que je viens y faire.

Antoine sourit à la remarque du père de famille. Ils sont donc entre flics. Il peut se décrisper un peu.

— Et où est-il, ce joli van, cher collègue ?

— Dans le sud de la France, je l'ai prêté à un ami pour qu'il rentre chez lui.

— Et cet ami s'appelle Paul Arnout ?

— Vous lui voulez quoi, à notre Paulo ? Du fond du couloir, une voix féminine se fait entendre. Un instant après, une jeune femme blonde portant un nouveau-né dans les bras fait son apparition dans le salon.

— Je vous présente ma femme, dit Alban Hernandez en la débarrassant de l'enfant qu'elle porte contre elle.

— Vous l'appelez Paulo, vous avez l'air de bien le connaître ?

— C'est un vieux copain d'enfance. Paul et moi avons passé toute notre jeunesse ensemble dans le sud de la France. Il a passé deux ans chez nous pour se retaper à la suite du décès de sa femme. Il a emménagé dans la maison en même temps que nous. Ma femme avait l'habitude de dire que c'était notre petit. Il est reparti il y a trois semaines, quand elle a accouché. Un enfant en chasse un autre, sourit-il… Je lui ai prêté le van. Mais vous ne répondez pas à la question que vous a posé ma femme. Vous lui voulez quoi, à mon poto ?

Antoine ne peut s'empêcher de grimacer. De toute évidence, leur Paulo a changé ses plans, et la camionnette n'a jamais pris la route du sud. Il note minutieusement ce que lui dit le couple dans un petit carnet.

— Je veux voir l'endroit où il dormait. Antoine se rend compte que le ton de sa voix a dû se durcir, car le jeune couple se lance des regards gênés. On l'accompagne en silence vers la chambre du fond. En éclairant la pièce, Antoine ne voit qu'un berceau pour nouveau-né et une table à langer. Alors qu'il manifeste sa surprise, on lui explique que la chambre a été refaite au départ de Paul, pour accueillir le nourrisson à son arrivée à la maison. Ce qui était encore il y a trois semaines la chambre d'amis qu'occupait un dangereux psychopathe s'est transformé en nid douillet pour l'innocence de l'enfance. Décidément, la nature a horreur du vide, et passe facilement d'un extrême à l'autre. Dans cette pièce encore peu meublée et à la peinture blanche aseptisée, il semble évident qu'Antoine ne trouvera aucun indice probant permettant de dresser le profil du tueur, ou même de remonter sa piste. Il a eu raison de ne pas rameuter toutes les patrouilles du coin. Il perd son temps chez la famille modèle. Chez un flic, en plus ! Il se décide donc à une approche plus frontale.

— Paul Arnout est soupçonné d'avoir tué et découpé une femme sur une commune voisine il y a quelques jours. Une certaine Alice Pouffe. Il a jeté son corps dans l'étang. Du moins, le plus gros morceau… Je doute qu'il soit reparti à Marseille. J'ai oublié de vous préciser que les caméras de surveillance du village l'ont filmé pendant qu'il kidnappait les deux enfants de la victime devant l'école. Avec votre van… Ce qui vous rend complice d'au moins deux crimes. Pour un lieutenant de police, on a déjà vu mieux pour le tableau d'avancement. Alors je ne vous poserai la question qu'une seule fois. Où est-il ?

Le jeune gendarme a de nouveau la paume de la main posée sur la crosse de son automatique, comme une manière d'indiquer que l'entretien cordial se finit là. Désormais, il est temps de leur rappeler qu'ils ont ouvert la porte à un gendarme, et que ce genre de gars aime qu'on apporte des réponses à ses questions sans trop faire le malin. Ces deux-là ne lui disent pas tout. Ou plutôt, ils ne lui disent rien. Antoine a retenu la leçon de John. Il a commencé par observer. Ni Alban ni sa femme n'ont affiché de surprise lorsqu'il a évoqué la mort d'Alice Pouffe. En revanche, la jeune mère de famille a tressailli à l'évocation de l'enlèvement des enfants. De toute évidence, son instinct de maman s'est horrifié. Mais la description du cadavre mutilé d'Alice Pouffe l'a laissée sans réaction. John en aurait conclu deux choses. Premièrement, madame Hernandez déteste Alice Pouffe au point que sa mort la laisse de marbre. Ensuite, elle est déjà au courant.

Si la jeune femme a gardé le silence, son visage a parlé pour elle. Un silence pesant s'est installé dans la pièce. Il semble à Antoine que même le bruit des enfants s'est effacé. Alban, qui a pesé chacun de ses mots, prend sur lui de le rompre.

— Paulo est un ami de longue date. Je vous garantis qu'il est incapable de faire du mal à une mouche. Il est trop respectueux de la loi et des gens pour se compromettre dans des actes aussi horribles ! Vous devez faire erreur.

— Mon travail n'est pas de juger votre ami, monsieur Hernandez. Mon job à moi, c'est de le retrouver. S'il est innocent comme vous le prétendez, il n'a rien à craindre de la justice. Savez-vous comment je peux le joindre ?

Alban fait un signe du bras pour indiquer poliment au jeune gendarme qu'il doit se diriger vers la sortie.

— Vous me paraissez bien jeune pour une telle mission. Paulo est un esprit rebelle, pas le genre de gars qui se balade avec un portable. Si je dois le joindre, je l'appelle sur le numéro de son domicile. Je suis sûr que la gendarmerie l'a déjà. Mon travail à moi, ce n'est pas de vous aider à le capturer. Avant de nous menacer de nous poursuivre pour complicité, prouvez déjà que Paulo est impliqué. Je vous rappelle que je suis un policier, je connais mes droits. D'ici là, je ne vous retiens pas plus longtemps.

Joignant le geste à la parole, Alban ouvre la porte. Antoine comprend qu'il n'apprendra plus rien aujourd'hui. Sa visite n'est pas une réussite. Non seulement il n'a trouvé aucun indice pour remonter jusqu'à Paul, mais il a braqué les seules personnes susceptibles de le mettre sur une piste. Le père de famille est un flic expérimenté. Si Antoine est convaincu que le couple lui cache quelque chose, il sait aussi que son approche a été trop directe. Il va falloir la jouer plus subtil.

— Vous aimez les belles voitures, monsieur Hernandez. Venez jeter un œil à mon bolide.

Le père de famille accepte de bon cœur ce signe de détente. Il fait le tour de la BMW pour en admirer les courbes racées et nerveuses.

— Sacrée bagnole que vous avez là ! Une Young Timer dans un aussi bel état coûte une petite fortune. J'ignorais qu'on pouvait gagner autant d'argent dans la gendarmerie. Je me suis trompé de boutique !

— Ce n'est pas la mienne, un ami me la prête, dit Antoine en faisant hurler le moteur endormi.

Alban ne peut s'empêcher de siffler d'admiration devant la superbe sonorité du moulin allemand.

— Il doit sacrément vous apprécier votre ami, pour vous confier un jouet à cent mille euros ! J'espère que vous ne lui collez pas trop de kilomètres. Chaque tour de roue coûte une fortune là-dessus.

Derrière le volant, Antoine sourit. La dernière remarque du père de famille lui apparaît soudainement comme une évidence. Il retire son pied de l'accélérateur, puis coupe le contact avant de ressortir du véhicule. Il jette un rapide coup d'œil à la cour intérieure de la propriété. Les deux autres véhicules de la famille sont là. Une petite citadine stationne sous le porche, tandis qu'on distingue l'arrière d'un SUV flambant neuf par la porte ouverte du garage.

— Justement, votre van aussi coûte une petite fortune. Pourquoi avoir prêté le GMC à votre ami Paul, plutôt qu'une de vos deux autres voitures ? Vous l'avez dit vous-même, chaque kilomètre parcouru dévalue le véhicule. Et retourner à Marseille, ce n'est pas la porte à côté…

Le visage du père de famille vient de virer au rouge, tandis qu'il allume nerveusement une cigarette.

— Ma femme a besoin de la petite voiture, et le SUV est provisoirement accidenté. Paul a percuté un sanglier la semaine dernière, sur la route communale. La bestiole m'a sacrément esquinté le pare-chocs avant.

— Je peux voir ? Antoine n'attend pas que l'homme lui réponde, et se dirige vers le garage. Il fait le tour du véhicule, dont la calandre avant est plongée dans l'obscurité. D'un geste de la main, il indique à son hôte d'allumer le plafonnier du garage.

— L'installation électrique n'est pas terminée ici. On a privilégié la maison pour s'installer rapidement, dit Alban Hernandez.

— Comme c'est commode…

— Fallait venir avant la tombée de la nuit. Ce n'est pas notre faute s'il fait noir à 17 h l'hiver, grogne l'homme.

Antoine attrape la torche de dotation attachée à sa ceinture. Il met un genou à terre tout en éclairant la calandre du véhicule. La lumière artificielle fait apparaître un véhicule fortement accidenté. Les plastiques du pare-chocs avant ont explosé sous la violence de l'impact, et le SUV a perdu un phare en route. Le jeune gendarme se dit que le sanglier devait être costaud pour créer de tels dégâts. Curieusement, la torche n'éclaire aucune trace de sang, comme si le véhicule avait été minutieusement nettoyé. Antoine se dit qu'il faut que le propriétaire soit sacrément minutieux pour nettoyer un véhicule accidenté. Lui, il aurait laissé faire le carrossier. Après tout, nettoyer quelque chose de cassé, c'est quand même sacrément con. Et aussi très louche…

— Madame Hernandez, pouvez-vous me tenir ma torche un instant ? Je voudrais jeter un œil sous le véhicule. Simple formalité.

Le sous-officier n'attend pas qu'elle lui réponde, se glissant sous la calandre défoncée en s'allongeant sur le dos. La mère de famille braque timidement le faisceau lumineux vers lui. Mais c'est suffisant pour qu'Antoine voie ce qu'il cherche. Sous la voiture, les plastiques sont maculés de sang. Le puissant SUV a dû traîner le sanglier sur de nombreux mètres. À la jonction des plastiques et des passages de roue s'accrochent encore quelques poils de l'animal. Étonnamment longs, d'ailleurs… Il en saisit un, qu'il écrase fermement dans son poing, pour être sûr de ne pas le perdre. Les gars du labo feront le reste. Antoine n'est pas chasseur, mais il n'a jamais vu un sanglier avec les cheveux longs. Il est convaincu de tenir l'arme du crime. Soudain, son sang ne fait qu'un tour. Si c'est bien le cas, le gentil couple n'est peut-être pas si inoffensif que ça. Et lui est là, gisant sur le sol, allongé sous une voiture de plus d'une tonne, vulnérable et incapable de faire le moindre geste. Entre les roues, il lui semble qu'Alban Hernandez marche en direction de ce qu'il reconnaît comme une pelle de jardin. Calme-toi, Antoine, c'est un flic, songe-t-il.

— Votre démarche me semble bizarre, dit l'homme. Quelqu'un sait que vous êtes là ?

L'idée de se faire frapper sans possibilité de riposte glace Antoine jusqu'au cou.

— Toute ma brigade, Lieutenant Hernandez. Pourquoi cette question ?

Il peut clairement voir les pas de l'homme ralentir, pour finir par se figer. Tandis qu'il s'extirpe péniblement, il porte la main droite à la crosse de son arme, fixant d'un regard inquiet ses hôtes.

Quel con il fait ! Il tient dans sa main le cheveu trouvé dans le passage de roue. Il faut choisir entre affirmer sa capacité de riposte, quitte à perdre la pièce à conviction, pour faire cracher le feu au besoin, où faire comme s'il n'avait rien vu, et afficher un calme de façade. Face à lui se tiennent les deux époux, madame Hernandez ayant posé une main ferme sur le bras de son mari. De toute évidence, l'homme s'est ravisé. Sa femme le fixe fermement du regard, comme si, sans même dire un mot, elle lui adresse un message très clair : « Tiens-toi tranquille, mon coco… »

Antoine comprend que la partie va se jouer sur le terrain de la diplomatie. Pas de coups de pelle pour aujourd'hui. Les deux hommes se fixent encore un moment, comme aux grandes heures de la guerre froide. Entre eux, la présence rassurante de la jeune mère de famille constitue le no man's land à ne pas franchir, sous peine de déclencher les hostilités. Les femmes ont ce don de ramener les hommes à la raison ou de les rendre fous d'un seul regard. En cela, madame Hernandez excelle. Un œil de biche en direction du jeune gendarme, de toute évidence pas insensible à son charme, et un regard de louve menaçante à son mari, qui adopte immédiatement l'attitude du soumis. Girl Power ! Circulez, plus rien à voir, si ce n'est deux hommes un peu gênés. C'est justement elle qui prend l'initiative de rompre le silence pesant qui flotte dans le garage trop sombre.

— Je vous rends votre torche, Lieutenant.

— Je ne suis pas lieutenant, madame, répond-il.

— C'est parce que vous êtes jeune. Mais je ne doute pas que ça viendra. Vous avez l'air de déjà bien connaître votre travail. Avez-vous trouvé ce que vous cherchiez ?

Maligne la nana, songe Antoine. Un petit clin d'œil, un sourire en coin, et la petite dose de flatterie habilement dosée constituent tous les éléments nécessaires à réchauffer l'atmosphère. Le jeune homme se dit que les femmes sont décidément aussi belles que redoutables. La diplomatie d'une paire de seins est toujours plus efficace que la testostérone.

— Rien de particulier sur le véhicule. Je ne vais pas vous importuner plus longtemps. Une dernière chose, comment était votre ami Paul ces derniers temps ?

— Si votre question est de savoir s'il prenait ses médicaments, je n'en sais rien, soupire Alban. Je suppose que oui, car nos discussions étaient tout à fait sensées. Même sur les sujets les plus sensibles, Paul se contenait. Croyez-moi, si « l'autre » était de passage, j'en aurai informé immédiatement son médecin.

— L'autre ? Antoine fait une moue qui suggère qu'il ne comprend pas.

— Oui, répond madame Hernandez, voyant que son mari se mord les lèvres par crainte d'en avoir déjà trop dit. Paul a souffert d'un dédoublement de la personnalité un peu avant le décès de sa femme. Un choc dû sans doute à un surmenage. La mort de son épouse Virginie n'a fait qu'aggraver les choses. Et puis soudain, il y a environ dix-huit mois, il a semblé complètement retrouver ses esprits. C'est ce qui lui a valu un bon de sortie. Les médecins ont dit que le cerveau de Paul avait fait son deuil, et qu'il avait réenclenché la marche avant. Alors il est venu vivre un peu ici, pour profiter de la campagne. Tous les avis médicaux s'opposaient à un retour brutal dans le tourbillon d'une grande ville comme Marseille. On l'a retapé, remis sur pieds, et renvoyé chez lui, Lieutenant.

— Je ne suis pas lieutenant, madame… Et… comment est cet « autre » ? Je veux dire… Quand il se manifeste… Quels sont ses traits de caractère ?

— Rien d'original de ce côté-là, répond-elle. D'après les médecins, c'est le schéma classique. « L'autre » est l'exact opposé du caractère de son hôte. Paul est respectueux des lois, prévenant, intègre et éduqué. « L'autre » est un animal, un individu réduit à son statut de mammifère. Il est dénué de tout sens moral, allégé du fardeau de l'éducation. D'après les médecins, c'est la forme de schizophrénie la plus grave. Le malade n'a plus de limites.

— Perspective réjouissante, marmonne Antoine…

— Mais Paul est guéri, grogne Alban Hernandez ! C'est écrit noir sur blanc dans son rapport médical.

— Vous excluez toute possibilité de rechute ? Vous n'êtes pas médecin, monsieur Hernandez. Ne vous mouillez pas trop pour votre ami.

— Nous n'excluons rien, répond sa femme, qui sent remonter l'électricité entre les deux mâles. Non, nous n'excluons rien. Mais nous ne savons pas non plus où est Paul, ni s'il est impliqué dans la disparition de cette femme et de ses enfants.

Antoine ne dit rien. Il tient toujours fermement dans la paume de sa main droite le cheveu qui répond à cette question, si tant est que la vidéo des performances scéniques de Paul dans la cave ne suffise pas à convaincre un jury d'assises.

— Et pour sa femme ? On m'a dit qu'il ne croyait pas à la thèse du suicide…

— Pas grand-chose à dire de ce côté-là, répond Alban. Virginie a quitté Paul aux premiers symptômes de sa maladie. Elle s'est suicidée pendant son hospitalisation. Point final. Il n'y a que Paul pour ne pas y croire. Il a toujours prétendu qu'ils étaient connectés, comme si leurs émotions réciproques étaient reliées par un fil. Il appelait ça le lien karmique. C'est sûr qu'ils étaient fusionnels ces deux-là… Il dit qu'il le saurait, si la gamine avait fait le grand saut. Pour lui, c'est un meurtre. Nous, on ferme nos gueules quand il nous déballe sa théorie. Pour qu'il ne replonge pas. Pour le protéger. Mais le rapport médico-légal est clair. Virginie a tenté de s'envoler depuis le deuxième étage de son lieu de travail. C'est tout.

Antoine médite un court instant sur les propos tenus par le père de famille, puis fait un geste de la main, comme pour signaler que cette fois, il s'en va. Avant de refermer la portière de la vieille BMW, il ouvre la boîte à gants, cherchant un endroit où déposer le précieux indice capturé dans le garage. Une enveloppe, un bout de papier, n'importe quoi qui puisse servir à transporter le cheveu. Tiens, la pochette de la carte grise de la voiture. Parfait ! Il consulte le document par réflexe, comme s'il contrôlait une voiture sur un rond-point, puis finit par déposer le cheveu dans l'angle de la pochette. Le moteur de la belle Allemande se met à rugir, tandis que le braquement des roues fait crisser le gravier. La famille Hernandez s'éloigne déjà, quand Antoine fait retentir le klaxon, passant une tête par la fenêtre.

— Vous ne m'avez pas donné l'adresse de votre ami !

Alban marmonne dans sa barbe, puis fait signe au gendarme de patienter avant de se diriger dans la maison. Il en ressort un instant plus tard avec un morceau de papier griffonné.

« Paul Arnout

Résidence Saint Gignez

Bat 2 345 avenue du Prado

Appartement 222

13008 Marseille. »

Antoine s'en saisit. Huitième arrondissement de Marseille... Comme sur la carte grise ! Il fait un signe de la tête en guise de remerciements, puis engage la vieille BMW 2002 dans la rue, jusqu'à la faire disparaître au premier croisement. C'est n'est que plus loin, à l'abri des regards, qu'il crie le plus gros « nom de Dieu » de sa jeune existence.

Alban Hernandez saisit sa femme par le poignet, pour la tirer à l'intérieur.

— J'ai cru que Columbo ne partirait jamais.

— Tu penses qu'il a cru à ton histoire de sanglier, lui demande sa femme ?

— J'ai nettoyé la voiture de fond en comble quand Paul l'a rendue, il n'y a plus de sang décelable. Les travaux de réparation se font demain. Ils ne savent rien et ne sauront rien !

Madame Hernandez regarde son mari, dont le visage rouge sang trahit la colère. Ce petit fouineur de gendarme, avec sa gueule de premier de la classe, risque de leur attirer des problèmes.

— Alban… La jeune femme s'approche de son mari, pour se blottir contre lui.

— Oui ?

— Tu as entendu ce qu'il a dit au sujet du kidnapping des gosses de la Pouffe ? Tu crois que Paul peut être mêlé à ça ?

Serrant sa femme contre lui de toutes ses forces, le père de famille nie. Il est clair que le flic bluffait, pour essayer de confronter leurs versions, les faire se contredire en instaurant un climat de panique. Mais non, Paul n'a pas touché aux gosses. Il en est sûr. Il n'en a jamais été question ! Tandis que sa femme sanglote dans ses bras, se remettant de la visite d'Antoine, Alban songe que Paul doit sans doute respecter le plan. Les gamins n'en faisaient pas partie. Et il est trop méthodique pour improviser. Pas après d'aussi longs mois de préparation. Non pas Paul… Mais « l'autre » ?

Sa femme se dégage à présent de son étreinte, puis passe sa main sur sa joue, en signe de réconfort.

— Je suppose que Paul sait ce qu'il fait, sinon, pourquoi le flic roulerait avec sa bagnole ?

XV

22 juillet 2019
Sauter à la corde

— Bon alors, c'est quoi le délire ?

Paul a patiemment attendu que les deux bières soient déposées sur la petite table de bar et que le serveur s'éloigne pour attaquer la conversation. Machinalement, il serre le verre de sa main, pour en ressentir la fraîcheur. Celle-ci contraste avec le soleil de plomb qui s'abat sur la terrasse de béton de l'établissement. En ce mois de juillet, la canicule n'épargne personne, il faut s'hydrater. Mais là, il sent bien qu'Alban ne l'a pas rejoint pour trinquer joyeusement. Face à lui, son ami a l'œil humide et la mine fatiguée.

— Tu m'as demandé de te rejoindre ici parce que tu voulais me parler Alban. J'ai soif, crache ce que tu as à me dire qu'on puisse boire cette foutue bière. Tu verrais ta tête ! Tu fais peur à voir ! Et moi quand j'ai peur, j'ai soif !

Sur la chaise d'en face, Alban tremble. Cela fait des nuits qu'il ne dort presque pas. Des nuits entières roulé en boule dans son lit, à tirer des plans sur la comète, à envisager toutes les solutions à son problème. Foireuses la plupart du temps, il faut bien l'avouer. Ces six derniers mois, il a quasiment cessé de s'alimenter, ne trouvant plus de plaisir à se nourrir. Son nouveau régime alimentaire consiste essentiellement à fumer deux paquets de clopes par jour, arrosés d'un litre de rosé. L'été, facile de cacher sa dépression derrière un alcoolisme mondain et festif. Alors oui, effectivement, il n'a pas bonne mine. On n'a pas une peau de bébé et un teint de lait en se roulant dans un cendrier. Il est marrant Paul ! Il veut faire le malin, il va tomber sur son gros cul. Alban tire une dernière bouffée sur sa Lucky, jusqu'à ce que la chaleur du filtre qui s'embrase vienne brûler ses doigts tremblants. Il faut se jeter à l'eau. Pourvu que Paul le soutienne. C'est sa dernière option. Il avale sa bière d'un trait avant de prononcer les mots qui tuent.

— Faut que je te parle, gros.

La phrase, prononcée la voix tremblante, tombe comme un coup de trique au milieu du bol de cacahuètes.

— Perds pas ton temps à théâtraliser la chose, ricane Paul. Je me doute que si tu m'as fait venir à notre quartier général en urgence, ce n'est pas pour parler chiffons et banalités. Alors, qu'est-ce qui se passe ? Faut enterrer qui ?

— Pour le moment, personne, répond Alban. Mais je t'avoue que j'y songe. Non, je t'ai fait venir parce que je suis dans la merde.

Paul regarde le visage décomposé de son pote. Dans la merde, c'est un peu sa spécialité à Alban. Depuis qu'il le connaît, il a pu juger du don qu'a son ami pour trouver la meilleure qualité d'excréments, et se rouler dedans.

— Accouche, dit-il à Alban, tout en faisant signe à JP, le serveur, de ramener les petites sœurs. Par cette chaleur, les bières n'avaient pas fait illusion longtemps.

— J'ai une relation extraconjugale.

JP, avec sa gueule de Johnny rentrant de boîte, archi bourré, son restant de Gitane maïs au bord des lèvres, a bien choisi son moment pour se pointer avec le plateau chargé du ravitaillement. S'il est fréquent d'attendre trente minutes pour être servi habituellement, il a cette fois soigné son entrée. Il fait mine de ne pas avoir entendu, et dépose sur la table de la terrasse les deux pintes. Alban le remercie d'un sourire gêné.

— Bon, OK, dit Paul. Qui et depuis quand ? Parce qu'on est bien d'accord, personne ne va mourir pour un petit coup de canif dans le contrat ? On pourrait presque la boire en rigolant celle-là, à la santé de ta virilité, comme deux bons idiots de mecs, non ?

— Le hic, reprend Alban, c'est justement le « qui » ! Quoique le « depuis quand » est aussi assez ennuyeux… Bref, je couche avec Alice.

Paul observe son ami un court instant. La seule Alice qu'il connaît était une femme assez excentrique, volubile et peu attirante. Une connaissance que la bande de copains côtoie en soirée depuis quelque temps. Pas vraiment un mannequin, ou alors pour une marque de pâté en croûte. Mais bon, après tout, elle a aussi un vagin, ce qui rend la chose techniquement faisable. Dégueulasse, digne d'un reportage animalier, mais faisable. Alban est bel homme, présente bien, malgré de toutes petites épaules qui rendent son corps comme suspendu à une corde à linge secouée par le vent. Paul se risque à poser la question dont il sait déjà qu'il va détester la réponse.

— Alice Pouffe ?

Alban ne nie pas, se contentant d'acquiescer du regard. Le « qui » est réglé, vient à présent la question du « depuis quand ». Il n'a pas besoin de la verbaliser.

— Depuis un an, dit Alban. Tout a commencé au bal de la Saint-Claude, au début de l'été dernier. Vers les six heures du matin j'étais bourré, elle aussi. Je ne saurais même pas te dire comment on a fini à poil dans les fourrés. Mais c'est un fait, la chose était consommée.

Paul ne peut s'empêcher de ricaner. Se faire tailler une petite pipe à la Saint-Claude par Alice Pouffe, seul Alban, spécialiste du plan foireux à dimension intergalactique, pouvait l'avoir fait. Ça le rassure que son pote se soit jeté dans la bouse sous l'emprise de l'alcool, parce qu'Alice, faut vraiment avoir faim ! Il ne se souvient plus où, mais Paul est sûr d'avoir lu quelque part que l'alcool a été inventé pour que les moches puissent aussi s'accoupler. Finalement, Alban raisonne en scientifique, et les fourrés de la salle des fêtes ont apporté la preuve que cette théorie fonctionne.

— Et après ? Tu l'as revue ?

— T'es con ou tu le fais exprès ? répond Alban, je te dis que ça fait un an que ça dure !

— Résumons, dit Paul. Tu es marié à une femme magnifique, qui surpasse de loin en beauté et en intelligence la Pouffe, et tu pilonnes la grosse vache depuis un an ? Que tu touches à la marchandise une fois ou deux par amour du sport, je ne dis pas… On est des mecs, on a tous déjà réfléchi plus avec notre entrejambe qu'avec notre cerveau…

Franchement, Alban… Entretenir une relation avec elle ? T'es sérieux ? Je sais bien que le quotidien du couple peut parfois lasser, mais là c'est comme vivre avec une bouteille de Château Yquem et siffler du Sidi Brahim ! Non seulement tu vas te faire choper, mais tu risques l'ulcère ! Le vinaigre, ça attaque forcément !

Alban ne sourit pas à la dernière vanne de son ami. Non, cette fois ses habituels bons mots ne suffisent pas à faire tomber la chape de plomb qui flotte au-dessus de leur table. JP rallume sa cinquante-huitième Gitane maïs de la journée, et prend soin de ne plus s'approcher.

— As-tu déjà entendu parler du viol masculin, Paul ?

Paul regarde un instant son ami droit dans les yeux. D'un geste de la main, il chasse la mousse de sa bière, qui a élu domicile dans sa barbe.

— T'es en train de me dire qu'elle t'a forcé ?

— Pas la première fois, mais depuis je vis un enfer, Paul ! Il faut que tu me croies, c'est une véritable tarée, elle menace de tout dire à ma femme chaque fois que je me refuse à elle. Elle me harcèle avec des dizaines de messages par jour, jusqu'à ce que je finisse par la rejoindre.

— Alban, en même temps… On parle d'Alice Pouffe… Elle n'a jamais été saine d'esprit. Tu connais ses excès aussi bien que moi. Tu t'attendais à quoi ?

— À rien mon Paulo. J'étais ivre, j'ai fait une erreur. Je vais devoir vivre avec ça toute ma vie. Mais elle, elle veut que je lui parle d'amour, que je me projette avec elle. Moi, je veux juste que ça s'arrête.

— Son mari doit être ravi… Enfin si elle en a vraiment un ! On fréquente cette fille depuis un an, et on ne l'a jamais croisé, ce mec !

— C'est un médecin. Un psychiatre psychanalyste.

— Ouais… Pas ma spécialité préférée, mon pote.

— Je sais. Elle ne nous fréquente que quand il est en déplacement. Je ne l'ai jamais vu non plus. Elle vit ici pour se rapprocher de sa famille, mais lui travaille sur Marseille. Quand il est là le week-end, elle retourne dans sa bulle de bourgeoisie et se drape dans les beaux habits de l'épouse parfaite.

— Il doit bouger beaucoup alors. Parce qu'on l'a souvent sur le dos cette Alice, ironise Paul. Si elle te fait du chantage, pourquoi ne pas aller le rencontrer lui et tout lui dire ? Dans le pire des cas, il te pète le nez… Tu t'en remettras.

Alban allume nerveusement la vingt-cinquième cigarette de son paquet de vingt. Il est marrant, Paul. Alban a toujours admiré chez son ami son tempérament pragmatique et cette facilité à avancer sans se poser de questions. L'exact opposé de lui-même. Si Alban est anxieux et réfléchi, Paul est du genre fonceur, une sorte de tête brûlée qui adore qu'un mur se dresse devant lui. Pour le simple plaisir de foncer dedans par instinct. Lui aurait fait le tour du mur, quitte à faire d'innombrables détours. Mais pas Paul. Cette antithèse de lui-même, son exact opposé, c'est sans doute le ciment de leur amitié indéfectible. Alban l'intellectuel, Paul le fonceur. Un roc inébranlable, au métier risqué, mais assumé. De ces poutres qui continuent de flotter quand tout le bateau coule, et à laquelle on s'accroche pour survivre. Enfin jusqu'au drame d'il y a cinq ans… Depuis, le karma de Paul oscille entre rester à la surface et sombrer définitivement dans la folie.

Schizophrénie, dédoublement de la personnalité. Le terme avait été lâché un soir de fin d'été 2014, dans la douceur d'une belle soirée de septembre, jeté à la face de ses amis par un interne en blouse blanche. Et le choc émotionnel qui avait suivi le drame n'avait rien arrangé. Mais aujourd'hui, sur cette terrasse de bar gorgée du soleil de plomb de juillet, Alban sait que Paul sera sa planche de survie, sa poutre qui le maintiendra à la surface. Il ne peut pas en être autrement. Lui-même n'a plus la force de nager. C'est sa dernière chance. Il se fout complètement de se faire casser le nez par le mari jaloux. Si tant est qu'il le soit. Paul est hors sujet, et il va devoir lui dire.

— Son mari est aussi taré qu'elle. Il sait tout de notre histoire, et me supplie de continuer. Regarde ce SMS.

« Continue de coucher avec ma femme, sinon elle va se foutre en l'air »

— Quand je pense que c'est moi qui ai passé deux ans en asile psychiatrique, souffle Paul. Bon, son mari est aussi fou qu'elle.

Alban soupire à l'évocation du séjour de Paul en établissement spécialisé. C'est vrai qu'il avait morflé le Paulo… Lui à qui tout réussissait jusqu'alors, avait vu sa vie s'effondrer comme un soufflet sorti trop tôt du four. Lui, l'indestructible, celui sur qui on s'appuie, avait vu sa vie gommée par la destinée, dans la chambre blanche et stérile d'un asile.

— Oui, mais toi tu es guéri, mon Paulo.

Paul sourit à son ami, tout en gardant le bras en l'air pour signaler à JP qu'il fait toujours une chaleur à crever. De soif !

— C'est une question Alban ? Tu m'as l'air de chercher à te convaincre. Tu me demandes de l'aide, et en même temps tu veux t'assurer que tu ne confies pas ton avenir à un taré ?

— Arrête tes conneries. Pas avec moi. Je te connais depuis toujours. T'avais besoin d'un peu de temps pour te remettre de… enfin… Tu sais de quoi je parle… Alban torture machinalement le sous-verre en carton de sa main libre. Il a recueilli son ami chez lui à sa sortie de l'hôpital, il y a plus d'un an. Et il est toujours aussi difficile d'aborder le sujet.

— Du meurtre de ma femme ? Paul jette le pavé dans la mare au moment exact où le serveur arrive, son plateau chargé de bières fraîches. JP fait mine de ne rien entendre. Les deux amis se disent que décidément, il a bien choisi son jour pour apprendre la ponctualité.

— De sa mort, corrige Alban. Suicide, meurtre, on n'en sait rien Paulo. Pas plus toi que quiconque.

Paul vient de saisir le paquet de cigarettes posé sur la table, faisant jaillir la flamme du briquet. Tandis qu'il expire nerveusement le premier jet de fumée, il fixe Alban dans les yeux. Ce dernier sait qu'il ne fume jamais. Sauf quand il cherche à se donner une contenance, pour ne pas craquer.

— C'est ce médecin qui l'a tuée. Je le sais. Elle me le hurle chaque nuit, me chuchote à l'oreille de la venger. Dès que j'obtiendrai mon attestation prouvant que je suis apte à reprendre le travail, je le prouverai…

Alban ne dit rien. Il sait qu'il a réveillé la bête. Chaque fois qu'il tente d'aborder le sujet, Paul se braque. S'ensuit l'éternel discours revanchard et complotiste, le monde entier fautif, puis la lente chute vers le mutisme.

— Tu prends toujours tes cachets ? Alban observe Paul, dont les yeux rougissent désormais d'un feu qui le dévore de l'intérieur, mélange de colère et de profond chagrin. Ces yeux-là ne pleurent jamais. C'est ce qui rend le bonhomme dangereux.

— Non. Ces trucs sont faits pour m'abrutir. Ma tête va bien. C'est mon cœur qui saigne. Et pour ce genre de blessure, il n'y a pas de traitement. Se charger comme une mule aux petites boules roses n'a jamais fait cicatriser les plaies ouvertes. Ma médecine à moi, c'est la justice…

Alban sait que Paul fait référence à la procédure qu'il mène depuis sa sortie pour rouvrir l'enquête sur la mort de Virginie, sa femme. Il remue ciel et terre pour qu'on entende sa vision des choses, et qu'on lui accorde un peu de crédit. Mais son étiquette de fou lui colle à la peau, décrédibilisant chacune de ses requêtes. À Marseille, le parquet, déjà surchargé, ne se presse pas pour suivre les fantasmes d'un gars qui a séjourné en psychiatrie. Voyant que Paul canalise les deux lance-flammes qui lui servent d'orbite, Alban opte pour rompre le silence.

— Tu devrais prendre ces foutus médocs. Je te rappelle que c'est la condition pour que tu sois dehors. Il se met à chuchoter. Je te rappelle aussi qu'il serait très désagréable pour tout le monde que « ton autre » ressurgisse. La dernière fois que je t'ai rendu visite à l'asile, tu voyais des animaux partout… Tu voulais tuer l'infirmière parce que tu la prenais pour une vipère… De tes deux personnalités, ce n'est pas ma préférée…

Paul boit avec gourmandise la mousse qui déborde de son verre. La vie l'a privé pendant quatre longues années de ces petits plaisirs simples. Les sarcasmes d'Alban ne suffisent pas à gâcher l'instant. Oui, il a passé quatre années la tête au fond du sac, alternant entre folie et lucidité. Chacune de ces phases s'accompagnait de sentiments différents. Dans les instants où il était en pleine possession de ses esprits, il se laissait déborder par le chagrin et la nostalgie. Mais la folie finissait toujours par revenir, traînant avec elle son cortège de noirceurs. Cet autre qu'il était alors ne rêvait que de vengeance, et n'avait que du mépris et de la haine pour ses semblables, rendus responsables de la perte de Virginie. Quatre années, mille quatre cent cinquante-neuf jours en tenant compte des années bissextiles. À avaler toutes les drogues que l'industrie pharmaceutique pouvait produire. À chier du neuroleptique, à pisser du tranquillisant. Jusqu'à refuser de toucher à toutes ces merdes, seul moyen de remettre la tête hors de l'eau. Mais en prenant soin que personne ne le sache, puisque ces cachets étaient devenus son laissez-passer pour sortir de sa cellule. Une camisole chimique pour remplacer l'autre, en quelque sorte.

— Évidemment que je les prends, dit Paul en secouant la poche de son bermuda, faisant retentir les petits cachets contre la boîte en plastique. Alban n'a pas besoin de savoir que Paul se gave de Tic Tac.

— Tant mieux. Je sais par où tu es passé, mon pote. J'ai aperçu les contours de ta folie. Un chagrin chaud, comme un feu qui couve, prêt à s'embraser au moindre coup de vent. Mais la folie d'Alice est sans commune mesure avec la tienne. Elle est beaucoup plus froide, manipulatrice et terrifiante. Elle est amoureuse et possessive ! Mais moi, je ne veux pas d'elle. Je ne dors plus depuis tant de nuits Paulo, j'ai déjà perdu dix kilos… Aide-moi !

— Qu'as-tu à perdre à l'envoyer promener ?

— Tout ! Ma femme, mes gosses. Tu sais très bien qu'elle ne me pardonnerait jamais une infidélité. Alice me tient par les couilles. Mon corps n'est plus qu'un objet avec lequel elle assouvit sa folie. À chaque érection, je me déteste un peu plus ! Mais la chose est mécanique, je ne la contrôle pas. Et tous les soirs, je dois aller la voir et lui vendre l'histoire d'amour qu'elle veut entendre. C'est le prix à payer pour gagner un peu de répit. Parce que l'issue est certaine. Elle finira par me vouloir tout à elle. Je sais que je vais perdre ma famille. Et ça mon Paulo, je ne m'en remettrai pas.

— C'est nul ce chantage. Elle s'amuse à te faire sauter à la corde. Tu es son petit objet. Ça me fait penser à ce chat qui torture sa souris pendant des heures avant de finir par la tuer. Lui aussi la tient par la queue. Tu as toujours été là pour moi Alban, même quand j'étais au plus mal. Personne d'autre que toi ne s'est présenté pour me sortir de ma maison de convalescence. Toi et ta femme, vous êtes ma famille. Tu peux compter sur mon aide, j'irai la voir. Le chat va lâcher la souris.

— Merci, répond son ami, mais sans vouloir te vexer, tu devrais éviter les références animalières, ça ne te réussit jamais.

— Fin du sketch, siffle Paul. La mère Pouffe, je vais aller lui rendre visite ce soir même. Pour causer entre gens civilisés. Sans violence ni haussement de voix, on n'est pas des bêtes ! Je vais lui faire comprendre qu'utiliser le sexe de quelqu'un sous la menace, c'est mal. Un peu puni par la loi aussi.

Alban sourit. Paul est ce qu'il est, mais il demeure un ami loyal et fidèle. Mais le gaillard a aussi une réputation de gros bras. Un long passé professionnel a appris à Paul qu'on obtient souvent plus avec des baffes qu'avec de la diplomatie. Et ça, ça n'enchante pas Alban.

— Paulo, t'iras mollo, dis ? T'as bien saisi que si elle pète un plomb, on prend le risque qu'elle balance tout ?

— Te fais pas de bile, ça va se passer dans le velours, dans le feutré. Ferme, mais correct. T'es censé la voir quand ?

— Dans dix minutes…

Paul s'étouffe, recrachant la bière par le nez. Il ne manque pas de toupet son pote. À dix minutes d'un plan cul, alors que la demoiselle doit être déjà aussi chaude qu'une baraque à frites sur le parvis du stade, il l'envoie éteindre le feu. Il n'est pas pompier !

— Bon, tu rentres à pinces, file-moi les clés de ta caisse. Toi tu te la joues gentil mari qui rentre dîner avec maman, et moi je vais rendre visite à la Pompadour.

Alban proteste un peu pour la forme, arguant que Paul doit récupérer sa voiture à Marseille depuis six mois, que comme d'habitude il ne fait rien pour avancer. Paul lui lance un de ses regards qui veut dire qu'il n'est pas en situation de négocier. Alban jette la clé. Paul bondit de sa chaise.

— Je te retrouve chez toi, et merci pour les bières. JP ! JP ? Les tournées sont pour mon collègue.

XVI

25 décembre 2013
Service psychiatrique de La Timone, Marseille

Assis sur son lit, Paul reprend son souffle. La sueur qui l'a tiré de ses cauchemars lui laisse à présent une pellicule glaciale sur l'épiderme. Il tremble, comme si les convulsions de son corps tentaient de finir d'expulser ses phobies nocturnes. Lentement, il tente de reprendre le contrôle sur cette enveloppe charnelle capricieuse. Fermant les yeux, il se livre à un exercice de respiration. Mais il lui semble que les battements de son cœur vont propulser l'organe à travers sa cage thoracique. La vision d'horreur qui l'a extirpé de son sommeil agité semblait si réelle… Il ne porte sur lui aucun effet personnel. Le corps médical lui a retiré sa montre. Mais les premiers rayons de l'aube, qui s'infiltrent par la fenêtre sécurisée, semblent indiquer qu'il est huit heures du matin. Mon Dieu, et si tout cela était vrai ? Avec tous les cachets que Prof lui administre, il peine à discerner le vrai du faux à présent. Depuis combien de temps se gave-t-il de neuroleptiques ? Six mois déjà qu'il est là, à avaler ses six pilules par jour. Il lui semble que cela fait des années. Ces fichus cachetons sont censés le calmer, éviter ses crises de délire. Il lui semble au contraire que plus il en avale, plus cela participe à la désorganisation de ses pensées. Un burn-out bordel ! Un simple burn-out, suivi d'un geste spontané, un saut un peu fou du balcon. Et voilà qu'on le traite comme le plus terrible des psychopathes. Enchaîné à son lit comme un animal à sa niche, son sort ne dépend que du bon vouloir de l'éminent professeur. Lui s'est remis entièrement à sa science, seule issue possible pour revoir Virginie. Six mois sans nouvelles… Tu parles d'une réussite…

Paul observe avec effroi son reflet dans le plexiglas sans teint collé au mur. Le lien qui lui entrave la main droite ne lui permet pas de se lever et de s'approcher. De toute façon, il n'en a pas la force. Il a dû perdre une bonne vingtaine de kilos. Ses jambes nues, dépassant de sa chemise médicale, semblent si faibles. Il ignore même si elles pourraient encore le porter. Tandis qu'il retrouve ses esprits, il observe l'image crasse que lui renvoie le miroir sécurisé face à lui. Un visage creusé, des yeux qui semblent vouloir saigner pour expulser l'excès de chimie qui parcourt ses veines, et cette horrible barbe… Il explore ce faciès avec ses doigts, tirant sur la peau fatiguée comme pour tenter d'ôter le masque hideux qui le recouvre.

— Nom de Dieu, Paulo, comment tu as pu en arriver là ?

Parler tout seul devant sa glace est aussi un phénomène auquel il commence à s'accoutumer. Coupé de tout lien social, sevré de ses proches et de ses collègues, ce double sale et usé que lui renvoie le miroir devient peu à peu son seul compagnon. Il l'appelle « l'autre ». Comme un jumeau dont il ignorait l'existence jusqu'à ces derniers mois, son double obscur. Peu à peu, il lui semble que le vrai Paul est celui d'en face. L'incarnation du fou négligé et ligoté. Lui-même n'est que l'ancien modèle, celui qui s'accroche encore un peu à sa vie d'avant, à son humanité. De moins en moins farouchement. Foutus cachets, qui vous entraînent dans le monde animal…

Et puis il y a ces rêves… Au début, Paul n'y prêtait pas trop attention. Les horreurs de son quotidien au travail revenaient régulièrement agiter ses nuits, selon la gravité des événements. Alors lorsque les cauchemars incessants ont commencé à l'hôpital, il a mis ça sur le dos de son surmenage, et sur les effets secondaires du sulfureux cocktail de cachetons que Prof lui fait avaler pour son bien. Le matin, ses sueurs le tirent du sommeil, et il lui faut une bonne dizaine de minutes pour se recaler à la réalité. Face à la glace, il raconte à « l'autre » ses visions de cadavres, et ensemble ils reconstruisent le long puzzle de la vérité. Beaucoup des corps estropiés qui le hantent la nuit ne sont que les souvenirs de ce qu'il a vu dans sa carrière de flic. Quand on est au bout du rouleau, c'est normal que les souvenirs remontent. C'est ce qu'a répondu Prof, avant de lui injecter un calmant qui a mis Paul sur le flanc pour quarante-huit heures. Depuis, il n'a plus jamais parlé de ses cauchemars à son psy. « L'autre » est un confident bien plus compréhensif.

Mais ce matin, Paul ne transpire pas à cause des spectres de ses enquêtes passées. Non, ce matin, il n'arrive pas à redescendre. L'adrénaline lui fait exploser les tempes, tandis que son cœur bat de toutes ses forces dans la caisse de résonance de sa poitrine. Jusqu'aujourd'hui, il n'avait reçu pour visites nocturnes que des cadavres anonymes. Mais cette nuit, il a parlé avec Virginie… Elle a appelé au secours de toutes ses forces, tentant de l'arracher à son sommeil dans des hurlements stridents. Il lui semble que les cris résonnent encore dans ses oreilles.

— Essaie de reprendre tes esprits. Tu es sûr que c'était bien elle ?

— Aussi sûr que je te vois, dit-il au miroir. Elle m'appelait au secours, je peux encore l'entendre hurler. Ce n'était pas flou comme les cauchemars précédents. Tout me paraît si limpide, j'ai l'impression de l'avoir vécu.

— Tu transpires plus que d'habitude, Paul. Tes pupilles sont dilatées par la terreur. Ta bouche reste ouverte, hagarde. Raconte-moi ce rêve.

Paul essaie de descendre du lit, autant que le lien qui ligote sa main droite le lui permet. Cinquante-huit centimètres de cuir épais, gradué tous les centimètres pour ajuster au mieux l'entrave conçue pour le garder dans sa cage, comme un fauve. À sa grande surprise, ses jambes semblent encore assez vaillantes pour supporter son poids. Sa fracture ne le gêne plus. Il tente de s'approcher le plus possible du miroir, comme pour chuchoter aux oreilles de « l'autre ».

— Je t'ai déjà parlé de ce lien qui nous unit… Virginie appelle ça le lien karmique. Par moment, nous sommes si proches l'un de l'autre, qu'il semble que nos deux longueurs d'onde se mêlent pour n'en former qu'une seule. Elle appelle ça les âmes sœurs. Cette nuit, elle a tiré sur le fil qui nous relie de toutes ses forces pour m'appeler à l'aide. Je peux encore l'entendre, me suppliant de l'arrêter avant qu'il ne soit trop tard.

— Arrêter qui ?

— Le prof ! Je sais, ça n'a pas de sens. Si je raisonne de manière pragmatique, j'impute la responsabilité du manque de ma femme au toubib. Je reporte ma rancœur sur lui. Mais j'ai cette boule de feu au creux du ventre, qui continue de me hurler qu'elle est en danger ! Ça n'a rien de rationnel, et pourtant tout me semble si vrai. Il est là, derrière elle, l'écrasant de tout le poids de son corps, tandis qu'elle pleure et m'appelle.

— Et que comptes-tu faire ?

— Que veux-tu que je fasse ? Je suis enchaîné à ce lit, comme un animal. Appeler à l'aide, tu dis ? Pour quoi faire ? Mon sang est tellement chargé de drogues que personne ne me prend au sérieux. Même moi, je me considérerais comme peu crédible si je devais m'auditionner.

— C'est bien là le problème ! Regarde-toi. Tu bous intérieurement, et pourtant tu restes là, à te complaindre dans ton chagrin, ligoté comme un lion dans une animalerie de cirque itinérant ! Si j'étais de l'autre côté du miroir, il y a longtemps que nous serions dehors !

Paul tremble. Ses genoux s'entrechoquent, tandis qu'il supplie « l'autre » de ne pas hurler. Si on l'entend, les infirmiers viendront immédiatement, avec leur cortège de sédatifs. OK, OK, il va lui laisser la main pour cette fois. Il s'en remet à lui, mais qu'il se taise !

Sur le parvis de l'hôpital, une rangée de badauds se masse. L'horloge au-dessus des larges portes automatiques indique huit heures du matin. L'heure cruciale, où la large esplanade voit se rencontrer les équipes de jour, venant prendre leur poste, et celles de nuit, marchant vers un sommeil mérité. Deux files denses, qui se croisent poliment, au rythme des plannings et des astreintes. Mais ce matin-là, la foule ne forme qu'un cercle uni, telle une énorme nasse, dont seul le centre est ouvert. De partout, on chuchote et gémit. La nouvelle est confirmée. C'est bien une des leurs qui gît là sur le sol, le corps désarticulé dans sa blouse blanche d'infirmière. La police, arrivée rapidement sur les lieux, tente tant bien que mal de repousser le personnel soignant, stupéfait, et de constituer un cordon de sécurité autour de la victime. Assez rapidement, on ne voit plus rien de la scène atroce. Mais quelques collègues pleurent, murmurant que la pauvre fille est morte, le visage explosé contre la dalle de béton.

Certains prétendent qu'ils l'ont vue de leurs yeux ! Le sang de la victime quitte le corps et serpente, tel un ruisseau cherchant son chemin à travers les dalles du parvis. On voit descendre d'une ambulance un homme avec un linceul blanc, signe évident qu'il n'y a plus rien à espérer pour la pauvre fille. Un policier en civil écarte ses collègues en uniforme, pour manipuler le corps avec prudence. Sur la blouse, on peut lire le prénom et le service. Virginie, pédiatrie. Pratique, ces blouses, quand le visage ne permet plus d'identifier le corps. Levant les yeux le long de la façade, l'officier n'a pas de mal à repérer la fenêtre restée béante, deux étages plus haut. L'affaire va vite être réglée… Nom de dieu, Virginie, ici… Et si c'était la femme de son collègue ?

Paul est allongé sur son lit lorsque l'infirmier du matin entre dans la chambre, poussant devant lui le plateau des soins et du petit déjeuner.

— Joyeux Noël, monsieur Arnout ! Pour l'occasion, nous vous avons préparé un petit déjeuner digne d'un fauve ! Œufs brouillés, saucisses, jus d'orange. C'est un grand jour aujourd'hui !

— Tu vois, c'est un signe. On est le 25 décembre. C'est son anniversaire. Et c'est le jour qu'elle choisit pour m'appeler au secours.

L'homme en blanc fait mine de ne pas relever, habitué sans doute à ce que les patients parlent tout seuls. Il détache machinalement la main de Paul, puis arrange un peu l'oreiller et déverrouille la fenêtre pour aérer. La pièce sent la sueur. Dans une routine bien maîtrisée, il approche le plateau roulant du lit. Paul peut y admirer la sempiternelle décoration qui agrémente ses matinées depuis six longs mois. À gauche, la bouffe insipide, à droite le florilège de couleurs des petits cachets à avaler méthodiquement. Et toujours la seringue tranquillisante, menace ultime, dernier rempart de l'infirmier. Ce dernier se place entre la porte et le patient, dos au mur, tandis que Paul, libéré de ses entraves, peut soulager sa vessie. Interdiction cependant de fermer la porte des toilettes. Mais Paul a habitué son gardien à se comporter docilement, et celui-ci, par pudeur, prend la peine de se tourner pour préserver son intimité. De ces petites victoires que Paul a acquises au fil des mois, par une attitude exemplaire.

— Il n'y a pas de hasard, Paul. C'est le karma. Tu dois prendre ce signe au sérieux. Elle a besoin de toi. Si tu n'y vas pas, laisse-moi faire.

— Que dites-vous, monsieur Arnout ? L'infirmier sursaute quand, pivotant sur lui-même, il se retrouve nez à nez avec son patient. Le visage de Paul a changé. Un air dur et déterminé émane de son regard. Un frisson lui parcourt l'échine, réalisant que l'homme s'est porté à sa hauteur en un instant, sans faire le moindre bruit. Tout à coup, il ne paraît ni faible ni égaré.

— C'est à moi qu'il parlait, pas à vous. Je me demandais, doc, vous chaussez du combien ?

L'homme n'a pas le temps de répondre. Le fauve se jette sur lui, portant sa main gauche à sa bouche pour le faire taire et immobiliser sa tête, tandis que la droite lui injecte la seringue de sédatif dans la jugulaire. Les yeux de l'infirmier roulent un instant sur eux-mêmes, tandis que ses bras tentent de se dégager de la puissante étreinte. Mais le combat est perdu d'avance. Bientôt, le corps secoué de spasmes s'alourdit, jusqu'à s'effondrer dans les bras de son agresseur, qui le dépose au sol avec douceur.

— Joyeux Noël à vous aussi, doc.

Il faut faire vite. Un rapide coup d'œil vers la porte rassure « l'autre ». Personne ne vient. Les choses se sont faites en douceur, sans bruit. Il commence à déshabiller sa victime. Ayant revêtu sa tenue médicale, il couvre son visage avec un des masques à disposition sur le chariot de soin. Le badge magnétique dans une main, le trousseau de clés dans l'autre, il jette un regard dans le couloir. Désert. À une heure qui d'habitude est aussi remuante, cela semble étrange. Un peu plus loin, trois aide-soignantes sont agglutinées à une fenêtre, et semblent très occupées, lui tournant le dos. Peu importe le pourquoi d'un tel alignement des planètes, il faut savoir saisir sa chance. Il se jette dans le couloir, marchant à une allure rapide, mais régulière, pour ne pas attirer les soupçons. Enfin, son horizon s'élargit au-delà de la chambre 22. Il aperçoit sur sa gauche la porte de l'escalier. Il la déverrouille avec son badge, puis se jette dans la noirceur de la cage. Il souffle un court instant, profitant du répit qu'offre la pénombre. Il peut enlever son masque. Ayant quitté le service psychiatrie pour la première fois en six mois, il y a fort à parier que personne ne le reconnaîtra dans les étages inférieurs. À peine a-t-il commencé à descendre les marches que déjà l'allumage automatique projette dans la cage d'escalier un halo de lumière blanche. Pour la furtivité, c'est raté, songe-t-il. Il s'immobilise un instant devant la porte du deuxième étage, celle qui mène au service de réanimation pédiatrique. Non, Virginie a toujours veillé à ne pas travailler le jour de son anniversaire. Elle déteste par-dessus tout l'idée d'être née le jour de Noël. Elle qui donne tout son temps aux autres, revendique le droit qu'une fois par an, on lui offre un peu d'attention. Or ce jour-là, hasard de la procréation, les gens se foutent pas mal de son anniversaire, et préfèrent célébrer la naissance de leur ami imaginaire. Non, elle ne risque pas d'être au travail aujourd'hui, à essuyer les sarcasmes de ses collègues. Il va reprendre sa descente quand soudain la porte s'ouvre violemment vers lui. Le choc avec la personne qui le percute est violent. Un instant, les deux hommes se tiennent par le bras, se dévisageant.

— Prof…

— Plus tard, Paul, plus tard…

La scène n'a duré qu'un instant. Elle lui semble surréaliste. Le professeur vient de le laisser campé là, dans la cage d'escalier, qu'il dévale à toute vitesse. Il ne lui a posé aucune question. Que fais-tu là ? Pourquoi cette tenue d'infirmier ? Non, rien. Et lui, le prof, où s'enfuit-il comme ça ? Que faisait-il en pédiatrie ? Soudain, Paul se souvient de son rêve. Les images du psy avachi sur le corps de sa femme viennent heurter et affoler ses neurones. Qu'as-tu fait, enfoiré ? Cette fois, c'est évident, Prof s'enfuit. « L'autre » hurle, intimant à Paul de partir à sa poursuite. En un instant, il dévale, quatre à quatre, les marches en direction du rez-de-chaussée. Lorsqu'il arrive dans le grand hall d'accueil, il cherche du regard sa cible. Mais l'immense dôme est curieusement vide. Dehors, à travers les grandes baies vitrées, il repère l'attroupement. Il est évident que Prof profite de la foule pour se cacher. Il se rue à ses trousses, écartant des bras le personnel soignant, qui semble abattu. Soudain, autour de lui, le décor se fige. Les éléments se mettent en place. Il a déjà vu cette scène des dizaines de fois. Le cordon de police, le corps sous le linceul. Il reconnaît le lieutenant Fauron, son ancien équipier, qui s'affaire, carnet à la main, à récolter les premiers témoignages. Pourquoi tu pleures, Fauron ? Alors il lève les yeux, par réflexe. Ou déformation professionnelle. Il cherche la fenêtre ouverte. Son sang bouillonne, sa vue se trouble. Au deuxième étage, le vent de l'hiver fait voler un rideau, marquant l'endroit de la défenestration. Deuxième étage, aile gauche. La réa pédiatrique. Il compte. Un, deux, troisième fenêtre en partant de la droite. La salle de pause du personnel, celle où il a si souvent attendu sa femme. Il ne peut retenir un hurlement. Le lieutenant Fauron se retourne.

— Paul ! Bordel, tenez-le éloigné du corps !

C'est l'ultime signal. En un instant, il se jette contre le linceul posé au sol, qu'il arrache en sanglotant. Elle se tient là devant lui, la boîte crânienne fracturée, son sang, encore chaud sur le parvis, répand cette traditionnelle odeur de fer qu'il connaît tant. Doucement, il bascule la tête contre le sol, en hurlant de chagrin. Déjà, les policiers en uniforme le saisissent par le bras et l'éloignent, tandis que Fauron gueule des ordres, la voix brisée de chagrin.

— Doucement, les gars, c'est le commissaire Arnout, c'est un des nôtres ! C'est le mari de la victime.

La flicaille libère un peu son étreinte. Paul tombe sur les genoux, tandis que son regard fixe à nouveau la façade. Au quatrième étage, Prof est là. Par le jeu des ascenseurs, il est remonté dans son service. Entouré de ses petites chéries, il contemple la scène.

— C'est lui ! C'est lui qui l'a tuée, hurle-t-il en le montrant du doigt. Déjà, les brancardiers et les infirmiers du service psychiatrique le ceinturent, tandis que l'aiguille du tranquillisant traverse ses chairs. Avant de sombrer, Paul jette un dernier regard vers Virginie. Son visage est difforme, mais ses grands yeux semblent pleurer. Elle le fixe du regard, demandant vengeance. Et puis Paul ne ressent plus rien. Virginie s'en est allée. Le fil qui les relie vient de rompre. Avant de céder face à l'armada chimique qui envahit ses veines, il se tourne vers Fauron.

— Ce que je n'ai pas su faire, « l'autre » le fera. Il saisit la main qui dépasse du drap, et s'écroule en murmurant.

— Bon anniversaire, mon amour…

XVII

23 décembre 2019
Tapis !

Assis sur le fauteuil de sa chambre d'hôtel, John fume, tout en reposant son téléphone portable sur le bureau. Antoine vient de terminer son rapport sur la visite menée chez le couple Hernandez. Comme il s'y attendait, le gosse n'a trouvé aucune trace de Paul Arnout. Il l'a briefé rapidement. Pas de suspect sur les lieux, juste un père de famille, sa femme et ses deux gosses. Le taré avait bien résidé chez eux, mais selon leurs dires, il avait rejoint Marseille, en empruntant le van de collection de son ami. La famille Hernandez ne sait pas comment le joindre. Le gamin avait fait chou blanc. Il lui rapportera la bagnole demain dans la journée.

John écrase sa cigarette dans le cendrier. Pas grave, se casser les dents fait partie du métier, c'est même très formateur. Ça affûte les crocs, aiguise l'appétit du chasseur, et forge le caractère. Le flic en est convaincu, Antoine a du potentiel. Le jeune gendarme n'a rien en commun avec son chef, le gros Mouton. Il a cette flamme dans le regard, cette étincelle qui luit dans l'œil de l'enquêteur, qui le tient éveillé au plus profond de la nuit. Cette insomnie indispensable à tout bon flic, cette indigestion de l'âme qui fait qu'on remet ses idées en place quand les autres dorment, John sait qu'elle finira par se manifester chez Antoine. Pour le moment, c'est un chien fou, qu'il faut canaliser et éduquer. Mais il sait reconnaître un bon flic quand il en voit un, même s'il est tout fraîchement sorti de son école de gendarmerie. Mouton est l'archétype du con. Le doigt sur la couture du pantalon, il vénère l'Institution et reste bien au chaud derrière le code de procédure. S'apparentant plus au fonctionnaire qu'au militaire, il cache sa médiocrité derrière des années de service à courber l'échine, à verbaliser l'automobiliste pour entrer dans les quotas qui portent en haut de l'échelle. L'échelle est médiocre ? Nul doute que Mouton s'en fout, il n'a pas d'autre ambition que de partir en retraite sans faire de bruit. Mais Antoine est différent. Tandis que John regroupe les vêtements qui jonchent le sol de sa chambre, il songe à l'œil vif du gamin lors de la perquisition chez Saleçon-Pouffe. Tandis que Mouton se plantait dans le décor comme un pachyderme buvant à la rivière, le gosse avait fait preuve d'un instinct qui ne trompe pas. Il est vif, intelligent, et par-dessus tout il n'a aucun respect pour sa hiérarchie. John considère ce dernier point comme une qualité indispensable pour faire un bon flic. S'il arrive à ne pas franchir la maigre barrière entre l'irrévérencieux et le chien fou, il deviendra un enquêteur hors pair. Pour le moment, de ce que lui a dit le gosse, la visite chez les Hernandez ne lui a pas fourni un os à ronger. Mais Antoine ne va pas abandonner comme ça. Et il ne lui a pas tout dit lors de leur conversation téléphonique. John en est sûr. Il a senti le petit gars distant, évasif. Ce genre de chose n'échappe pas à un enquêteur chevronné.

Il jette un œil à sa montre. Vingt heures. Il a quitté la gendarmerie depuis le milieu de l'après-midi. Chez les flics, ce besoin de s'isoler pour faire le point, mettre les idées en ordre est fréquent. Et John doit aussi songer à dormir un peu. Depuis qu'il est arrivé, il n'a pas fermé l'œil une minute. De toute évidence, ce n'est pas ce soir qu'il débriefera avec le gamin. Mais demain, il faudra creuser un peu. Une longue expérience professionnelle lui a appris que les silences sont souvent des non-dits.

John ramasse, en souriant, la culotte de dentelle fine qui a fini sa course en équilibre sur le poste de télévision. Respectueusement, il la dépose à côté du jean taille basse que Sophie Dubois a replié en hâte sur le bord du lit. En voilà un qui n'a pas menti ni rien passé sous silence. Ce jean, dernier rempart aux assauts du commissaire, promettait monts et merveilles à qui l'enlèverait. Et John Cheval a l'âme d'un aventurier.

Par l'entrebâillement de la porte, il observe ce cul sublime, que le ruissellement de l'eau de la douche met en lumière. La mère Dubois se cambre, tandis qu'elle savonne ses cheveux en chantonnant. Sa croupe tendue, ses reins semblent l'inviter à les rejoindre. John referme la porte discrètement. Le spectacle est délicieux, mais la voix criarde de la tenancière, s'acharnant à massacrer du Robbie Williams en hurlant « I just wanna feel… real love… » dans le pommeau de douche, est insupportable. Non, il ne la rejoindra pas. De toute façon, il n'en a plus la force.

Il y a quatre heures à peine, il écoutait la grand-mère d'Alice Pouffe vomir sur sa petite-fille tout en pleurant ses arrière-petits-enfants disparus. Il y a deux heures tout juste, Sophie Dubois le devançait dans l'escalier, ce foutu cul serré dans un jean dont les coutures avaient besoin de souffler, et qu'elle agitait à quelques centimètres de son nez. Il ne sait plus comment lui est venue cette irrépressible envie de lui mettre la main au cul. Une fulgurance, un réflexe de primate. La taulière s'était alors retournée. Quitte ou double. All in. Tapis ! La baffe de ta vie, ou la promesse d'un après-midi sans sommeil. La gifle n'était jamais venue. Sophie Dubois avait opté pour la voie diplomatique. Et les négociations se terminaient tout juste. La mère Dubois est de celui dont on fait des pipes. La vie est une succession de comètes qui s'entrechoquent, plus ou moins heureuses, et laissant derrière elles une traînée de conséquences. Le karma. Elles sont souvent dramatiques, parfois joyeuses ou excitantes. C'est ainsi. En quelques heures, on passe de l'adrénaline aux larmes, des larmes à la luxure, on prend une douche, on se sourit connement, et la vie continue. Jusqu'à la catastrophe suivante. En cette fin de journée, la comète qui a percuté John a les seins fermes et pointus, et l'entrejambe brûlant comme le Vésuve. Le commissaire n'a pas refusé le combat. La veuve Dubois n'avait pas vu le loup ni son hurlement depuis la mort de son mari. Le commissaire n'avait pas désiré une femme depuis la perte de la sienne. Quelques relations tarifées pour l'hygiène, mais rien de vraiment bandant. De la bête sauvage, il ne lui restait que l'air. Dans l'escalier, les trajectoires s'étaient télescopées. Le karma. John hurle de nouveau comme un chef de meute.

— L'adjudant Mouton ! De la part d'Antoine ! Le jeune gendarme a stationné le bolide sur le bord de la route, juste avant l'embranchement qui permet de s'engager sur l'autoroute A89. Nerveux, il regarde dans le rétroviseur, défiler le cortège des voitures qui le doublent. Le planton est parti chercher le gros. Depuis son départ du domicile des Hernandez, une étincelle a embrasé le cerveau d'Antoine, jusqu'à ce qu'il se décide enfin à en informer la hiérarchie. Mais que va décider le gros ? Est-il capable de sortir du cadre ? L'appuiera-t-il dans sa décision ? Il peut aussi filer droit sur Marseille sans l'informer, le mettre devant le fait accompli. Mais Antoine, tout en tortillant nerveusement le volant de la vieille BMW, se dit que le jeu est risqué. D'abord, il n'a pas beaucoup d'éléments pour justifier ce petit voyage a posteriori. Rien de concret, juste un pressentiment. S'il revient sans rien de tangible, le gros va l'assaisonner pour avoir filé sans sa permission. Ensuite, Mouton peut prendre ça pour de l'abandon de poste en pleine enquête. L'insubordination n'est pas le meilleur moyen de monter en grade dans la gendarmerie. L'Institution reste militaire. Non, il n'a pas le choix, il faut faire une demande officielle au gros. Garé sur le bas-côté, il attend que le sergent Garcia se traîne jusqu'au téléphone de l'accueil. Un jour, il faudra qu'il montre à ce con de Robert, au planton, comment on transfère une ligne.

— Mouton, j'écoute !

— Adjudant, c'est Antoine. Je rentre de chez les Hernandez. Pas de trace du suspect, mais deux ou trois petits points qui méritent d'être creusés. Avec votre permission, j'aimerais tirer jusqu'à Marseille, pour vérifier une hypothèse.

— En pleine enquête ? Sortir de votre juridiction ? Et en uniforme ? Vous n'y pensez pas ! Ramenez-vous à la brigade. Vous m'exposerez cette hypothèse. Et vous rendrez compte à votre bon ami Cheval, si jamais il a fini sa sieste…

Comme il fallait s'y attendre, Mouton ne sort pas du cadre. Pire, lui faire parcourir les dix mètres qui séparent son bureau du téléphone de l'accueil l'a rendu fort irritable. Quand on pèse cent cinquante kilos, le sport, ça se planifie. Le gros a déjà raccroché. Antoine comprend que sous cet angle d'approche, il n'obtiendra rien. Il va tenter un coup de bluff plus subtil.

— Gendarmerie, bonjour !

— De nouveau Antoine. Repasse-moi l'adjudant, je doute qu'il soit déjà arrivé jusqu'à son bureau.

Robert s'exécute sans poser de questions. Brave soldat.

— Nom de Dieu, Antoine, vous frôlez le blâme ! Je viens de vous dire de regagner la brigade. Vous rappelez pourquoi ? J'ai oublié de vous faire un bisou avant de raccrocher ?

Le jeune gendarme inspire profondément. Il va tenter le coup de poker de sa vie. Tout ça pour un pressentiment ? Peut-être même, mettre en péril sa carrière. Pour battre une paire d'as avec un sept de pique et un deux de carreau, il faut avoir une sacrée paire ailleurs. Et le sens du bluff. Et aussi une parfaite connaissance des points faibles du joueur en face. Justement, Mouton en a un qu'il ne cache même pas. Il déteste Cheval. Quitte ou double. All in. Tapis ! C'est maintenant ou jamais. Antoine se met à chuchoter pour accentuer l'aspect dramatique.

— Adjudant, je ne parle pas trop fort, car je ne sais pas encore à qui me fier. Vous êtes la seule personne de confiance à qui je puisse parler de ça pour le moment, car je manque encore d'éléments.

Un peu de flatterie, un zeste de mise en scène, et l'appât est lancé. Mouton ne met pas longtemps à mordre.

— Vous m'intriguez, gamin… L'adjudant se met à chuchoter à son tour, sans même savoir de quoi il s'agit. Antoine sourit. Le mimétisme légendaire du mouton. Le gros a mordu.

— Adjudant, vous m'avez demandé de garder un œil sur le commissaire, l'autre jour, au bord de l'étang. Je ne sais pas comment vous dire ça, mais…

— Allô, allô ? Dites-m'en plus, Antoine ! À l'autre bout du fil, Mouton ne tient plus en place. Le petit silence qu'a marqué Antoine a fini de planter l'hameçon dans la gueule du gradé.

— C'est-à-dire que je ne suis sûr de rien, mais je me demande si le commissaire est bien l'homme qu'il prétend être. Avec votre permission, j'aimerais filer à Marseille vingt-quatre heures, pour vérifier une piste. Si jamais j'ai raison, il faudra en octroyer le mérite à votre instinct, Chef.

Oui, deuxième couche de brosse à reluire. Plus c'est gros, plus il faut doubler la dose. Antoine vient de déposer ses jetons au centre de la table, droit comme s'il tenait un carré d'as entre les mains.

— Foncez, jeune homme. Prenez l'autoroute à l'embranchement de l'A89. Gardez les tickets, la brigade vous remboursera les frais. Et tâchez de revenir avec de la matière, conclut l'adjudant en chuchotant.

— Merci, mon Adjudant. J'ai déjà récupéré quelques habits civils chez moi. Je file.

Antoine sourit en coupant la communication. Le gros est si prévisible qu'il en est rassurant. Le genre facile à manœuvrer malgré la charge. En insérant la puissante Allemande dans la circulation, il se dit que maintenant, il ne faut pas revenir bredouille. On peut mettre tous les effets pyrotechniques du monde en place, à la fin, un sept de pique et un deux de carreau ne battent pas une paire d'as. Il va lui falloir trouver une meilleure main dans la cité phocéenne, sans quoi le gros va l'éjecter de la table de jeu fissa ! Du jeu, il espère en trouver dans le huitième arrondissement…

Dans la chambre d'hôtel, John regarde Sophie renfiler sa culotte, tandis qu'il se sert un verre de whisky. À première vue, le tissu a l'air trop petit pour y glisser le cul de la dame. Elle ondule en remontant le bout de dentelle le long de ses jambes, jusqu'à ce qu'il épouse parfaitement ses formes. À chaque balancement, ses seins s'agitent sous son nez. Mais le loup est repu. Non seulement il n'a plus faim, mais un sentiment curieux commence à l'habiter. Tout à coup, il voudrait être seul. Il voudrait même que Sophie n'ait jamais retiré ce fichu bout de dentelle. Soudain, sa présence l'agace. Il ignore pourquoi elle s'éternise autant dans sa chambre. C'est le problème avec les femmes non rémunérées. Inexorablement, elles éprouvent le besoin de discuter et câliner après le sexe.

— Je t'emprunte ta brosse à cheveux, sourit-elle en regagnant la salle de bain. Je dois redescendre aider pour servir le dîner. La mère Dubois ne peut tout de même pas se présenter les cheveux mouillés et décoiffés.

Tandis qu'il boit son whisky, John observe son reflet dans la glace.

— Tu sais, je ne voudrais pas que tu te méprennes. Je n'ai pas l'habitude de faire ça avec mes autres clients. Le bruit du sèche-cheveux vient couvrir ses propos, que John trouve de toute façon inaudibles.

— Tu es fier de toi ? Dans la glace, le reflet fixe John d'un air furieux. Le flic commence à transpirer. Il se passe les mains sur le visage, comme pour faire disparaître cette vision. Mais le miroir n'efface rien. Le bruit du souffleur, venant de la salle de bain, ne suffit pas à étouffer les reproches de « l'autre ».

— La vérité pour Virginie. Prouver au monde entier qu'elle ne s'est pas suicidée. Lui rendre son honneur ! C'est le seul but de la mission. Et tu es là, à batifoler avec l'aubergiste du village, comme un adolescent.

John avale nerveusement son whisky, tandis que sa main droite fouille la poche de son pantalon. Tremblant, il porte à sa bouche la boîte de cachets, dont il avale spontanément la moitié du contenu.

— Virginie est morte. Cette femme n'est qu'une distraction. Je reste concentré sur la mission, mais tu dois me laisser agir. Tu ne peux pas tout contrôler en permanence.

John frappe le miroir. L'angle du verre se fend, tandis que les éclats pénètrent sa chair. Déjà, le sang commence à suinter par les multiples coupures qui lacèrent sa paume. Honteusement, il enroule sa main dans une serviette qui traîne. Le sèche-cheveux ne souffle plus. Sophie ressort de la salle de bain, coiffée comme si la partie de jambes en l'air n'avait jamais eu lieu. Tandis qu'elle reboutonne son chemisier, tournant le dos à John, elle se sent obligée de faire la conversation.

— L'enquête avance, mon beau Commissaire ? Tu as retrouvé la piste du barbu qui a kidnappé les deux gosses ? Tu sais que dans le village, on ne parle que de ça !

Assis sur le lit, le flic la regarde lacer ses chaussures. Dans un instant, elle va passer la porte et retourner vaquer à ses occupations. Jusqu'au prochain combat. Quand une nana prend son temps pour quitter la chambre, c'est qu'elle reviendra. John s'étonne de ce besoin qu'éprouvent les femmes de discuter après l'amour. Lui, il ne ressent rien d'autre qu'une violente envie de silence et de solitude. Mais il fait contre mauvaise fortune bon cœur. La mère Dubois finira bien par sortir, et il pourra enfin dormir un peu.

— On a bien avancé sur le profil du type et ses motivations. Le gars veut prouver que le médecin a tué sa femme. Reste à lui mettre le grappin dessus. Mais curieusement, il passe à travers les mailles du filet.

— Je suppose que ce n'est qu'une question de temps, répond Sophie. Le village n'est pas grand, mais la campagne alentour offre pas mal d'endroits où se cacher. Son portrait a été placardé chez tous les commerçants du coin aujourd'hui. J'ai même une jolie affiche en bas à l'accueil. Il paraît que les gendarmes ont extrait sa photo d'une vidéo. Avec ses petites lunettes rondes et sa grande barbe, il est facilement reconnaissable. Vous devriez l'avoir rapidement. Mais pourquoi avoir tué la femme et kidnappé les deux gamins ? Cette question-là fait beaucoup parler.

— Aucune idée, avoue John. Selon les éléments dont on dispose, il a tué la victime parce qu'il est convaincu que le doc a tué sa femme. Une simple vengeance.

— C'est glauque, murmure Sophie Dubois en venant se blottir contre lui. Œil pour œil, dent pour dent ? Et la justice alors, dit-elle en posant sa tête sur son épaule.

— Je suppose que le gars n'a plus foi en rien, et que la justice ne l'a pas aidé ou entendu. Alors oui, œil pour œil et dent pour dent, répond John.

— Moi je trouve que ce barbu a tout d'une bête sauvage. On ne peut pas se faire justice soi-même comme ça. Quand on ne respecte plus aucune loi, quand on se fiche de la société et de ses règles, on n'est rien d'autre qu'un animal.

John acquiesce d'un signe de la tête.

— J'ai un service à te demander. Demain matin, j'aimerais t'emprunter ta voiture. La mienne est entre les mains d'un gamin qui me seconde sur cette enquête. Je suis le seul flic piéton de la région…

— Pas de soucis, répond Sophie en se relevant du lit. Les clés sont sous le guichet au rez-de-chaussée. Mais ? Qu'as-tu fait à ta main ? Tu saignes, John !

D'un geste de la tête, le flic indique le miroir sur le mur.

— Je me suis coupé en voulant le déplacer… Mais rien de grave.

Déjà, Sophie écarte les pans de la serviette et scrute la plaie, tirant la main de John à la lumière pour mieux la voir. Bondissant du lit, elle se dirige vers la salle de bain.

— Heureusement que je suis une hôtelière prévoyante. Il y a une trousse de premiers secours dans le tiroir de gauche, je vais te désinfecter ça.

Alors qu'elle entre dans la salle de bain, John a déjà bondi du lit. Passant devant le miroir, il voit en un instant le regard navré de « l'autre », qui semble lui dire « je t'avais prévenu ». Sophie Dubois ouvre le tiroir de gauche. Ses doigts fouillent parmi les affaires de toilette que John a rangées. Soudain, son sang se glace. Elle ne peut retenir un cri d'effroi. Là, sous ses yeux, dans le fond du tiroir, se trouvent une paire de lunettes rondes et une fausse barbe. Elle ne saurait dire combien de temps elle est restée là, figée. Les connexions neuronales se font, l'information arrive à son cerveau. Son regard quitte le tiroir pour remonter jusqu'au grand miroir devant elle. Elle pousse un second cri lorsqu'elle aperçoit John, debout derrière elle.

— Tu n'aurais pas dû ouvrir ce tiroir…

En un instant, l'homme la ceinture. Il l'arrache du sol et la projette violemment dans la cabine de douche. Il s'affale sur elle de tout son poids, tandis que sa grosse main l'étouffe, l'empêchant de crier. Elle tente de se défendre en le rouant de coups, mais il entoure déjà le flexible du pommeau de douche autour de sa gorge. La pression sur sa glotte est immense. Ses mains ne frappent plus John. Elles tentent désespérément de desserrer l'étreinte qui l'étouffe. Ses yeux horrifiés se figent dans ceux de son agresseur. Tandis que sa vision se trouble, il lui semble que ce n'est plus le même homme qui se tient devant elle. Les traits de John semblent enragés. Il lui semble que son corps convulse sous l'adrénaline de ce déchaînement de violence. Elle voudrait hurler, lui demander de l'épargner. Peut-être lui dire qu'elle est prête à comprendre. Il suffirait de lui expliquer. Mais l'air n'entre plus dans sa gorge, et la pression sur ses cordes vocales est insoutenable. Son cerveau manque d'oxygène. Sa vue se trouble. Tandis qu'elle ferme peu à peu les yeux, il lui semble qu'elle aperçoit John qui chante dans le pommeau de la douche.

I just wanna feel… real love….

Le corps de Sophie Dubois gît dans la cabine de douche, le flexible autour du cou. L'étranglement a été si intense que les mailles de fer ont marqué sa gorge. Sous l'effet de la pression exercée, les chairs ont pris une couleur violette. John l'aide à rejoindre le sol délicatement, avant de l'enrouler dans le tapis de la chambre.

XVIII

22 juillet 2019 : domicile d'Alice Pouffe, la maison du diable

— Alice ? Salut, c'est Paul. Je peux entrer ? Faut qu'on discute.

La gâche électrique de l'interphone vient de libérer le portillon. Mais devant la boîte aux lettres, Paul demeure pétrifié, incapable d'avancer. Serait-ce possible ? Ici, à quatre cents kilomètres de Marseille ? À un quart d'heure de chez Alban… Inscrit en toutes lettres sur la plaque de la boîte aux lettres, le nom du diable fait son apparition.

Madame Pouffe, monsieur Saleçon et leurs enfants. Pas de pub merci.

Le cerveau de Paul est en feu. Le nom de Saleçon lui saute au visage comme une vipère qui se décide à frapper au sortir d'un fourré. Non, il ne peut le croire. Et puis les flashs frappent ses neurones. Alice, la nouvelle copine du groupe… Un mari psychiatre psychanalyste… Mais que personne n'a jamais vu… Trop débordé par son travail pour côtoyer le voisinage ou la communauté… Nom de Dieu ! Il le croyait à Marseille, et il vivrait à quinze minutes de lui depuis tout ce temps ? Il sent ses jambes l'abandonner et s'appuie un instant contre le mur. C'est forcément un homonyme… Rien de moins sûr en y regardant bien. Les gosses du quartier avaient griffé la cédille sur la plaque. Il ne connaissait pas d'autre psy qui fasse autant l'unanimité sur la vraie orthographe de son nom. Aussi improbable que cela puisse paraître, tout semble indiquer que celui qu'il tient pour responsable de la mort de sa femme vit bien là.

— Bon, tu rentres ou tu restes planté devant le portail à attendre le facteur ?

Par l'interphone, la voix d'Alice sort Paul de sa stupeur. Il analyse rapidement la situation. À bien y réfléchir, c'est peut-être l'occasion rêvée de pénétrer l'espace intime de l'ennemi. De toute évidence, si Alice attend son amant ce soir, c'est que le doc n'est pas là. Derrière ce portillon, la vie lui offre la vérité que la justice lui a refusée. Il n'est pas là par hasard. Il a soudain le sentiment que tout s'éclaire devant lui, comme si le message d'Alban, dont il est porteur ce soir, n'est qu'un moyen de se retrouver là, face à son propre destin. On ne laisse pas filer le karma. Inspirant profondément, tentant de se donner une contenance pour dissimuler sa surprise, Paul pousse le portillon et remonte l'allée de graviers blancs. La porte d'entrée s'entrouvre, laissant apparaître une Alice emmitouflée dans un peignoir, et ne dissimulant pas sa surprise.

— Bonsoir, Paul. Ce n'est pas ton genre de passer à l'improviste en pleine soirée. Je peux quelque chose pour toi ?

— Je… Je peux entrer ?

Alice s'efface, tandis qu'il pénètre dans le salon. Un rapide coup d'œil autour de lui permet d'appréhender l'espace. C'est meublé moderne, un peu bling bling. À bien observer, ça pue le mauvais goût. Mais ce n'est pas la seule odeur qui émane de la pièce. Ça empeste le cannabis froid, dont il reconnaît la fumée grasse. Elle déambule dans son peignoir, un peu gênée. Elle ouvre une fenêtre pour aérer et lui propose poliment de boire un verre. Il accepte d'un mouvement de tête. Il lui faut moins de trente secondes pour trouver ce qu'il cherche. Là, sur le piano. Un cadre de bois noir, avec la photo de deux adultes et leurs enfants. Paul ne distingue pas les visages. Il se dit intérieurement qu'Alice allait se faire sauter sans scrupules devant le portrait de la famille heureuse. Quelle joyeuse bande de tarés ! Elle l'invite à s'asseoir auprès d'elle sur le canapé, repoussant l'enceinte de la table basse pour y déposer les deux verres de vin blanc. Paul fait d'abord quelques pas en avant vers le piano. D'une main tremblante, il repose le cadre, face contre le meuble. Il sent la sueur perler sur son front, et prend conscience qu'il va être difficile de masquer son émotion.

— Bon, Paul ! Excuse-moi, mais je n'ai pas deux heures devant moi. Alors si tu pouvais me dire ce que tu viens faire là ?

Elle a raison, Alice. Sa question est excellente. Que vient-il faire là ? Ce qu'elle ne sait pas, c'est qu'en un instant, Paul a trouvé une réponse limpide. Mais c'est trop tôt pour lui expliquer en détail. Putain de karma… Pour le moment, il allait s'occuper du problème d'Alban, donner le change. Il la rejoint sur le canapé, et boit une gorgée de vin blanc. À l'image de la maîtresse des lieux, le breuvage est vulgaire et sans saveur. De ces vins de cubi qu'on boit glacés pour cacher la misère, les dimanches après-midi dans les buvettes de stade.

— Sa… Salut, Alice. Je… Je viens te dire que tu ne reverras jamais Alban. Tout s'arrête ce soir. Tes menaces, ton chantage. On va se parler toi et moi.

Son verre de vin lui échappe et éclate sur le carrelage. Alors Alban a osé. Il en a parlé à son ami. Si Paul est planté là dans son salon, transpirant et nerveux, c'est parce qu'il n'ignore rien du petit jeu qu'Alice et son amant forcé mènent depuis l'été dernier. Pire, peut-être que tout le village est au courant. Non, Alban n'aurait pas pris ce risque. Alice sait que si la chose arrivait aux oreilles de sa femme, son otage perdrait tout ce qu'il a : maison, famille, amitiés. Alban en est persuadé, rien ne résisterait au tsunami causé par la nouvelle. Confuse, Alice se lève pour ramasser les morceaux de verre sur le sol, tout en resserrant son peignoir. La phrase lancée par Paul lui fait l'effet d'une douche froide sur un chien en rut. La douce euphorie du cannabis s'est dissipée en un instant. Ne pas perdre ses moyens. Rester digne. Voyons ce que Paul sait exactement. Il y a toujours un moyen de mentir, de retourner la situation. Voyons ce que Paul sait exactement.

— C'est lui qui t'envoie, je suppose ?

Paul va et vient dans le salon, la question l'effleure à peine. D'ailleurs, elle n'a aucun sens. Évidemment qu'il vient de la part d'Alban. Ce n'est pas le pape qui l'envoie. Alors, le prof vit là, juste à quelques kilomètres de lui ? Putain de karma. Une douce euphorie s'empare de lui. Regarde, Paul, tout est là. Ses clubs de golf lustrés, faisant briller leurs chromes, sont dans un angle du mur. Là, sur le buffet, la photo d'Alice et lui à leur mariage. Il l'imagine au piano, le soir, jouant et sirotant son whisky, mari heureux retrouvant sa famille. La maison est le parfait nid douillet. Tout le contraire de la vie de Paul, qui pue le chaos depuis la mort de Virginie. C'est ça ! Il a trouvé ! Il y manque l'odeur de la culpabilité… Qu'importe, les résidus olfactifs, ça se répand en cas de besoin.

— Oui, répond-il en revenant s'asseoir près d'elle. Alban m'a tout raconté. Je suis ici pour te dire que c'est terminé.

— Ah… Eh bien c'est très courageux de sa part, ironise Alice. Mais tu vois, Paul, on ne se connaît pas encore beaucoup toi et moi. Il y a deux choses que tu dois savoir. La première, c'est qu'on ne me quitte pas comme ça. Ton pote était bien content de nos petits jeux, alors ses états d'âme, je m'en fous complètement.

Paul se relève.

— Écoute, Alice, tu ne recevras pas de courrier de résiliation. On n'est pas à la salle de sport. C'est fini, c'est tout ! Quant à Alban, je doute qu'il ait vraiment souhaité tout ça. Je le connais, il a le don pour se fourrer dans la merde. Y a pas meilleur que lui pour foutre le doigt dans le mauvais pot de confiture. Retiens l'image qui te plaît le plus, mais tu l'auras compris, tu es à la fois la merde et le pot de confiture…

Alice n'en revient pas de la froideur et du cynisme de Paul. Il est là à jouer le sauveur, debout au milieu de son salon. Et maintenant, voilà qu'il l'insulte !

— Alban veut la jouer comme ça ? Très bien… Je t'ai dit qu'il y avait deux choses que tu devais savoir. La deuxième, c'est que s'il me quitte, je me chargerai moi-même de tenir sa femme informée…

Le ton volontairement menaçant d'Alice ne fait pas sourciller Paul. Après la phase diplomatique, devaient forcément venir les menaces. Dans quelques secondes, elle tenterait les larmes pour l'apitoyer. Il a croisé tellement de tarés et de pervers dans sa vie, qu'il en connaît les ficelles par cœur. La grosse, engoncée dans son peignoir, puant le vin blanc bon marché, a tout de la perverse narcissique. Et elle veut lui faire croire qu'Alban était d'accord pour la toucher ? Il en a côtoyé tellement, de ces résidus de misère humaine, déchets de l'humanité se satisfaisant de leur emprise sur autrui pour masquer la mesquinerie de leur misérable existence, qu'il n'est pas dupe de son petit manège.

— Tu ne diras rien à personne, dit-il en jouant avec les pages du calendrier sur le frigo. Un de ces bibelots personnalisés qu'on commande sur internet, afin d'avoir la tronche de la grand-mère au mois d'août, et une photo des gosses faisant de la luge à Noël. Bref, à l'image de la grosse. Moche et prévisible.

— Tu ne diras rien, car tu n'y gagneras rien. C'est fini, c'est comme ça. Tu aurais dû le comprendre depuis des mois, au lieu de le harceler et l'enfermer dans ta pseudo histoire d'amour. On ne menace pas les gens. On ne couche pas avec eux sous la contrainte. C'est du viol, Alice !

Rouge de colère, Alice Pouffe serre les poings. Tandis qu'il cherche Prof sur les photos du calendrier, Paul sourit en pensant que la dinde est à deux doigts de lui sauter dessus pour l'étriper. Soudain, elle semble se raviser puis fond en larmes. On y est, la folle joue la carte sentiments et vulnérabilité. Une performance scénique médiocre. Le problème de ces gens, c'est l'excès. Leur incapacité à savoir doser rend la prestation pathétique. Alice hurle, crie à qui veut l'entendre (c'est-à-dire personne) que son amant est un menteur, qu'il a toujours été consentant. Il ne peut pas comprendre, mais ils s'aiment. Un jour, ils seront une famille. Il a beau dire qu'il en a déjà une, personne ne saura l'aimer comme elle le fait. Elle seule peut le rendre heureux.

— Et ton mari, dans tout ça ? Paul ne daigne même pas lui adresser un regard. Il continue de tourner les pages du calendrier de la famille parfaite.

— Un sale type, un égoïste arriviste que je quitterai pour Alban !

Ouais… Difficile de lui donner tort sur ce point. Paul arrive à septembre. Sur la page colorée, Alice s'affiche en gros plan avec son époux devant le château de « La Belle au Bois Dormant ». Le quitter, oui, mais pas tant qu'il paie le voyage à Euro Disney, songe Paul.

— Je te le répète Alice, tout est fini. Plus de mails, pas d'appels. Pas de visites impromptues.

— Ne sois pas si dur, Paul. Alban et moi on s'aime profondément. C'est juste qu'il a besoin de temps, il a peur. Si c'est ton ami, aide-le à franchir cette étape. Il ne peut pas me laisser, je l'aime…

Si c'est ton ami… Voilà l'étape du chantage affectif. Le film complet du pervers narcissique, avec les bonus. Sous les doigts de Paul, le visage de Prof apparaît. Il a choisi le mois de décembre pour s'afficher tout sourire, dans un de ces affreux pulls de Noël. Il est là, juste devant lui. La photo n'est pas de très bonne qualité. Mais il semble fixer Paul du regard, l'œil provocateur et moqueur.

— Ce sont des conneries tout ça, Alice. Et tu le sais. Alban n'éprouve que de la peur à ton égard. Il n'a pas l'ombre d'un sentiment amoureux pour toi. Dis-moi, tu aimes les fêtes de Noël ?

— Je… Je… Oui, comme tout le monde. Mais je ne vois pas le rapport.

Elle ne voit pas le rapport. Paul va bientôt lui expliquer.

— Moi, ce n'est pas ma période préférée. Mais je te promets que ce vingt-cinq décembre 2019 sera un Noël inoubliable, Alice.

Sans plus dire un mot, Paul sort de la maison. Alice l'observe remontant l'allée, lunaire ! Elle n'a rien compris de sa dernière phrase, et n'est pas non plus sûre d'avoir saisi le but de sa venue. Il ne s'est pas montré hostile, aucunement menaçant, et il n'a même pas voulu écouter ses arguments. Il s'est contenté de déambuler dans la maison, tout en parlant d'un ton froid et distant. Décidément, elle déteste ce type. Il est insensible à ses charmes, imprévisible, et semble se foutre de tout. Ce mec est glacial comme un dictateur russe, et flegmatique comme un Anglais. Elle a tout essayé, colère, menaces, chantage affectif, mais il est resté insensible à chacune de ses manœuvres. À croire que ce type ne ressent rien. Un animal plus qu'un humain. Et il a le culot de venir chez elle lui expliquer comment mener sa vie ? Non, mais quel con ! Saisissant son portable, elle compose en toute hâte le numéro d'Alban.

— Toi mon gars, tu as intérêt à me répondre…

☒ Le trouver lui et sa famille.

XIX

Salle de pause, Marseille
25 décembre 2013

Virginie ne sait pas si elle doit remercier le docteur pour sa franchise, ou le gifler suffisamment fort pour que sa tête se désolidarise du reste du corps. Elle opte pour un mouvement de recul, et va prendre appui contre le mur. Face à elle, Étienne Flantier, chirurgien orthopédique de renom, regarde ses chaussures, la tête penchée vers le sol. Le poids de la culpabilité et de la honte a ce pouvoir de tirer les mentons vers le bas. Et cela fonctionne, quel que soit le rang social. Il ose enfin relever la tête, mais le regard de Virginie est sans concession. La surprise et l'effarement se sont effacés, pour laisser place au mépris et à la colère. Le minuscule petit homme face à elle, minable primate insignifiant, vient de soulager sa conscience. À présent, il lui faut rompre le silence pesant que sa révélation a engendré.

— J'ai honte, tu sais. Honte de ce pari stupide.

— Tu peux…

Honte ? Ce n'est pas cher payé, songe-t-elle. Quand Étienne l'a fait venir au travail, elle a tout de suite compris que quelque chose le tourmentait. Le sujet était assez grave pour qu'il lui demande de passer un 25 décembre. Le jour de son anniversaire. Elle a travaillé dix ans avec lui au service orthopédique. Il sait, comme tous ici, que Noël coïncide avec le jour de sa naissance. Et qu'elle déteste ça. Il y a toujours eu un accord tacite dans les services qu'elle a fréquentés à l'hôpital. Elle ne met pas un pied au travail ce jour-là ! Sauf catastrophe ou gentille attention ! Alors, quand il lui a téléphoné hier soir, en lui disant de passer le voir avant son service du lendemain, elle n'a pas su à quoi s'attendre. Catastrophe ? Gentille attention ? Bingo ! Étienne réussit le grand chelem en cumulant les deux. Sa révélation fracassante, sur fond de remords, la détruit le jour de son anniversaire. Si ça, ce n'est pas une gentille attention ! Elle le regarde froidement. Elle n'arrive même pas à le détester. La haine est un sentiment qu'on réserve à ceux qu'on a aimés. À ses yeux, il n'a jamais vraiment existé. Ce n'est désormais plus qu'un vulgaire cloporte. Et sa rédemption tardive ne lui vaut aucune considération. Elle préfère garder son énergie et sa colère pour l'autre manipulateur. Ils sont seuls dans la salle de pause du deuxième étage, celle réservée au personnel soignant. Il est six heures du matin.

— Résumons : mon mari est séquestré depuis des mois, sous camisole chimique, dans l'unique but que celui que je prends pour mon meilleur ami réussisse à me sauter ?

Étienne ne répond rien. Son regard replonge instantanément vers le sol. Virginie vient de présenter les choses sans détour, et soudain tout devient plus grave. Comme si, jusqu'à présent, on avait pu encore en rire un peu. Comme une mauvaise blague un peu gênante qui n'avait que trop duré. Elle ne voit pas la chose sous cet angle. Soudain, dans la bouche de cette femme froide et distante, dont la retenue le glace, les mots prennent un autre sens. Ses lèvres ont expulsé du silence l'horreur de la chose, et les suites pénales qu'elles impliquent. Étienne réalise que son aveu va avoir de lourdes conséquences pour lui et son ami François. Qu'importe ! Il a pesé le pour et le contre depuis des jours. Il sait qu'il ne peut pas laisser son collègue triompher. Étienne n'est pas mauvais perdant, ce n'est pas la question. Pour lui, elle n'est qu'une petite infirmière de plus au palmarès des médecins titulaires. Que François la bascule sur le canapé de la salle de pause ne gêne pas sa conscience. C'est dans l'ordre des choses pour le sommet de la pyramide médicale. Comme un droit de cuissage ancestral, l'usufruit du cheptel ! Lui-même en profite notoirement. Et puis la gamine dispose de son libre arbitre. On ne lui retire pas le droit de dire non. Non, ce qui a poussé le chirurgien orthopédique à tout balancer ne se situe pas au niveau de l'entrejambe de Virginie. Que son ami veuille s'y casser les dents ou y fourrer les doigts lui avait semblé amusant. Et l'enjeu du pari, un sac de golf complet, avec tous les clubs dernier cri, valait bien de le regarder tenter sa chance. Étienne n'a pas de problème avec ça. L'objet de ses insomnies est ailleurs. Tout a commencé il y a une semaine, lors d'une réunion du conseil des médecins. On discutait le cas d'un patient du service psychiatrique, retrouvé au matin en détresse respiratoire, qu'il avait fallu intuber en urgence. On survola le dossier assez vite, le patient étant stabilisé depuis. La cause de cette aggravation de son état demeurait inconnue. Étienne avait compris qu'il s'agissait de Paul lorsque François, assis à son côté, lui avait glissé à voix basse que le con refusait de mourir… Une horrible intuition s'était alors installée dans l'esprit du chirurgien. Et si ? Et si… non, il n'irait quand même pas jusqu'à le tuer pour effacer un rival ? Étienne apprit ce soir-là que ce n'est pas la nuit qui porte conseil, mais l'insomnie. Le lendemain matin, rongé par le doute, il est décidé à en avoir le cœur net. Profitant des consultations extérieures de son confrère, il se rend au bureau des infirmières du quatrième étage, et réclame le dossier médical de Paul Arnout. Par chance, c'est Isabelle, son ancienne stagiaire, qui est de garde. Elle proteste un peu, prétextant que le docteur Flantier n'exerce pas en psychiatrie. Étienne lui rappelle que Paul est son patient, qu'il a opéré sa fracture lui-même. Il se drape dans sa cape d'éminent chirurgien, s'offusque, et la toise de ce petit regard de supériorité. Celui-là même qui leur a valu quelques heures supplémentaires, lorsque les deux finalisaient son rapport de stage, nus comme des vers, à l'hôtel du port. Isabelle ne s'oppose pas plus. Elle n'a jamais su lui dire non. Elle aurait parfois voulu, mais elle avait toujours quitté son libre arbitre en même temps que sa culotte. Étienne saisit l'épaisse pochette de papier kraft, qu'il ouvre sur la banque. Tout est là. Analyses, comptes rendus de séances, traitements et posologies. Tous les documents sont signés de la main unique de François Saleçon. À croire qu'aucun des autres médecins du service n'a jamais franchi la porte de la chambre 22. Paul est un VIP ! Ça n'augure rien de bon… De toute façon, il ne tirera rien de ce tas de papiers sans y consacrer de longues heures. Les anxiolytiques ne sont pas sa spécialité. Isabelle accepte de lui faire une photocopie complète du dossier, et promet de n'en parler à personne. Surtout pas au docteur Saleçon… Elle voudrait pouvoir protester un peu, mais elle n'oublie pas les photos qu'Étienne faisait avec son smartphone dans la chambre d'hôtel. Je tiens tout ça secret, et toi aussi…

Il ne lui a fallu que quelques heures pour comprendre. Le temps de se servir un whisky et se poser dans son canapé le soir. Le temps de lire les comptes rendus de séance. Il était clair que plus Paul séjournait à l'hôpital, plus sa folie s'accentuait. Les premiers récits relataient les propos d'un homme fatigué, émotionnellement choqué par sa rupture. Paul cherchait à comprendre les raisons de la pulsion incontrôlable qui l'avait poussé à la défenestration. Mais plus les semaines passaient, plus les propos devenaient incohérents. Une forme de schizophrénie faisait jour, avec successions de délires paranoïaques, propos incohérents, menaces… Clairement, Paul n'allait pas vers la guérison ! Mais en cela, rien qui puisse justifier une détresse respiratoire ni les doutes qui avaient poussé Étienne à creuser. L'affreuse vérité est venue de l'étude du traitement du patient. Étienne avait failli recracher son whisky. Le dossier retraçait avec exactitude la posologie journalière que la pharmacie du service mettait à disposition du médecin pour son patient. Anxiolytiques, benzodiazépines, toutes sortes de psychotropes et de neuroleptiques… Et là, rien ne collait. La dose de neuroleptiques, censée calmer les crises de schizophrénie, était si marginale que de toute évidence, ces cachets-là ne figuraient sur la liste que pour donner le change. Sans eux, difficile de justifier de l'état soi-disant schizophrène de Paul. Mais la dose n'était pas du tout en rapport avec la folie qui s'installait, à la lecture des comptes rendus de séance, chaque jour un peu plus. Quant aux benzodiazépines, Paul en avalait de quoi tuer un cheval. Quatre fois la dose maximale autorisée, chaque jour depuis cinq mois. Même chose pour les autres types d'anxiolytiques. Étienne crut défaillir. Avec un tel traitement, Paul n'avait d'autre choix que de dormir nuit et jour, ou délirer dans ses phases de réveil. François avait créé autour de son rival la prison parfaite. Celle où il est inutile d'acheter le silence des geôliers. Paul était condamné à voir la nasse de la folie se refermer sur lui, l'entraînant dans les noirceurs de son âme. La camisole chimique, mise en place méthodiquement, fonctionnait à merveille. Plus le temps passait, plus Saleçon avait raison. Paul avait tout d'un fou. Et plus il basculait dans la schizophrénie, plus le diagnostic s'aggravait, justifiant le traitement. La boucle était bouclée, et François était maître du jeu. Il avait tout loisir de convoiter Virginie, sans crainte de la concurrence. Un courrier de l'administration attire l'attention d'Étienne. En date du 15 novembre 2013, le service de gestion des affectations mentionne au docteur Saleçon que le patient Paul Arnout ne peut garder la chambre plus longtemps. Son cas ne dépendant plus de l'urgence psychiatrique, il est demandé un transfert vers un établissement de soins. « L'hôpital ne peut supporter plus longtemps la charge d'un patient dont tout semble indiquer qu'une guérison à court terme n'est pas envisageable. » Une idée traverse l'esprit d'Étienne. Le courrier est arrivé deux jours avant l'accident respiratoire de Paul. François, de peur qu'on lui retire la garde de son rival, aurait-il forcé le destin ? Un heureux hasard aurait-il refait du cas Paul Arnout une urgence médicale du ressort de l'hôpital ? À partir du 17 novembre, le dosage de benzodiazépines, déjà capable de tuer tout un poney club, est multiplié par deux. Le doc attrape son vieux Vidal, posé dans la bibliothèque. Dans l'encyclopédie médicale, il cherche les effets secondaires de la molécule.

« Les benzodiazépines peuvent également donner des réactions paradoxales telles qu'un comportement agressif ou violent, de la confusion et des hallucinations. » Jusque-là, Étienne se dit que c'est exactement l'effet recherché. « L'usage excessif des benzodiazépines entraîne des complications respiratoires graves, pouvant entraîner la mort ».

— Nom de Dieu… Tout devenait limpide. Ce jour-là, Étienne comprend que ce pari n'est plus une simple histoire de cul, blague potache que peuvent partager deux amis. Non, on parle ici d'enfreindre le sacro-saint serment d'Hippocrate, de mettre volontairement en danger la vie du patient, d'abuser de son autorité médicale pour tirer profit d'une situation. Les conséquences sont sans appel. Passage devant le conseil de l'ordre, radiation… La carrière brisée, la réputation jetée à la vindicte populaire ; sans compter les poursuites pénales. Que François se tape la petite infirmière, Étienne s'en fout, elle ne sera qu'une lubie passagère, mais que lui, par sa complicité silencieuse, s'expose à de tels risques pour des clubs de golf… L'idée lui glace le sang. Il vide son verre de whisky d'un trait. Il grimace. À la réflexion, il remarque qu'il n'a pas une once de pitié pour ce pauvre Paul.

Maintenant qu'il se tient debout devant elle, il éprouve son premier remords. Mais s'il regrette quelque chose, c'est peut-être d'avoir vidé son sac, d'avoir tout déballé à la jeune femme. Face à lui, elle affiche une froideur qui le glace. De toute évidence, elle ne laissera pas exploser sa colère ici et maintenant. Mais il semble évident que cette vérité sera lourde de conséquences. Peut-être même pour lui. Virginie parle de contacter les amis de son mari, toujours en poste à la PJ de Marseille.

— C'est une grande famille, tu sais… Ils vous en feront payer le prix fort… Ça s'appelle le karma, Étienne. Tes ennuis sont toujours la conséquence de tes mauvaises actions. Si tu as mal vécu, tu as des chances de te le reprendre dans la gueule…

La menace est claire. Il faut désamorcer la gamine rapidement. Étienne sort alors de son cartable un épais dossier, qu'il a pris soin d'emballer dans du journal pour qu'on ne puisse pas lui en dérober une feuille au hasard. Il joue son atout maître !

— J'ai ça pour toi… C'est la copie exacte du dossier de ton mari. L'original n'est officiellement jamais sorti du service psychiatrie. Et ne me demande pas comment je l'ai eu. Toutes les preuves de ce que j'avance sont à l'intérieur. J'espère que tu y vois un signe de ma bonne foi et de mon innocence ?

La jeune femme s'empare du dossier, qu'elle dépose près d'elle sur le bureau.

— N'attends pas de reconnaissance de ma part, Étienne… Pour moi, tu ne vaux pas mieux que lui.

— OK, je reconnais que j'ai pris le pari avec François, dit-il la voix tremblante. J'avoue même avoir accepté d'attendre un peu pour le déplâtrer. Déontologiquement, ce n'est pas terrible. Même si c'est devant un juge, je n'aurais aucun mal à justifier que je n'avais pas de dispo sur mon planning. Et l'accusation tombera à l'eau immédiatement. Tout ça n'est pas dans le dossier, c'est ma parole contre la tienne. Ne te trompe pas de cible, moi je suis celui qui a découvert le scandale à venir.

— Oui, s'exclame-t-elle. Tu perds tes clubs de golf, mais tu vas être un héros. Je suppose que tu fais ça parce que tu es mon ami, n'est-ce pas ? Ou s'agit-il d'un nouveau pari, pour que je couche avec toi ? Parce qu'on a un canapé, on peut gagner du temps, et peut-être qu'on peut éviter de séquestrer un autre membre de ma famille…

L'ironie froide et cinglante de Virginie ne laisse pas de place au doute. Étienne, en livrant sa découverte, s'est assuré d'un statut d'innocent aux yeux de la loi. Mais il ne gagnera pas la reconnaissance de la jeune femme. Qu'importe ! Elle peut bien jaser dans les couloirs. Dans trois jours, toutes les pipelettes de l'étage rigoleront de son sort, et s'affaireront à détricoter maille par maille la carrière de Saleçon. Lui en sortira en médecin intègre, abusé par un collègue. Pour le moment, c'est de la pièce, que le bras tendu de Virginie l'invite à sortir…

Il est 7 h 45. Le smartphone de François Saleçon vient de sonner. Le message est clair.

Rejoins-moi tout de suite en salle de pause. Besoin urgent…

Il le sait, il le sent depuis plusieurs jours. Virginie est mûre. Elle est comme le fruit qu'il faut savoir cueillir au bon moment. Voilà des semaines qu'il la façonne, qu'il la prépare mentalement. Elle est désormais tout à fait sous son emprise, prête à s'offrir à lui, ce dévoué protecteur qui veille sur elle. Lui, l'ami fidèle, qui s'est battu pour s'occuper de son mari même lorsque l'hôpital voulait le transférer. C'est dans les bras de François Saleçon qu'elle pleure toutes les larmes de son corps, dans ses bras qu'elle expulse le torrent de pressions qui lui écrase la poitrine. Quand vient le soir et qu'elle ne travaille pas, ils ont pris l'habitude de se retrouver pour dîner. François a insisté, prétextant que cela leur donnait l'occasion de faire le point sur la situation de Paul, mais aussi pour elle de s'offrir une bouffée d'oxygène. Les semaines passant, il l'a convaincue d'abandonner le restaurant pour des lieux plus intimes, comme son appartement. Lundi dernier, toute à sa merci, Virginie s'est laissé embrasser. Avant de le repousser timidement. Elle lui a dit qu'elle n'avait pas encore ce genre de besoin… Lui, a feint le baiser accidentel, a passé la main dans ses cheveux, et lui a répondu que c'était peut-être ça, le karma. Que s'ils étaient destinés à être ensemble, il ne la brusquerait pas. Mais ce matin, ce message, « besoin urgent », avec trois points de suspension derrière, ne laisse pas de place au doute. Il va se passer des choses en salle de pause ! François Saleçon remet ses cheveux en ordre et déboutonne un peu le col de sa chemise. Il avale un Tic Tac, et pousse la porte pour aller cueillir le fruit convoité.

Elle se tient dans la lumière, scrutant le lever du soleil devant la grande fenêtre béante. De toute évidence, personne n'a réparé la fermeture défaillante, car le vent de décembre vient soulever ses cheveux. Le froid de l'hiver s'engouffre dans la pièce et le saisit instantanément. Alors qu'il referme la porte derrière lui, elle lui jette un regard glacial.

— Je sais tout, François. Je voulais te le dire en face.

Le professeur Saleçon fait mine de ne pas comprendre. Mais à mesure qu'elle lui assène ses arguments, il sent qu'il va être difficile de nier. Lorsqu'elle brandit, folle de rage, le dossier médical sous son nez, il comprend que toute manœuvre est impossible. Au cas où il se poserait la question, la réponse est oui. Elle a toutes les preuves nécessaires.

— J'ai fait tout cela par amour, Virginie. Je sais, ça peut te paraître fou. Mais je te demande de me croire.

Face à lui, le dos appuyé contre la fenêtre, Virginie le regarde bien en face.

— Je te crois, François. C'est aussi par amour que je vais contacter la police. Les collègues de mon mari seront ravis de prendre connaissance de ce dossier. C'est aussi par amour que je vais arracher Paul de tes griffes de pervers. C'est par amour que je vais ruiner ta vie et ta réputation. Tu vois, on en fait des choses, par amour…

— Tu… Tu ne peux pas me faire ça ! François prend conscience que sa vie va basculer dans l'enfer.

— Mais je ne te fais rien, mon cher ami. Ce n'est pas moi, c'est ton karma. L'avenir que tu entrevois, ce sont les conséquences de tes actes.

François est complètement désarçonné. D'habitude si sûr de lui, si imbu de sa personne, il sent qu'il perd le contrôle. Ses jambes tremblent tant qu'elles le portent à peine. Il sent la sueur perler sur son front malgré le froid de décembre qui inonde la pièce.

— Tu en as parlé à quelqu'un ?

— Non, répond la jeune femme. Je voulais d'abord te le dire en face. Tu tenais tant à être mon ami, je te dois bien ça, ironise-t-elle.

François s'approche d'elle en sanglotant, bras ouverts. Elle se demande ce qu'il espère. Est-il assez fou pour croire qu'elle va l'étreindre, le pardonner ? Elle essaie de le repousser, mais déjà Prof lui enserre les bras, jetant le dossier médical au sol. Elle se débat furieusement, mais la différence de force physique est trop importante. Il la serre si fort contre lui qu'elle sent son haleine mentholée sur sa nuque.

— Que… Que fais-tu ?

— Je te prouve qu'on peut échapper à son karma, répond-il en la projetant par la fenêtre.

François peut entendre l'impact sourd du corps frappant la dalle de béton. Il s'approche de l'ouverture, comme pour s'assurer que tout cela est bien réel. Deux étages plus bas, gît le corps désarticulé de la jeune femme, dont la tête a heurté le sol en premier. La boîte crânienne fracturée, la belle se vide de son sang. Elle ne parlera plus jamais. Le collier qu'elle portait lui est resté dans la main, comme un trophée. Toutes ces histoires de karma, ce sont des conneries. On ne paie les conséquences de ses actes que si on n'est pas prêt à aller toujours plus loin. François ne recule devant rien. Surtout pas devant une insignifiante infirmière. Qu'est-ce qu'elle croyait, celle-là ? Qu'elle pouvait foutre en l'air la vie de l'éminent professeur Saleçon ? Il ramasse le dossier médical, qu'il glisse sous sa vénérable blouse blanche de médecin. Il se repasse la scène. Non, rien ne peut prouver sa présence au moment du drame. Ses empreintes éventuelles ? Oui, comme celles de tout le personnel soignant. Rien d'illogique ou d'accablant. Et personne ne l'avait vu entrer dans la salle de pause. En posant la main sur la poignée de la porte donnant sur le couloir, il sourit. Le long corridor est désert. Il s'est écoulé une minute depuis le drame, et personne ne traîne dans les coursives. Le spectacle est ailleurs, sur le parvis. François remonte l'allée d'un pas rapide. Il se décide à emprunter l'escalier de service plutôt que l'ascenseur. Il pousse la lourde porte sans que personne ne remarque sa présence. Cette partie-là de l'hôpital est réservée au personnel, elle n'est pas équipée de vidéosurveillance. Il en est convaincu, il ne laisse aucun témoin derrière lui. Il rit. Pas si mauvais que ça, le karma, pour qui a la volonté de forcer le destin.

— Prof…

Le sang de François Saleçon se glace. Il retient un cri.

— Plus tard, Paul, plus tard…

Il descend, quatre à quatre, les marches le séparant du hall d'entrée, deux étages plus bas. Nom de Dieu, songe-t-il, mais que faisait donc Paul en liberté dans la cage d'escalier ? Il tâche de se calmer, de reprendre ses esprits. Le bruit d'une personne descendant l'escalier en courant derrière lui le sort de sa torpeur. Devant lui, un ascenseur s'ouvre. Il se précipite à l'intérieur, lance la machine vers le quatrième étage, et réajuste sa tenue avant de retrouver la lumière de son service. Comme un acteur avant d'entrer en scène, il respire profondément. Bah, songe-t-il, Paul ne sait rien. Et puis, qui accorderait du crédit à ce taré ? Lorsqu'il entre dans l'étage de la psychiatrie, il redevient le respectable professeur Saleçon. Il ne s'est rien passé.

XX

9 octobre 2017
Maison psychiatrique Audrey Bain, banlieue lyonnaise

— Vous le trouverez dans la cour, au pied de son arbre. Je vous accompagne, certains de nos patients peuvent vivre votre visite comme une intrusion dans leur quotidien, et avoir des réflexes dérangeants.

L'infirmière s'efface en faisant coulisser la lourde baie vitrée qui donne sur le jardin intérieur. La bâtisse en U s'ouvre sur un agréable espace de promenade paysagé. Le soleil de l'automne inonde l'endroit d'une lueur rouge, qui semble embraser les dernières feuilles des arbres. Alban et sa femme regardent dehors. Quelques résidents sont assis sur des bancs. Certains lisent, d'autres discutent entre eux. Tout semble si paisible. Alban n'a pas revu Paul depuis le jour de son transfert, au début de l'année 2014. À l'époque, il s'était rendu à Marseille pour assister aux obsèques de Virginie. Le médecin, en charge de Paul, venait de se déclarer inapte, considérant qu'il était temps d'accéder à la requête de l'hôpital, et d'envoyer son patient dans un établissement spécialisé. Ce jour-là, Paul n'avait pas pu assister à la mise en terre de son épouse. Son état de santé ne le permettait pas. C'est le professeur Saleçon qui avait pris la parole pour évoquer la mémoire de son amie. Un discours émouvant, empli de sincérité. Quelques jours plus tard, Alban avait été choisi par Paul pour l'assister dans son transfert, tout comme le lieutenant Fauron. À moitié anesthésié, ligoté comme une bête à son brancard, il avait passé le trajet à déblatérer des inepties, à cracher sa haine de son médecin traitant. Ses propos juraient tellement avec l'émouvant témoignage du toubib… Les deux flics à ses côtés étaient mal à l'aise, et avaient tenté de le calmer en vain. On avait fini par lui injecter un puissant sédatif. La scène avait été d'une telle violence, que le retrouver là, dans un cadre aussi paisible, trois ans après, avait quelque chose de déroutant.

— Trois ans que je ne suis pas venu, tu parles d'un ami…

— Ne vous tracassez pas avec ça. Son état d'agressivité rendait les visites interdites. C'est un vrai petit miracle qu'il retrouve ses esprits. La plupart de nos patients sont définitivement coupés du monde. Leur vie passée ne rejaillira plus jamais. Ils sont condamnés à une prison médicamenteuse, répond l'infirmière.

— Ils ont pourtant l'air si calme, si normaux…

— Vous n'imaginez pas ce qui coule dans leurs veines pour en arriver là…

Alban observe la cour principale. Paul n'est pas là. Le parc débouche sur un terrain en pente, qui vient mourir contre une petite pièce d'eau, à la limite du mur d'enceinte. Deux grands cerisiers du Japon luttent pour conserver leur feuillage. Mais l'hiver gagne. Le combat est perdu d'avance. Au loin, appuyé contre le tronc d'un des deux majestueux, on aperçoit le corps d'un homme.

— Justement, dit Alban, pourquoi mon ami fait-il état de signes de guérison, si tous les patients sont déjà shootés comme des poneys pour être stables ?

La question semble perturber l'infirmière. Tandis qu'elle guide son visiteur à travers l'allée de graviers rouges, elle hausse les épaules, dubitative.

— C'est tout le paradoxe de votre ami. Il est arrivé ici hagard, très agressif dans ses rares phases de lucidité. Et pourtant, malgré une dose raisonnable de médicaments, il a très vite affiché des signes de guérison inattendus. C'est à se demander quelle dose on lui administrait dans l'établissement précédent… Mais comme vous le savez déjà, on n'aura jamais la réponse à cette question. Son dossier médical fait partie des éléments personnels qui ont été égarés lors de son transfert. C'est lui, là-bas, près de l'arbre.

— Que fait-il ? Alban cesse d'avancer.

— Il se soigne, répond l'infirmière. Au pied de ce cerisier, il a trouvé il y a quelque temps une vieille branche pourrie. Il s'est mis en tête de la faire reverdir. Aussi incroyable que ça puisse paraître, ça a marché. Normalement, nous ne laissons pas trop longtemps nos patients seuls dehors. Mais les médecins ont considéré que cette activité jardinage pouvait s'avérer thérapeutique. Et il semblerait que ça fonctionne…

— Pour qui ? demande Alban.

L'infirmière sourit.

— Pour les deux, figurez-vous ! La branche refleurit chaque printemps, et votre ami semble apaisé, guéri. Depuis, qu'il neige ou qu'il vente, il passe ses journées à lui parler, à la bichonner. Je crois que votre ami s'est trouvé un psy inattendu. Mieux, je crois qu'il l'aime sincèrement. Il s'est développé, entre lui et cette petite branche, un lien fort qui semble les tenir tous les deux en vie. Il en prend soin, la chérit. Ils se redonnent vie mutuellement.

Alban contemple la scène un instant. C'est surréaliste, se dit-il. On le convoque pour lui annoncer que Paul est guéri, qu'il va pouvoir sortir de cet enfer, et il le trouve à parler à une brindille. C'est vraiment la maison des fous.

À mesure qu'il s'approche, Alban distingue mieux la silhouette au pied de l'arbre. L'homme est très amaigri et son visage émacié affiche des pommettes creusées. Ses petites lunettes rondes et sa longue barbe accentuent la maigreur de son visage. Difficile de se dire que c'est le commissaire Arnout, l'étoile montante de la PJ de Marseille, le vieux compagnon de l'école de police. L'homme lui tourne le dos. Il est occupé à gratter le sol avec un petit râteau.

— Nom de Dieu, Paulo, t'as vu ta gueule ?

Paul se retourne. Ses yeux sont vifs et manifestent une joie sincère. Il prend appui sur le rebord de l'arbre pour se redresser.

— C'était pas vraiment la thalasso de Bénodet, mon gros ! On m'en a mis tellement dans le cornet que je dois encore pouvoir te pisser une bouteille d'anxiolytiques sur demande. Mais je suis pudique, faut que la demoiselle se retourne !

Alban éclate de rire, tandis que les deux amis se donnent une accolade virile.

— T'as fini par trouver le chemin de ma taule ? T'as pris ton temps, mon pote !

— Il paraît que tu jardines, Commissaire. Je ne voulais pas te déranger.

La blague d'Alban ne semble pas faire sourire son ami. Paul se retourne vers la base de son cerisier. À côté du tronc majestueux, une repousse vigoureuse commence à se ramifier. Au printemps prochain, nul doute qu'un nouvel arbre va se couvrir de feuilles.

— Déconne pas avec ça, Alban. Quand j'ai sauté du balcon, c'est une branche d'arbre qui a amorti ma chute. Tu sais, la pauvre a cassé sous mon poids. C'est un peu comme si elle s'était sacrifiée pour me sauver. Alors quand j'ai trouvé cette brindille, si mal en point… Pardonne le jeu de mots pourri, mais c'est un peu le retour de bâton. La sauver elle, la faire refleurir, c'était aussi me sauver moi. Et puis tout a commencé avec une branche cassée. C'est une manière de boucler la boucle, de tourner la page.

Après tout, pourquoi pas ? songe Alban. L'essentiel, c'est que les médecins soient formels. Paulo, comme il aime à l'appeler, est en voie de guérison. Dans sa poche, il tient le document officiel qui l'autorise à sortir, à condition qu'il prenne un traitement médicamenteux pour maîtriser sa schizophrénie, et qu'il reste éloigné de Marseille, dont le souvenir est une douleur encore trop vive pour lui.

— C'est toi qui t'y colles alors ?

— À quoi ? répond Alban.

— À héberger le taré ! Ils n'avaient que toi sous la main ?

— Il semblerait… Allez, va ranger ta piaule, réunis tes affaires et on s'arrache. Tu vas faire un tour dans le van GMC mon salaud ! J'ai sorti le carrosse pour l'occasion !

— Mazette ! T'as pas lésiné sur la mise en scène. Je viens de passer des lustres dans une chambre miteuse chez les fous, et tu viens chercher Looping avec le tas de rouille de Barracuda ?

Alban fronce les sourcils. Aucun doute, Paul est de retour. S'il a grillé quelques neurones chez les doux dingues, ceux qu'il consacre à débiter ses vannes pourries sont indemnes. Comme quoi, la médecine n'est pas une science exacte. Il s'accroupit une dernière fois auprès de sa branche, dont il caresse les dernières feuilles de l'automne. Sur l'une d'elles, il dépose un baiser. Puis il rejoint l'infirmière et son ami, à hauteur duquel il se porte.

— Emmène-moi loin.

— Je rêve ou tu viens d'embrasser une branche ?

Paul sourit. Il explique à Alban qu'il lui a aussi parlé, parce qu'on ne quitte pas une amie comme ça.

— Et tu lui as dit quoi, à ton bout de bois ?

— Que je reviendrai… quand le job sera fait.

Alban sourit nerveusement. Sa main sort de sa poche le compte rendu médical. Il le feuillette rapidement.

— Non, mais sans déconner, on est sûr que t'es guéri ?

Paul ne répond pas. Ses pieds cheminent dans l'allée qui le guide jusqu'à sa liberté. Elle est devant lui, juste derrière les lourdes portes de sa prison médicale. Mais son esprit est déjà loin des murs d'enceinte de l'Institut Audrey Bain. Ses yeux qui scrutent le ciel aperçoivent le visage en sang de Virginie. Elle porte les deux mains à sa tête, à l'endroit même où sa boîte crânienne a explosé, offrant au bitume du parvis de la Timone les litres de sang de son corps frêle, victime expiatoire nourrissant le vampire hospitalier affamé. Il la voit désormais distinctement. Elle hurle son prénom, ultime appel à l'aide par-delà les frontières du royaume des morts. Le royaume des fous n'est pour Paul que l'antichambre qui mène à elle. Aujourd'hui, l'asile ne relâche pas un homme guéri, il arme un bras vengeur ! Oui, mon amour, je te vengerai, songe-t-il. Cette liberté n'est que provisoire. Il existe sur cette terre un homme, un professeur de médecine, dont le karma s'assombrit de jour en jour. Paul le retrouvera tôt ou tard. Il n'y a que les montagnes qui ne se croisent jamais.

XXI

24 décembre 2019, 8 h
Visite de l'écurie

Il est un peu plus de huit heures du matin lorsqu'Antoine stationne la belle Allemande le long de l'avenue du Prado. Le soleil se lève tout juste, mais la cité phocéenne fourmille déjà en ce mardi matin. Le trafic est dense, et les trottoirs sont déjà encombrés par la foule. Sous les allées de platanes, qu'on a bardées d'illuminations, se pressent tous les spécialistes du cadeau de dernière minute, croisant les lève-tôt déjà en quête de la sacro-sainte dinde. Toute cette joyeuse foule déferle d'un pas assuré vers l'hypercentre. Le jeune gendarme, qui a profité d'une aire d'autoroute pour passer une tenue civile, peine à se frayer un passage entre la masse de gens déambulant le long de l'artère. Il cherche le numéro 345, tout en évitant de se faire piétiner par la marée humaine qui transhume vers le centre-ville. Il a l'impression d'être un saumon qui remonte la rivière à contre-courant. Il repère l'immeuble cossu, dont la façade moderne jure au milieu des résidences défraîchies. Le hall couvert, abritant les boîtes aux lettres, lui offre la possibilité de s'écarter de la foule un instant. À l'écart de ses congénères remuants, le saumon se sent mieux. Il jette un œil rapide aux noms sur la plaque.

Monsieur et madame Arnout, appartement 222, 2e étage. Aucun doute possible, c'est bien le domicile du suspect. Inutile de sonner, personne ne lui ouvrira. Paul Arnout est à 450 kilomètres de là, en train de jouer les justiciers. Madame Arnout, s'il n'est pas trop con et qu'il a un peu suivi, réside désormais boulevard des allongés. Peu de chances qu'elle sorte de son sommeil éternel pour décrocher l'interphone. Antoine presse le bouton de la conciergerie. Malgré son insistance, personne ne répond. Son œil accroche alors la vitre du hall. Une feuille scotchée vulgairement indique que la concierge passe l'aspirateur dans les étages. C'est signé madame Ramirez. Retour prévu pour 8 h 30. Un rapide coup d'œil à sa tocante l'informe qu'il lui reste une quinzaine de minutes à tuer. Même s'il a trouvé dans le vide-poche de la BM le parfait nécessaire pour crocheter une serrure, pas question de faire ça à la vue de toute la ville. Sa carte de gendarme ne lui donne pas le droit de jouer les monte-en-l'air, surtout en zone police. John Cheval est un flic de l'ancienne école, et sans doute qu'à Marseille la PJ ne se laisse pas entraver par le règlement ou les bonnes manières. Sans doute qu'il ferait sauter la serrure, sans trop s'emmerder du qu'en-dira-t-on. Mais Antoine est un jeune gendarme discipliné, pas un de ces flics borderline, qui vivent en civil et s'arrangent avec les lois. Et même s'il peut facilement se jouer d'un barillet classique, cette serrure-là s'ouvre avec un badge magnétique. L'aimant qui retient la lourde porte ne risque pas de se rendre avec une épingle à cheveux. Il refourgue la caisse à outils de John dans sa veste. Il va falloir patienter. Il tourne de nouveau le regard vers l'avenue. Il distingue un café sur le trottoir d'en face. Bonne idée. Il a roulé cinq heures et a dormi un peu dans un hôtel en périphérie. En se levant, il a juste avalé un petit déjeuner insipide dans un de ces buffets à volonté où le jus d'orange sent la javel, et où les croissants se font rares. Dans buffet à volonté, il faut comprendre qu'il en faut, de la volonté, pour avaler ces merdes industrielles. Alors oui, un petit café et un croissant chaud ne sont pas de refus. Il pousse la porte du troquet, et commande la formule petit déjeuner. Six euros le café et la viennoiserie. Le patron ne se mouche pas du coude. À ce prix-là, un bonjour aurait été le bienvenu. Le café est chaud. Antoine le porte à ses lèvres. Il a le mérite d'être bon, un de ces vrais espressos de bistrot, qui vous tord le bide et vous rappelle l'existence de votre tube digestif, tout en reconnectant vos neurones. Il a un petit quart d'heure pour faire le point. Il repense à sa visite au domicile des Hernandez. Il est convaincu que ces deux tourtereaux lui cachent des choses. Dans les enceintes de l'établissement, Suzanne Vega chante Luka, son titre phare.

— My name is Luka, I live at the second floor.[1]

— I live upstairs from you, yes, I think you've seen me before.[2]

Les paroles font sourire le jeune homme. Paul aussi vit au deuxième. Il porte la main à la poche intérieure de son blouson, dont il extrait la petite pochette de plastique qu'il a récupérée dans la boîte à gants. Il n'a pas rêvé. La carte grise de la BMW de John est au nom d'une société civile immobilière, domiciliée juste de l'autre côté de la rue, à la même adresse que le suspect. Depuis sa visite chez les Hernandez, hier, Antoine ne sait pas quoi faire de cette info, qui lui est tombée dessus par le plus grand des hasards. Il referme l'étui, tout en veillant à ne pas égarer la précieuse pièce à conviction capillaire qu'il a logée à l'intérieur. Son instinct lui hurle que c'est trop gros pour être une

---

[1] Traduction : « Mon nom est Luka, j'habite au 2e étage. »

[2] Traduction : « Je vis au-dessus de vous, je suis sûr que vous m'avez déjà rencontré. » (Extrait de Luka, Suzanne Vega, album *Solitude Standing*, 1987, label A & M.)

coïncidence, et que ça pue la merde… Il ignore encore dans quoi il a marché, mais il sent bien, qu'à l'exception du trousseau de clés de la voiture qu'il s'amuse à faire tournoyer autour de son index, que quelque chose ne tourne pas rond. Il est à deux doigts de s'ébouillanter quand soudain ses yeux ordonnent à sa main de cesser. Là, sur le trousseau, se trouve un petit badge noir. Se pourrait-il que… Il jette la monnaie sur la table, enfile le croissant dans sa poche, salue la porte de prison qui sert de tenancier, et retraverse la rue en hâte. Lorsqu'il approche le badge du récepteur, il perçoit nettement le cliquetis de l'aimant qui se libère. La lourde porte vitrée se dérobe sous son poids. Il n'en croit pas ses yeux ! Se pourrait-il que John et le tueur crèchent au même endroit ? Dans sa folie destructrice, Paul Arnout aurait fait venir son flic de voisin, l'ex-compagnon de sa femme, pour lui mettre le grappin dessus ? Il monte à travers les étages par l'escalier. Au bout du couloir, un petit bout de femme s'affaire, aspirateur en main. Les pas feutrés d'Antoine, comme tamisés par l'épaisse moquette rouge, n'attirent pas l'attention de la concierge. Le gamin se retrouve devant la porte 222. Monsieur et madame Arnout. C'est bien mignon d'être arrivé jusque-là, mais il va falloir entrer dans l'appartement. Cette fois, la serrure est tout ce qu'il y a de plus classique. D'un rapide coup d'œil à droite, le jeune homme s'assure que madame Ramirez ne regarde pas. La brave femme a le nez collé à la moquette. Il dégaine de sa poche le kit à passe-muraille du commissaire. À peine le temps d'exercer une légère pression sur la porte, que le bois fait entendre le pêne qui se libère. Madame Ramirez n'a pas bronché. Antoine est entré.

Paul a garé le mini cabriolet de Sophie Dubois sous la grange, à côté du vieux van GMC d'Alban. Il n'a plus besoin de la camionnette. Les clés sont dessus, il viendra la récupérer quand tout ce petit cirque sera fini, et que les flics trouveront la ferme. Pour le moment, les condés pataugent dans le brouillard. Il aurait le temps de semer les champs et de récolter, qu'aucun flic digne de ce nom n'aurait montré son museau dans le coin. À part peut-être le jeune bleu, qui semble être le gardien des neurones de la brigade. Les autres sont des poulets de campagne, tout juste bons à faire des contrôles de vitesse à la sortie du bourg. Paul ouvre la porte menant au souterrain. Il faut qu'il accélère. Demain, on est déjà le 25. Il a fixé le jour de Noël comme date pour le grand bouquet final. Il se souvient de sa promesse faite à Alice Pouffe.

— Je te promets que ce vingt-cinq décembre 2019 sera un Noël inoubliable, Alice.

Paul tient à tenir sa promesse. Mais pour cela, il faut que Prof passe aux aveux. Les starters des néons, installés dans le tunnel sous l'écurie, sortent peu à peu la pièce de sa noirceur, à mesure que le gaz enflamme les tubes. La puanteur de la salle prend Paul à la gorge. Il doit réprimer une violente envie de vomir. Une odeur de pisse et d'excréments flotte dans l'air. Les rats, charognards patients, fuient lorsque l'ultime néon cesse de scintiller, stabilisant son flot de lumière jaune. Leur vue chagrine Paul. Il est trop tôt pour que les rongeurs attaquent le morceau de viande puant, qu'une chaîne relie à un anneau de métal sur le mur. Le spectacle est magnifique. Roulé en boule contre la pierre, François Saleçon n'a plus rien du grand professeur hautain et sûr de lui. Une juste dose de peur, de douleur et de faim, a lentement détricoté la cotte de mailles de son honneur, dans laquelle il a tenté de se draper jusqu'au bout. Allongé dans sa merde, la main amputée du doigt qui portait son alliance, Prof n'est plus que l'ombre d'un humain. Ses yeux sont gorgés de sang, et la lumière lui brûle la rétine. Tous ces jours dans l'obscurité, entravés par cinquante-huit centimètres de chaîne, en ont fait une bête blessée. Paul jubile. Quand on est précis, on obtient ce qu'on veut. Les cinquante-huit centimètres de son lien de cuir à l'hôpital en avaient fait un animal. La même longueur de chaîne renvoie la balle à Prof. Le karma. Saleçon a délivré à Paul un enseignement méthodique de la destruction mentale. Mais Paul s'est promis que l'élève épaterait le maître. Sans surcharge médicamenteuse, juste à sa manière… Chacun joue avec ses armes. Maintenant, il espère que le patient est assez mûr pour passer à l'étape d'après.

Antoine ne sait pas pourquoi il a porté la main à son arme, glissée dans sa ceinture, à l'arrière de son jean. En entrant dans le hall sombre de l'appartement, il était évident qu'il n'allait trouver personne. Réflexe de flic. Il profite de la lueur du couloir pour repérer l'interrupteur. Il enclenche la lumière, tandis qu'il referme discrètement la porte derrière lui. Les puissantes lampes LED incorporées dans le plafond baignent la pièce d'une clarté blanche, presque médicale. L'appartement est meublé élégamment, dans un style design et moderne. En langage de catalogue art déco, ça veut dire minimaliste. Ou vide. Ce qui revient souvent au même. La porte d'entrée donne sur une grande pièce ouverte, qui fait office de salon et de cuisine américaine. Une table de verre et ses chaises occupent le centre de la pièce, tandis qu'un sofa traîne contre un mur. Sur ceux-ci, Antoine repère rapidement les clous desquels on a dû retirer des cadres. L'appartement semble si impersonnel qu'on pourrait le faire visiter pour le mettre en location. Comme lors de la visite chez Alice Pouffe, Antoine parcourt le salon, à la recherche d'une information, du moindre détail lui permettant de comprendre le suspect, de faire avancer l'enquête. Il se remémore la leçon que John lui a enseignée.

— Observer, Antoine. Juste observer, et me dire ce que tu vois.

Justement, Antoine ne voit rien. Les tiroirs de la cuisine ont été vidés, comme si Paul Arnout avait prévu de ne jamais revenir. À bien y réfléchir, le jeune gendarme se dit qu'il peut aussi apprendre de l'absence d'éléments. Si on met tout bout à bout, le fait que Paul se filme, envoie la bande à John pour qu'il puisse l'identifier, et qu'il revendique son crime, montre qu'il n'envisage pas de s'en sortir. Si on combine tout ça avec l'appartement vide, comme laissé propre pour l'éventuel « après Paul », tout cela ressemble de plus en plus à une mission suicide… Et ça n'augure rien de bon pour les gosses !

Le gamin est plongé dans ses pensées lorsque la porte de l'appartement s'ouvre brutalement derrière lui. Surpris, sa main abandonne l'exploration du tiroir à couvert de la cuisine pour un ustensile plus perforant. D'un geste, il se retourne et pointe son calibre vers la porte. Madame Ramirez, pétrifiée, se tient au milieu de la pièce, avec pour seule arme son manche de balai, que sa main laisse échapper sur le parquet à la vue du bâton de feu scintillant qui la braque.

— Du calme, ma petite dame, c'est la police ! Antoine sort sa carte de gendarmerie tout en rengainant le calibre dans son froc, l'air gêné, comme un gosse pris la main dans le tiroir à bonbons.

Dans le sous-sol de l'écurie, Prof gémit. Il serre contre lui son fils Noël, que Paul a ramené auprès de lui il y a deux jours. Il s'accroche à lui de toutes ses forces, comme le dernier fil le reliant au monde des humains. Mais le petit desserre l'étreinte, et court se réfugier auprès de son ravisseur. Le cœur de François Saleçon se déchire un peu plus. Ravagé par la crasse, marqué par l'usure et la douleur, il ne ressemble de toute évidence plus à l'image du père. Il fait peur à voir, et l'enfant préfère déjà la présence rassurante de l'autre adulte, celui qui a forme humaine. Oui, Paul a gagné. Crépi de merde, ligoté dans son cachot, Prof n'est plus un homme. Son ravisseur l'a brisé, et même son fils le fuit. Lui, le manipulateur de l'âme, le brillant stratège, n'est pas en mesure de lutter avec la bestialité de Paul. Il a engendré un monstre, et ce dernier ne recule devant rien. Il y a deux jours, il a entrevu une lueur d'espoir lorsque son geôlier lui a apporté de la nourriture copieuse. Apercevant un de ses fils, il a même cru un instant que Paul ne s'en prendrait pas à eux. Les enfants sont tout ce à quoi Prof tient. Il a compris depuis plusieurs jours que sa femme n'était plus de ce monde. À vrai dire, il s'en fout. Il aurait même tendance à remercier Paul d'avoir eu le courage de le débarrasser de cette garce. Il y a si souvent songé… Mais il prie de toutes ses forces pour qu'on épargne ses gosses. Quand Noël lui a déposé le copieux repas, sous l'œil attentif de son bourreau, Prof a pris conscience que ses enfants étaient eux aussi entre ses mains. Au moins, ils sont vivants. Paul veut la vérité sur la mort de Virginie. Prof lutte pour ne pas lui donner, car les entretiens filmés avec son tortionnaire sont la garantie d'un avenir sous les barreaux. Paul lui a pris sa femme. Au fond de lui, le médecin se dit que c'était de bonne guerre. Il faut coûte que coûte qu'il garde la force mentale de rester maître de lui et de ses nerfs. Un jour ou l'autre, les gendarmes finiront par le retrouver. Ce jour-là, il ne tient pas à ce qu'on retrouve ses aveux sur une vidéo. Parce qu'il sait que Paul ne le tuera pas avant d'avoir obtenu ce qu'il veut. Son silence est son assurance vie. Alors, il confronte chaque jour qui passe sa force mentale à la bestialité de son ravisseur. Si la douleur physique le ravage, son esprit lutte toujours. L'idée que ses enfants soient en vie lui a redonné du baume au cœur. Jusqu'à ce qu'il entame son repas. Dans le sous-sol de l'écurie, la réalité l'a frappé si fort qu'il a cru mourir d'un arrêt cardiaque. Nourri comme une bête depuis des jours, condamné à manger par terre, lapant à même le sol, il avait vu en l'assiette tendue par Paul une petite victoire. Il avait mangé goulûment la viande en sauce. Jusqu'à tomber sur un os… Un médecin, même spécialisé en psychiatrie, possède une base solide de connaissance du corps humain. Ça fait partie du tronc commun de l'enseignement. Il avait immédiatement reconnu les phalanges d'un doigt adulte, dont ses dents avaient déchiqueté les chairs. Un rire nerveux et puissant s'était échappé de sa gorge. La bestialité de Paul était sans limites, mais Prof ne se laisserait pas intimider. Tandis que son fils aîné le regardait manger, il prit sur lui de ne pas vomir, de ne pas montrer l'horreur que cela suscitait chez lui. Ce doigt que Paul lui avait pris ne l'avait pas tué la première fois, il ne succomberait pas en l'avalant. Il avait fixé son bourreau du regard, l'air fier, comme pour lui dire « il en faudra plus pour m'abattre ». Mais l'appétit vient en mangeant. Dans le fond de l'assiette, des phalanges plus petites… Cette fois, Prof a hurlé. De rage, de désespoir. Aucun rire n'a rempli la pièce voûtée. La taille des os ne pouvait mentir. Il s'agissait d'un doigt d'enfant. À ce moment précis, son cerveau avait pris feu. Il avait réalisé qu'Adel, le plus jeune des deux garçons, manquait à l'appel. Et de toute évidence, Noël avait tous les doigts bien en place. Dans son assiette, les petites phalanges marquaient la fin du combat, et de ses illusions. Paul était bien une bête immonde, dénuée de scrupules et de limites. Paradoxe de la situation, c'est lui qui avait créé ce monstre. Le chien se retournait contre son maître pour le mordre. Au fond de la longue cave voûtée, quelques mètres sous la grande écurie, Prof venait de perdre par KO. Hagard, il attendait le coup final. Désormais, François Saleçon a définitivement avalé sa cédille, en même temps que les restes de son fils. Il va falloir cesser de lutter. La bête en face de lui ne renoncera pas. Désormais, seule compte la nécessité de survivre, peut-être pas pour lui, mais pour le dernier de ses fils.

Madame Ramirez avait repris du poil de la bête. Une fois la perforeuse à faire des trous à répétitions retournée dans le pantalon du bleu, la brave femme ne voyait plus devant elle qu'un jeune homme, d'apparence assez correcte. Ragaillardie, elle se risque à prendre la parole.

— Et on peut chavoir che que vous faites ichi ?

Antoine analyse rapidement la situation. Pris la main dans le sac, en pleine effraction, braquant la ménagère avec son 9 de service… Pas glorieux. Il allait falloir jouer de séduction pour s'en sortir sans voir rappliquer toute la flicaille de Marseille, du Vieux-Port jusqu'aux Goudes. Il approche de la gardienne, l'air aimable, pour la rassurer sur ses intentions.

— Ne vous inquiétez pas. Je suis un ami de Paul. Je suis gendarme, et j'ai été surpris par votre intrusion. Je vous prie d'excuser la sortie de mon pétard. Déformation professionnelle…

Madame Ramirez ramasse son balai sans broncher. Elle explique qu'elle a vu de la lumière sous la porte, ce qui l'a surprise, parce que m'sieur Arnout est en plein déménagement. Notez qu'avec tout ce que ce brave homme a traversé, c'est un peu normal cette envie de nouveau départ. Et cette pauvre Mame Arnout, c'est terrible ce qui lui est arrivé.

Amusé, Antoine écoute le long monologue de la concierge. Ce qui est pratique avec ce genre de femmes, c'est qu'elles causent sans avoir besoin de le leur demander. La mère Ramirez, à part bonjour et bonsoir, elle a rarement l'occasion de discuter. Son meilleur confident, c'est son aspirateur. Alors quand elle a l'occasion de tailler le bout de gras avec un humain, elle débite deux cents mots à la minute. La mère Ramirez, elle ne comprend pas trop ce que le gamin vient chercher. Le jeune gendarme apprend que Paul a vidé son appartement de tout le superflu il y a déjà trois semaines. Elle était contente de le voir, quand il avait poussé la « lourde » de l'immeuble, fin novembre. Six ans qu'elle ne l'avait pas vu, depuis la mort de la petite dame. Elle l'aimait bien le monsieur Arnout, un brave homme, qu'elle était allée voir les premiers temps à l'hôpital. Avant qu'il ne devienne zinzin ! Pour sûr, la mort de la madame, ça avait fini de lui mettre un coup sur le casque. Alors quand fin novembre, il avait ramené sa ganache dans le coin, la Ramirez, elle avait laissé traîner son nez et ses oreilles. Monsieur Paul, comme elle l'appelait, lui avait annoncé sa guérison. Et aussi son envie de nouveau départ. La mort dans l'âme, elle l'avait regardé charger ses cartons dans un vieux van, qu'on aurait dit celui de l'agence tout risque, mais sans la bande rouge. Précision utile… Faut dire aussi que ces métiers-là, ça vous rend dingo. Alors si on rajoute par-dessus le veuvage, madame Ramirez comprend que le commissaire Arnout, il ait envie de souffler !

Antoine encaisse l'information sans broncher. Ainsi donc, Arnout était flic, comme Cheval. Au grade de commissaire, comme Cheval… De toute évidence, l'immeuble est plein de poulets. Et lui joue à faire sauter les serrures ! Pas futé de sa part ! Arnout jouait les tueurs dans le département de la Loire, et c'est son voisin de palier que le parquet collait sur l'enquête ? Étrange coïncidence… Un peu trop gros pour être honnête. Il continue l'exploration de la pièce, tout en affichant un magnifique « poker face » à la taulière. Tandis qu'il est de plus en plus convaincu qu'un lien étroit unit les deux hommes, la dame continue son récit. Antoine pousse la porte de la chambre. Madame Ramirez le suit, sans cesser de jacasser. Il allume le plafonnier, découvrant une pièce vide, à l'exception d'un tas de vieux papiers brûlés sur le sol et d'un poster de John Wayne sur le mur. Ici aussi, on a vidé les lieux. Pourtant Antoine se dit que quelque chose cloche. Pourquoi faire place nette, et laisser sur le mur un objet aussi personnel qu'un poster de John Wayne sur son cheval ? Pas le genre de truc qui met l'appartement en valeur pour des visites de futurs acheteurs…

— Madame Ramirez, il se peut que le commissaire Arnout ait des ennuis.

La vieille ne tique pas. Elle explique que quand elle a vu le gamin dégainer son péteux sous son pif, elle a pensé que ce brave monsieur Arnout avait des soucis au travail.

— Savez-vous si un monsieur Cheval réside dans l'immeuble ?

La gardienne fait mine de s'offusquer. Vingt-cinq ans qu'elle garde la turne, et qu'elle nettoie les traces de pas sur la moquette. Elle connaît chaque résident de l'immeuble, elle peut même donner leur pointure. Et elle affirme qu'il n'y a pas de Cheval ici. On n'est pas dans une écurie, qu'elle glousse.

Le flic est déçu. Ça ne colle pas. Pourquoi John aurait-il les clés de l'immeuble sur le trousseau de la BMW ? Et pourquoi la carte grise pointe à cette adresse ? Il y a forcément un lien entre les deux hommes. S'il rentre bredouille de sa petite escapade sur la Côte d'Azur, Mouton va lui passer un savon du diable ! Et le gros, quand il est en colère, ça remue dans la brigade.

— Vous êtes une femme observatrice. Votre métier vous force à garder l'œil ouvert. Finalement, nos professions sont pleines de points communs.

Si la flatterie peut faire dresser droit comme un coq un adjudant de cent cinquante kilos, imaginez ce qu'elle peut provoquer chez une femme tenue aux petits travaux de l'ombre.

Ramirez bombe le torse, propulsant sa généreuse poitrine en avant. Un instant, Antoine a peur que les boutons de la blouse n'explosent, libérant les vieilles mamelles. Mais le tissu tient bon, et c'est tant mieux.

— Est-il possible que l'immeuble héberge une société, et que cela ait échappé à votre vigilance ?

La concierge proteste. C'est une professionnelle qui connaît son métier. Elle ne veut pas cafter, mais la seule société de l'immeuble, c'est la SCI de m'sieur Paul. Que même qu'il l'a montée pour gérer son patrimoine immobilier, et que certains médisent, parce qu'il a acheté sa belle auto avec. Mais bon, elle est concierge, pas experte comptable, et puis tant mieux si m'sieur Paul optimise un peu ses impôts. Avec le travail qu'il fait, faut bien une ou deux compensations. C'est toujours aux honnêtes gens qu'on vient racler le portefeuille !

Antoine est penché au-dessus du tas de papiers sur le sol. Il farfouille dans la pile, à la recherche d'un élément sérieux pour l'enquête. Encore une fois, il ne bronche pas quand la Ramirez lui apprend que la BMW est à Paul. Il se dit juste que cette fois, le lien entre les deux hommes est flagrant. De retour à la brigade, il allait falloir en toucher deux mots à l'adjudant. Cheval devrait s'expliquer. Peut-être même qu'on lui retirerait l'affaire ! Le gros allait rouler des mécaniques, tel Napoléon à son couronnement. Mais derrière, avec une lumière pareille à la tête de l'enquête, ça risquait de patiner sévère… La pile de papiers griffonnés n'a rien de cohérent. Les seuls éléments épargnés par le feu sont de simples schémas, avec des dates. Une feuille, cependant, est intacte. Elle a été glissée sous la pile, comme si le feu ne l'avait pas atteinte. Antoine la retire des cendres. Sur la page blanche, griffonnée au marqueur, quelques lignes apparaissent, à la façon d'une liste de courses.

☐Le trouver lui et sa famille ;

☐Lui voler son mariage ;

☐ Détruire tout ce qui le rattache à une forme d'humanité ;

☐En faire un animal ;

☐Obtenir ses aveux.

Nom de Dieu ! Paul a tout cramé, sauf ça. Le gamin réalise que le tas de papiers est sans doute le plan d'action du tueur. Avant de quitter les lieux, il a fait disparaître son scénario, pour que personne ne puisse le court-circuiter. Mais alors ? Pourquoi ne pas avoir brûlé cette page ? La réponse est simple. Elle colle avec le sentiment qu'Antoine ressent depuis le début. À aucun moment, Paul Arnout n'envisage de s'en sortir. C'est une mission suicide. Sa vengeance est sans issue. Il espère juste obtenir la vérité en laquelle il croit. Depuis le début, tout est fait pour qu'Antoine remonte sa piste. Le tueur le manipule. Mais alors, quel est le rôle de John Cheval dans tout ça ? Pourquoi a-t-il les clés de Paul ? Pourquoi sa voiture ? Serait-il un complice infiltré dans l'enquête pour l'orienter ? Dans le cerveau du gamin, ça tricote maille par maille une étrange théorie.

— Madame Ramirez, rappelez-moi de quoi souffrait le commissaire Arnout ?

— Che brave homme voyait des animaux de partout. Schizophrénie, qu'ils appellent ça. L'avait l'impression d'être deux dans sa tête !

Antoine n'en croit pas ses yeux. Tandis qu'il fixe au mur l'image de John Wayne sur son cheval, son cerveau lui envoie une décharge électrique capable de redémarrer le cœur de Lady Di sous le tunnel de l'Alma ! John, un cheval…

— JOHN CHEVAL !

La mère Ramirez fait une moue on ne peut plus claire. Elle n'a rien compris à ce que vient de brailler le gamin. Elle le regarde gesticuler en courant vers la porte, tandis qu'il sort nerveusement son trousseau de sa poche. Il insère la dernière clé dans la serrure.

— Banco ! Elle ouvre la porte !

— Bah oui, sinon comment que vous cheriez rentré ?

Antoine n'a pas le temps de lui expliquer son petit tour de passe-passe avec la serrure. Il n'en revient pas ! Il n'y a aucun lien entre les deux hommes, tout simplement parce qu'Arnout et Cheval ne sont qu'un ! Cheval est un nom d'emprunt, que Paul a choisi en jouant avec sa folie et son obsession des animaux. Les paroles de Suzanne Vega lui reviennent : « I live upstairs from you, yes I think you've seen me before »[3].

Effectivement, ils s'étaient déjà vus auparavant…

Dans cet appartement vide, rien n'a été laissé au hasard. C'est l'écurie du Cheval ! Le poster et le tas de papiers sont autant d'indices déposés volontairement, pour qu'on puisse remonter le fil de l'enquête. S'il a méticuleusement brûlé son plan, il a fait en sorte de laisser bien en vue ses motivations. Paul n'a pas l'intention de fuir, ou alors au plus profond de lui, il demeure une infime part de sa conscience de flic, qui sème des indices pour qu'on l'empêche de nuire. Va savoir quelle lutte interne habite le schizophrène ? Tout ici laisse envisager qu'il n'y a pas de dénouement heureux possible.

Il va falloir prévenir l'adjudant. Le gros s'appelle Mouton, ça a dû faire marrer le tueur…

---

[3] Traduction : « Je vis au-dessus de vous, je suis sûr que vous m'avez déjà rencontré. » (Extrait de Luka, Suzanne Vega, album *Solitude Standing*, 1987, label A & M.)

XXII

16 décembre 2019
Un sanglier dans la calandre

Alban est au restaurant avec sa femme. Il fera durer le plaisir et y restera jusqu'à la fermeture. Les serveurs empileront les chaises autour d'eux, comme pour leur signifier qu'il faut savoir s'en aller. Ainsi, tout le monde se souviendra de son passage. Paul lui a rappelé d'utiliser sa carte bleue pour payer. Ce petit bout de plastique est l'alibi parfait, le long fil que tout enquêteur peut remonter avec aisance. Les smartphones du couple auront la géolocalisation allumée. Demain, Alice Pouffe sera morte, et les deux tourtereaux auront un alibi en béton, appuyé par la technologie numérique.

Paul a stationné le touareg de son ami au fond du champ, exactement à l'endroit qu'il lui a indiqué. C'est ici, à une vingtaine de minutes de la ville, qu'Alice convoque régulièrement son amant forcé. C'est ici que la reine du chantage se paie une tranche de cul aux frais de la princesse. Au fond de ce champ, sur une vieille couverture ou à l'arrière de la bagnole, Alice se sert du sexe d'Alban pour exister. Et ce soir, Paul va mettre un terme définitif à dix-huit mois de chantage. Il se sent un peu nerveux. Le plan est bien rodé, il le prépare depuis sa première visite chez la grosse Pouffe. Depuis qu'il a découvert qui était son mari, il n'a eu de cesse de réfléchir à sa vengeance. Ce soir, il va enfin passer à l'action. La grosse ne l'intéresse pas. Sa cible, c'est Prof. C'est lui qui catalyse toute sa haine, lui le seul responsable de ses malheurs. Mais le karma est ce qu'il est. On ne peut échapper à ses curieuses ramifications. En prenant la vie de la femme de Prof, il avait l'occasion de se venger. La célèbre loi du talion, œil pour œil et dent pour dent. Ce n'est pas le genre de Paul. Il n'a jamais transféré sa haine sur quelqu'un d'autre que le professeur Saleçon. Il n'a jamais envisagé de tuer sa femme pour compenser la mort de la sienne. Ça ne lui ramènerait pas Virginie. Mais la vie est ainsi faite. Alban a un problème encombrant, et Paul est un dangereux schizophrène, qui veut intenter à la vie de l'époux de la grosse Pouffe. Il est l'homme idéal pour débarrasser Alban d'un problème de taille. Une occasion pareille ne se rate pas. Les choses n'arrivent pas par hasard. C'est le karma. Alban, son plus proche ami, s'est retrouvé dans les pattes de la Pouffe pour que Paul puisse se rapprocher de Prof. Le destin avait mis en place un curieux puzzle, dont il avait fini de rassembler toutes les pièces.

Il n'a rien dit à ses amis au sujet de sa découverte. Alban ne sait rien pour Prof. À quoi bon ? Personne ne l'a cru quand il hurlait à qui voulait l'entendre que c'était lui qui avait tué Virginie. À l'époque, enchaîné comme un animal à son lit d'hôpital, on avait mis ça sur le compte du chagrin et de sa folie. Pour un schizophrène paranoïaque, les médecins s'accordaient à dire que transférer sa colère sur son soignant était monnaie courante. Ce n'est pas parce que, par le plus grand des hasards, Alban se tape sa femme qu'on va se mettre à adhérer à sa théorie. Parler, c'était juste prendre le risque qu'on le soupçonne de rechute. Et Paul ne pouvait plus se permettre qu'on l'interne. Par-dessus tout, il n'avait plus de temps à perdre. Il avait pris un engagement avec Virginie pour le vingt-cinq décembre. Il se souvient très bien de ce soir d'été où la tête de Prof était apparue sur le calendrier de la famille Saleçon-Pouffe. Il n'y a jamais de hasard. Prof avait choisi le mois de décembre pour s'afficher. Ce jour-là, Paul s'était juré que ce serait aussi le mois de sa vengeance. Pour l'anniversaire de Virginie, il lui offrirait la vérité. Peu importe ce que ça devait coûter. Mais il n'avait pas jugé utile de mêler Alban à tout ça. Son poto avait d'autres chats à fouetter. La petite discussion que Paul avait eue avec le phacochère nymphomane au début de l'été n'avait rien arrangé à ses affaires. Folle de rage, vexée d'avoir été démasquée, Alice Pouffe avait redoublé d'efforts dans sa perversion. Elle avait laissé passer l'orage, avait attendu quelques jours pour mesurer les conséquences de la visite impromptue de Paul. Mais avec le temps, voyant que son emprise sur Alban ne faiblissait pas, elle avait considéré l'intervention de Paul comme sans conséquence. Alban avait tenté d'envoyer son pote jouer les gros bras, mais c'était voué à l'échec. Plus que tout, son amant craignait que sa femme soit au courant. Démasqué, il allait tout perdre. Alice, voyant que Paul ne se mêlait plus de ses affaires, avait serré les couilles d'Alban si fort dans l'étau de son chantage, qu'il n'avait pas eu d'autre choix que de continuer à la voir.

Madame Pouffe ignore que ce soir, les deux amis sonnent la fin de la partie. Il y a un mois, au comble du désespoir, Alban avait évoqué ses idées suicidaires. Lassé des mensonges, ne voyant pas d'autres issues que de tout perdre, il avait guetté le retour de Paul, parti à Marseille arranger ses affaires, pour se confier à son ami. Ce dernier l'avait écouté avec attention, puis avait évoqué une autre option…

— Bordel, Paul, t'es pas sérieux ?

— Tu vois une autre solution ? On se connaît bien toi et moi, mon pote. On est tous les deux flics depuis quoi ? Quinze ans ? Depuis les bancs de l'école de police, on a fait un bout de chemin ensemble. Suffisamment pour savoir que la justice ne passe pas toujours. Que certains méchants s'en sortent. Combien de fois on s'est un peu arrangés avec le règlement ? La ligne qui sépare le bien du mal, on a tous les deux déjà marché dessus pour les besoins d'une enquête. Et on a parfois laissé traîner nos pieds du mauvais côté. Jusque-là, Alban, tu as voulu la jouer à la régulière. Tu n'y as rien gagné. Alice Pouffe n'a rien à perdre, c'est une perverse narcissique. T'as eu beau gratter son passé, tu n'as rien trouvé pour lui mettre la pression. C'est une jusqu'au-boutiste. Elle finira par briser ta famille.

Alban avait sifflé sa bière sans broncher. Il avait écouté Paul lui exposer son plan minutieusement. Tout devait être fait pour que rien ne puisse relier le père de famille à la victime. Ensemble, ils allaient lui construire l'alibi parfait. Paul se chargerait du reste.

— Ça se tient, Paulo. C'est pas trop mal ficelé ton affaire. Je suis sûr qu'elle n'a parlé de notre relation à personne. Il sera impossible de me relier à sa disparition. Mais toi ? Comment tu comptes te disculper ?

Paul Arnout avait prévu la question de son ami. Il lui était impossible de lui expliquer que son plan trottait dans sa tête depuis six mois, et qu'il était bien plus vaste que la simple disparition de la grosse.

— Disons que j'ai un peu bossé le sujet lors de mon petit voyage à Marseille. T'as pas besoin d'en savoir plus. Ce que tu ignores ne peut pas t'exposer. Et puis moi, je te rappelle que je suis fou, je ne risque rien d'autre que de retourner dans le trou dont tu m'as sorti. Je n'ai plus rien ici-bas. Au fond, l'asile, c'est peut-être là ma vraie place. Là-bas, j'ai toujours ma branche à laquelle me raccrocher… Et puis, qui te dit qu'ils m'arrêteront ?

Ému, Alban avait touché la main de son vieil ami. Épuisé par des mois de harcèlement moral et sexuel, il n'avait pas la force de dissuader Paul. Ses lèvres ne bougèrent pas pour s'indigner sur l'hypothèse de commettre un meurtre. Non, Alban était lucide. C'était la seule issue possible. Le flic ne protestait plus contre l'inconcevable. Il n'en avait plus la force.

— Je mesure le sacrifice que tu t'apprêtes à faire. Tu prends le risque de renoncer à ta liberté. Que tu puisses faire tout ça pour moi, ça me touche, mon Paulo.

— Pas que pour toi Alban, pas que…

Derrière le volant du Touareg, Paul attend. L'horloge numérique du tableau de bord indique déjà vingt et une heures. La grosse Pouffe est en retard. La nuit noire de l'hiver s'est abattue sur les champs et le vieux corps de ferme. On ne voit pas à plus de deux mètres. Se peut-il que la nympho ne vienne pas ? Non, Paul en est convaincu, elle a trouvé le petit morceau de papier qu'il a glissé ce matin sous son essuie-glace. « 20 h 30, même endroit que d'habitude… ».

Seulement voilà, Alice se fait attendre. Même pour mourir, les femmes sont en retard. Paul s'en fout, il a tout son temps. Depuis plusieurs jours, il a minutieusement repéré les lieux. Les terres et le bâtiment appartiennent à la grand-mère d'Alice, une veuve qui se bat pour conserver sa ferme depuis le décès de son mari. La petite-fille doit se sentir en sécurité sur ce vaste terrain sans voisins. Chez mamie, à l'abri des regards, elle se fait sauter tranquillement, sans que la vieille, dont l'habitation est encore à plusieurs centaines de mètres, ne se rende compte de rien. L'endroit est d'une discrétion exemplaire. Pour ce soir comme pour la suite.

La voiture d'Alice remonte le chemin. Paul aperçoit au loin deux gros phares blancs, qui serpentent entre les arbres. Lorsque la trajectoire du véhicule est enfin rectiligne, il en déduit qu'elle commence la traversée du champ qui les sépare. Il démarre son moteur, envoie un appel de phares pour se signaler, et laisse les veilleuses en route pour baliser le chemin à la visiteuse nocturne. Alice se gare, coupe son moteur et descend de voiture. Elle semble surprise que son amant se soit stationné si haut dans le champ. D'habitude, elle pose son véhicule à côté du sien. Mais sa citadine ne peut pas s'engager dans les ornières profondes qui la séparent de lui. Elle se décide à finir à pied. Une fois dans la lumière des veilleuses de son amant, elle entrouvre malicieusement le long manteau qui la recouvre. Depuis l'habitacle, Paul aperçoit avec horreur son corps dévêtu. La chienne est en chaleur, il va falloir la refroidir un peu. Elle n'est plus qu'à trois mètres de lui, tortillant du cul comme une pouliche normande. Il lui semble que c'est la bonne distance. Tandis que sa main droite enclenche la première, l'index de sa main opposée éclaire le plafonnier du SUV. Alice se fige, le visage sidéré. Elle a tout juste le temps de reconnaître son agresseur, que déjà les deux tonnes du véhicule, propulsé par le grip de ses quatre roues motrices, couvrent la distance qui les sépare. Derrière son volant, Paul voit disparaître la Pouffe sous la calandre. Il espère juste avoir maîtrisé son freinage. Lorsqu'il coupe son moteur, il peut entendre les hurlements de douleur de la victime.

— Bien joué, mon Paulo, juste ce qu'il faut ! Il attrape la puissante lampe de poche qui traîne sur le siège passager, et descend du véhicule, dont il coupe les phares.

Le faisceau de la lampe balaie le sol. Alice Pouffe est encore en vie, mais gît sous l'avant du 4X4, les jambes avalées par l'épaisse calandre. Elle hurle de douleur, dans d'horribles supplications dont Paul n'a que faire. Il prend le temps d'estimer les dégâts. La grosse est plus trapue que ce qu'il avait prévu. Les bas de caisse ont volé en éclat sous l'impact, et les plastiques des passages de roues sortent des ailes, disloqués par le choc.

— La vache ! Un vrai sanglier, la maman ! Va y avoir du boulot de carrosserie.

Alice est écrasée par la masse du véhicule. Ses bras s'agitent, comme si leur simple force pouvait l'extraire de cette situation inconfortable. Elle hurle. Sa gorge expulse sa douleur à s'en faire péter les cordes vocales. Paul se penche sur elle, souriant.

— Je t'avais dit que tu allais adorer les fêtes de Noël cette année !

Allongée sur le sol, elle voit l'ombre de son agresseur faire le tour du véhicule, jusqu'à disparaître dans le noir. Entre deux râles, la Pouffe a encore la force de l'insulter, de lui dire que ça ne se finira pas comme ça. Paul presse le bouton de l'ouverture du coffre. Le vérin électrique soulève lentement la lourde porte de tôle, déclenchant un petit halo de lumière jaune. Alice le voit. Elle a d'abord du mal à le reconnaître, car Paul s'est laissé pousser la barbe, et porte de petites lunettes rondes. Elle réalise que Paul extrait de la malle arrière plusieurs objets volumineux. Elle distingue mal les formes, mais semble reconnaître une lourde bâche de plastique. Le silence se fait instantanément. L'homme dépose sur le sol le matériel dont il a besoin. La réalité vient de frapper la Pouffe, lui faisant fermer sa gueule au passage. Elle vient de réaliser qu'il ne s'agit pas d'un acte de colère ou d'un accident, encore qu'il faudrait qu'elle soit sacrément conne pour l'envisager. On peut se faire renverser en traversant sans regarder devant la boucherie, mais rarement au fond d'un champ un soir de décembre. Non, immobilisée sous la voiture, c'est bien à un meurtre froid et prémédité qu'elle assiste. Le sien… Doucement, le ton change. La voix d'Alice est plus douce, plus conciliante.

— Je ne sais pas ce que tu vas faire, Paul, mais on peut encore s'arranger. Je te promets que je vais le laisser tranquille ! Je t'en supplie Paul, pense à mes enfants.

Il lui soulève lentement le haut du corps, pour positionner la bâche à hauteur de ses épaules. Doit-elle y voir un geste de remords, un espoir ? Lorsque la lumière de la torche vient se refléter sur la longue lame de la scie, Alice hurle de nouveau. Mais ses bras sont comme paralysés. La douleur a gagné du terrain, et le corps ne répond plus. La main gauche de Paul vient de saisir ses cheveux. Lorsqu'elle sent le contact du métal froid sur sa gorge, elle n'a pas la force de supplier plus. Les dents métalliques sont en place. La suite ne laisse guère de doute.

— Ne t'inquiète pas pour tes enfants, tu les reverras bientôt.

La lueur de la lune fait scintiller un pendentif sur la peau nue d'Alice. Il le reconnaît instantanément. Il hésite un instant, avant que sa main gauche ne l'arrache furieusement.

— C'est lui ? C'est lui qui a osé t'offrir ça ?

Alice ne répond pas. Les dents de la scie sont enfoncées dans sa chair, la dissuadant de tout mouvement.

Dans sa main, Paul observe le médaillon qui représente l'arbre de vie. Au dos, il reconnaît la mention Semper Fi. Oui, c'est bien le pendentif de sa femme. Prof l'a mis autour du cou de son épouse comme on exhibe un trophée sur une étagère. Ce qu'il tient dans sa main, c'est une prise de guerre, arrachée lors du meurtre de Virginie. La perversion de Prof l'a poussé jusqu'à l'offrir à sa femme, pour mieux contempler son crime, et savourer l'impunité qui va avec.

— Sais-tu ce que cet arbre symbolise, Alice ? Il symbolise le karma et ses profondes racines qui nous relient tous. Toi, moi, Prof, Alban…

Alice ne dit rien. Elle observe, terrifiée, le regard fou de son agresseur. Elle a perdu tout espoir d'une issue heureuse. Alors, doucement, elle cligne des yeux, comme pour lui signifier que c'est le moment d'en finir. Malgré la large denture, le premier va-et-vient est hésitant, entraînant, avec le déchirement des chairs et de la carotide, une projection violente de sang chaud. Puis la lame fait sa place, et la coupe devient plus aisée. La Pouffe ne fera plus chanter personne. Ses cordes vocales sont sur la lame. Dans l'obscurité d'une nuit de décembre, un homme s'affaire à découper méthodiquement les plus gros morceaux, pour les faire rentrer dans les sacs étanches étalés sur le sol. Le silence a regagné la campagne. Seul le sifflement de la scie est perceptible. Le son devient plus sec, lorsque la denture rencontre les os. Paul finit par désolidariser la tête du reste du corps. Tout bascule si vite dans la vie. Il y a cinq minutes, il était encore commissaire de police. Le voilà maintenant passé dans le camp des assassins. Il n'éprouve ni honte ni joie. Il observe ses mains maculées de sang. Elles n'ont pas tremblé. Il a tué cette femme comme on saigne un lapin pour le manger. Aucune émotion ne l'habite plus. Serait-ce ça, être un animal ? Alban va gueuler, la caisse est salement amochée. Au moins, le coffre ne sera pas taché.

☐ Détruire tout ce qui le rattache à une forme d'humanité :

☒Femme.

XXIII

17 décembre 2019, ferme des Bois noirs, 7 h 30 du matin

Malgré le froid, le brouillard, et ses quatre-vingt-dix-huit ans, la vieille est sur le palier. Elle s'emmitoufle dans une vieille veste polaire qui a appartenu à son mari. Elle est trop grande pour elle. Son Roger faisait son bon mètre quatre-vingts. Mais elle sent toujours un peu son homme, vingt ans après qu'on l'a descendu dans le caveau. La faute à un vilain arrêt cardiaque. Elle se fout que ses mains ne dépassent pas des manches. Elle a un peu l'impression d'avoir chaud avec lui. De toute façon, elle ressent à peine le vent glacial qui souffle ce matin, et qui arrive par la plaine, chargé de l'humidité de l'étang en contrebas. Quand on vit ici depuis soixante ans, on est de taille à passer l'hiver. Elle fait une nouvelle fois le tour de la bicoque. Elle n'a rien dormi de la nuit. Alors qu'elle soufflait la lampe, hier soir, il lui a semblé que le vent d'est lui portait l'écho de hurlements. Des cris bref, à vous glacer le sang. Comme si une femme agonisait. Pas loin, quelque part sur ses terres. Là-bas, en contrebas de la ferme, dans la partie du bois proche de la route, juste à côté du grand champ. Quand on vit au même endroit depuis toujours, on connaît le moindre bruit de la maison, on reconnaît le vent dans les arbres. Jamais, non jamais, elle n'avait entendu de tels cris. Bien sûr, elle s'était arrachée du lit. Vaillamment, elle avait saisi le vieux revolver de Roger, celui dont les balles sont si vieilles dans le barillet qu'elle n'a aucune idée si elles étaient encore capables de faire feu. Y a-t-il une date de péremption sur la mort ? Dans son pyjama, elle avait saisi sa grosse lampe torche, et s'était présentée sur le perron de la baraque. Mais la nuit était trop noire, et les hurlements, dont elle avait alors parfaitement perçu l'écho, venaient de trop loin pour le faisceau de sa vieille torche. Elle était restée là, tremblante, à écouter geindre cette femme, dont les cris lui glaçaient l'échine. Elle ne saurait dire si cela a duré plus de cinq minutes. Elle semblait si familière, cette voix… Était-ce la faucheuse qui venait enfin la chercher ? Et puis le vent n'avait plus apporté que du silence. Elle avait cru discerner un bruit de moteur qui s'éloignait, mais elle n'en était pas sûre. Depuis quelque temps, il lui semblait régulièrement que des voitures s'engageaient dans le pré à l'arrivée de l'obscurité. Elle savait bien que sa petite-fille utilisait l'intimité de la propriété pour rejoindre ses amants, plus bas, dans le grand champ. Elle avait déjà reconnu des voitures, à la tombée de la nuit. Mais elle ne les avait jamais vues à une heure aussi tardive. Et puis ces cris… Qui viendrait dans ce trou au beau milieu de nulle part ?

Non, madame Pouffe n'a rien dormi de la nuit. Comment trouver le sommeil quand des cris d'épouvante résonnent à vos oreilles ? Et ce matin, sur le pas de sa porte, elle observe ses terres plongées dans le brouillard, que les premiers rayons du soleil peinent à percer. Elle distingue à peine le haut des arbres qui bordent le sentier. Machinalement, elle a gardé contre elle l'arme du Roger. Le vieux était vétérinaire. Il y avait encore dans le grenier tout son arsenal d'armes et fléchettes pour endormir les bœufs. Et puis, au milieu, le vieux revolver de la guerre quand Roger avait pris le maquis, la laissant des années sans nouvelles. Elle se dit qu'elle ne saurait pas s'en servir. Mais que quand même, des cris pareils… Le bruit d'un moteur se fait entendre. Aucun doute, celui-ci monte le chemin vers la ferme. À travers la lourde veste, elle palpe l'arme contre sa cuisse. Le crachoir est bien là. La belle affaire ! Elle ne sait même pas comment il fonctionne. Voyons voir qui débaroule à une heure pareille, se dit-elle. La rampe de feu du véhicule lutte pour briser l'épaisse couche de coton qui nappe le paysage, l'emmitouflant de son duvet capitonné[4]. Le van se distingue plus nettement, à mesure qu'il chemine vers la maison. Il se stationne au bas des marches qui permettent l'accès au bâtiment principal. La mère Pouffe le reconnaît, avec sa longue barbe finement taillée et ses petites lunettes rondes qui lui font un air de John Lennon sur le retour. C'est le gentil monsieur qui a visité la ferme il y a quelques semaines. Il était à la recherche d'un coin de calme pour écrire son roman. La vieille s'est laissé convaincre de louer un bout de l'étage à ce jeune homme charmant, à condition qu'il n'invite personne et qu'il ne l'ébruite pas. C'est qu'ici, on ne fait pas chambre d'hôtes, et sa réputation, elle y tient depuis que quelques grandes gueules ont crié à qui veut l'entendre qu'elle avait su se montrer docile avec l'occupant pendant l'occupation. En temps normal, on ne reçoit que la famille, principalement ses arrière-petits-enfants.

Il ne faudrait pas que tous les Parisiens en manque de verdure se radinent. Mais le type avait flashé sur la maison et proposait un loyer qui couvrait une grande partie des charges de la ferme. À la campagne, quand on tient un pigeon pareil, on ne le laisse

[4] Cette phrase ne sert à rien, mais il paraît qu'on n'obtient pas le Goncourt sans un minimum de poésie. Je tente, je candidate, usant de la flagornerie d'usage !

pas s'envoler vers d'autres cieux. Madame Pouffe avait accepté d'autant plus vite que le gars avait payé trois mois d'avance.

Soulagée de reconnaître un visage familier, elle fait quelques pas pour accueillir son visiteur matinal.

— Je ne vous attendais pas si tôt, marmonne-t-elle. Excusez la tenue. Nous autres, on doit d'abord s'occuper des bêtes avant de songer à se faire belle. Ce qui fait que quand on peut un peu se pomponner, il est souvent l'heure d'aller se coucher…

Paul salue brièvement la dame, tandis qu'il extrait sa carcasse du van. Il laisse planer son regard sur le paysage alentour. Parfait, songe-t-il. Absolument parfait. Calme, retiré, à l'écart de la route et de tout voisin. Il ne pouvait espérer mieux. Il y a sans doute énormément d'animaux dans cette ferme et sa campagne environnante. Il se sent déjà chez lui. Il ouvre la porte latérale coulissante du van. À l'intérieur, de gros sacs de plastique noir sont empilés. Madame Pouffe semble interloquée.

— Vous avez déjà amené tout le nécessaire pour votre livre ?

Il acquiesce en souriant, tandis qu'il entreprend le déchargement du véhicule sur le sol herbeux. Les sacs sont lourds et peu maniables. Lorsqu'ils sont enfin alignés les uns à côté des autres, il referme le véhicule et va le stationner sous l'avancée de bois, le long de la vieille écurie. Lorsqu'il revient à hauteur de sa logeuse, cette dernière observe le chargement déposé sur son gazon.

— J'imaginais qu'à notre époque, un jeune comme vous écrivait avec un ordinateur. J'étais loin de me douter que vous aviez besoin d'autant de matériel.

— Ce livre est un peu spécial, j'ai besoin de pas mal d'accessoires. Paul se penche au-dessus d'un de ses sacs, dont il ouvre lentement la fermeture éclair. La curiosité de la vieille est à son paroxysme. Elle n'a pas eu le temps de se faire belle, mais elle a trouvé le temps d'aiguiser sa langue et ses yeux.

— Vous avez déjà trouvé le titre de votre bouquin ? De quoi il cause, votre best-seller ?

Accroupi sur le sol, Paul plonge sa main gauche dans le sac. Il lève un instant la tête vers sa logeuse.

— Il va s'appeler Karma. C'est un polar qui traite des conséquences de nos actes sur notre vie future. J'explique pourquoi j'ai tué la femme de mon psy.

La vieille, le karma, sûr qu'elle n'y comprend rien. Pour elle, tout ça, ce sont des nouveautés, des balivernes de Bobos que la jeunesse s'est inventées pour donner un sens à sa vie. Quand l'existence est trop fade, on se raccroche à ce qu'on peut. À la ferme, on n'a pas le temps pour ces choses-là. Cependant, elle aime bien lire un petit polar de temps en temps, à condition qu'il ne fasse pas trop peur, et qu'elle puisse s'endormir sans entendre hurler des femmes !

— Votre histoire de karma, ce n'est pas de mon âge. Mais ma petite-fille est mariée à un psychiatre psychanalyste, sourit-elle. L'idée ne m'enchante guère. C'est lui que vous devriez tuer dans votre bouquin, parce que c'est une belle ordure…

Paul sort doucement la main gauche du sac dans lequel il l'avait enfouie. Dans sa veste trop grande, madame Pouffe se met à trembler. Le charmant jeune homme brandit une tête, qu'il tient par les cheveux maculés de sang.

— Mais ce n'est pas exclu, madame. C'est justement ça, le karma, dit-il. Les actes des ordures ont forcément des conséquences !

Devant la vision horrible que l'homme agite sous ses yeux, la vieille voudrait hurler, mais elle n'en a pas la force. Elle reconnaît ce visage hideux, déformé par la douleur. Elle se remémore ces cris dans la nuit, cette voix qui semblait si familière. Alice ! Machinalement, elle palpe les poches de la veste. L'arme est bien là, elle sent le métal froid contre son pyjama. Dans un geste de détresse, elle écarte le pan de la polaire. Dans la lumière naissante, le métal de l'arme apparaît. Mais ses bras n'ont pas poussé avec le jour qui se lève. Elle est toujours incapable de sortir les mains de ses manches trop longues. Déjà, l'homme s'est levé, et pose fermement sa main droite sur son avant-bras pour l'immobiliser.

— À partir de maintenant, faites ce que je vous dis. Un accident est si vite arrivé.

XXIV

23 décembre 2019
Les aveux du sale con

Dans la profondeur de la grande cave voûtée, François Saleçon fond en larmes. Son regard ravagé de douleur fixe l'écran de télévision que son ravisseur a installé devant lui. La séance vient de s'achever sur une vision funeste. Paul a mis sur pause, figeant l'image sur le corps mort du petit Adel. L'enfant gît face contre terre, devant la tête décapitée de sa mère. Prof suffoque. Il lui semble qu'il peut sentir l'impact de la balle dans la chair de son fils. Enchaîné contre son mur, il peine à trouver sa respiration. Les larmes de douleur lui ont provoqué un violent hoquet, qu'il peine à contrôler. Il lui semble que le chagrin lui déchire le plexus, le frappant par intermittence, à intervalle régulier. Tout son corps, pourtant si affaibli par la captivité, la faim, la soif, convulse frénétiquement dans un dernier soubresaut nerveux. Tandis qu'il pleure, Prof a mal jusque dans ses entrailles. On lui a pris un fils. On vient de lui ôter une des rares choses terrestres à laquelle il tient. Même la douleur de sa main mutilée n'est rien à côté des images de l'amputation qu'on vient de lui faire subir. Jusqu'à présent, sa détermination, sa certitude de son évidente supériorité psychologique sur son ravisseur ne l'ont jamais abandonné. Prof est le maître de la manipulation mentale. Il peut réduire à néant la volonté de quiconque, briser le plus puissant des esprits. Depuis plusieurs jours, il lutte pour ne pas céder à la barbarie de Paul, jouant habilement à gagner du temps, semer le doute dans l'esprit de son ravisseur. Il a même encaissé sans dire un mot la mutilation de son doigt, qu'il a concédé en trophée à son bourreau. Maigre sacrifice qu'un doigt, quand on y pense, face à la certitude de mourir s'il passe aux aveux. Pire que la mort, il y a le déshonneur. Imaginons un seul instant que Paul ne veuille pas le tuer après ces aveux. Un passage devant un tribunal serait le pire des châtiments pour le grand professeur François Saleçon. Non, il n'a rien dit, a encaissé les pires humiliations sans faillir un instant.

Mais Paul vient de franchir un cap inattendu. Il a commis l'imprévisible, même pour le plus éminent des psychiatres. Il vient de sacrifier un enfant, de sang-froid, pour servir ses intérêts. Son enfant. François a soudain le sang glacé, lorsqu'il réalise l'étendue de la sauvagerie de son ravisseur. Non, on ne joue plus à la guerre des nerfs au fond d'une cave. Pour obtenir ce qu'il veut, Paul est prêt à tout. Il a renoncé à toute forme d'humanité. Et son fils vient de servir de démonstration.

— Cesse de pleurnicher, c'est gênant, dit Paul. Je suis sincèrement désolé pour le petit marcassin, mais tu ne m'as pas laissé le choix. Souviens-toi, c'est toi qui l'as écrit en toutes lettres dans mon dossier médical. « Se comporte comme un animal ». Parfois, pour parvenir à leur fin, les animaux ne s'encombrent pas des remords des humains, Prof. Je ne suis que la bête que tu as créée.

François Saleçon regarde le sol. Au plus profond de lui, il réalise à quel point Paul a raison. Le monstre sans scrupule ni morale qui se tient devant lui n'est que le fruit de son travail. Patiemment, pendant des mois, il l'a déshumanisé à grand renfort de médicaments. Pour le tenir éloigné de la femme qu'il convoitait, il n'a pas hésité à lui injecter quotidiennement tous les cocktails les plus explosifs, jusqu'à le tenir bien au chaud dans le brouillard de la folie. Incapable d'exprimer le moindre mot sensé, considéré comme fou par tout le service de l'hôpital, Paul n'était temporairement plus un rival. Il ne contrariait plus ses projets. Tandis que Prof arpentait fièrement les couloirs du service, prétendant à qui voulait l'entendre que Paul Arnoult se prenait pour une bête, sa victime basculait peu à peu dans la folie. À cet instant précis, Prof comprend qu'il ne maîtrise plus l'animal qu'il a façonné. Jusqu'à présent, la lutte psychologique entre les deux hommes lui paraissait équilibrée. Malgré les souffrances physiques, Prof n'avait jamais envisagé un seul instant que la bataille mentale tourne à l'avantage de son bourreau. Il est François Saleçon, le plus grand psychiatre de France. Il est une sommité reconnue du monde médical, adulé de ses semblables. Idole imbue de son ego, sûr de sa force, il vient pourtant d'être frappé au plus profond de son âme et son cœur. Paul a quelque chose qu'il n'avait pas prévu. Il est exactement l'animal qu'on attendait de lui ! En s'éloignant des hommes, il a laissé derrière lui la pitié, le remords, et toutes les valeurs morales. De la morale, Prof n'a pas la prétention d'en déborder. Mais il lui reste un fond d'humanité. Juste assez pour ne pas en faire une bête, mais pas trop non plus, juste de quoi se classer dans la catégorie des gros cons.

Tandis qu'il retrouve peu à peu son calme, ses yeux fixent toujours l'écran. Adel est là, figé raide, le nez dans les feuilles mortes.

— Il te reste un fils, Prof. Sa vie ne dépend que de tes choix.

Le psychiatre réalise alors que Paul a raison. Le monstre n'a montré aucune image du petit Noël. Il est évident que son bourreau détient toujours son deuxième fils. Prof voudrait lutter encore, ne rien avouer. Il voudrait faire durer encore la partie de poker entamée. Mais Paul a montré son jeu, il a un carré d'as. Prof n'a rien en main, et le prix à payer pour ce coup de bluff est la vie de son second enfant. Son ego surdimensionné, sa certitude de supériorité ne le sauveront pas. Il est vaincu, à poil, il a déjà fait tapis et son fils l'a payé de sa vie. Il a perdu, il en prend conscience à cet instant. Paul est prêt à tout pour l'entendre dire « j'ai tué ta femme ». Il n'a pas d'autre solution que de se coucher.

— Si j'avoue, tu me promets que tu relâcheras Noël ?

— Tu n'es pas en position de négocier, François. Je ne te dois rien. Mais je vais quand même te faire cette faveur. Je te promets que tu retrouveras ton fils.

— Finissons-en, alors.

Paul allume le caméscope numérique, qu'il positionne à son emplacement habituel. Il oriente les projecteurs pour que Prof soit dans la lumière.

— As-tu tué Virginie ?

Prof fixe la caméra. Il sait qu'il a perdu.

— Oui

— Sois plus loquace. Où et quand ?

— Le vingt-cinq décembre 2013. Au deuxième étage de l'hôpital de la Timone, à Marseille. Je l'ai précipitée par la fenêtre de la salle de pause.

Paul éteint la caméra. Il a ce dont il a besoin. À présent, il doit faire parvenir le fichier numérique à la PJ de Marseille. Il se lève sans un regard pour Prof, dont il resserre les liens avant de s'engager dans le couloir de la cave.

— À demain, Prof.

François Saleçon reste interloqué. Alors Paul ne veut pas en savoir plus ? Pas de détail ? Adel est mort pour un simple oui ?

— Tu pars sans me demander pourquoi ?

Paul a déjà la main sur l'interrupteur du couloir. Dans un instant, il va replonger la cave dans l'obscurité. Prof va de nouveau errer dans le noir, tout seul avec sa terreur. Mais cette fois, il cohabitera aussi avec les chagrins et le remords.

— Je me fiche pas mal du mobile. Ça ne me la ramènera pas. Garde ça pour les flics et la justice des hommes. Je ne suis qu'un animal. Bonne journée, Prof.

XXV

24 décembre 2019, 9 h 30
Gendarmerie, salle de réunion

L'adjudant Mouton essaie d'obtenir un peu de silence en tapant son gros poing sur la table. Autour de lui, ça va et vient et ça virevolte. On se hèle, on s'interpelle, on se jette les clés des véhicules en se criant des consignes. Il a l'impression que toute cette foule a transformé les locaux de sa brigade territoriale en ruche bourdonnante. Depuis la découverte du corps et le début de l'enquête, une agitation inhabituelle règne dans ces locaux exigus. On a rentré les nouveaux aux chausse-pieds, et des tentes de campagne s'étalent sur le gazon de la cour. Les gendarmes mobiles sont venus renforcer leurs collègues, et la section de recherche s'est installée sur tout le premier étage, allant même jusqu'à annexer le bureau du gros commandant de brigade. Les cow-boys de Lyon y entassent tout un tas de dossiers, et on a déplié de grands paperboards, sur lesquels les gars établissent des théories. Une grande carte du canton est punaisée au mur, sur laquelle figurent les cercles rouges des zones ratissées. Le tueur est introuvable. Pourtant, Mouton et ses équipes en ont la certitude, il est tout proche. Avec les deux gosses en otage, il ne s’est pas risqué sur les routes. De partout, ses équipes ont établi des barrages filtrants. La région est une nasse savamment refermée sur la population. Arnout est forcément à l’intérieur. Il suffit de ratisser méthodiquement. Et pourtant, les recherches restent vaines. Le commissaire Cheval jette un œil à l’avancée de l’enquête, et réoriente les équipes. Malgré tout, Paul Arnout est introuvable. C’est un problème, car dans ce genre d’affaires le temps ne joue pas en faveur des otages. Acculés, les kidnappeurs en arrivent souvent à commettre l’irréparable. Mouton sait qu’il va devoir faire un rapport au procureur. Pour le moment, il ne s’est pas manifesté depuis le début de l’enquête. Mais quand il le fera, il faudra lui donner un os à ronger. Cheval est un brillant commissaire de la PJ, un électron libre qui va et vient sans rendre de comptes. Mouton héberge, organise, fait ce qu’il peut. Mais c’est un petit adjudant de campagne. Il ne pèsera pas lourd face à la star de la PJ marseillaise, si le proc se met en pétard. Mais pour le moment, de procureur, il n’en voit pas la couleur. Le gros commence à se dire qu’une attitude aussi détachée est curieuse. Des affaires de crimes barbares, il n’y en a pas tous les deux jours dans ce coin perdu. Cheval doit bien l’avoir au téléphone, mais le commissaire ne partage pas ces infos-là avec lui. Mouton, ça lui va bien comme ça. Il ne va pas en plus se surcharger avec la gestion des pontes. Les ronds de jambe, ce n’est pas son truc au vieux soldat. Les zigs du parquet, c’est les mêmes que ceux des ministères. Ça navigue en col blanc, et ça se sert de la moindre affaire pour tirer la carrière vers le haut. Lui, sa retraite est pour dans deux ans. Le John Cheval et son cortège de problèmes, il s’en serait bien passé. Il avait prévu de finir sans faire de vagues, et le voilà à repêcher des morceaux de femme et gérer un kidnapping et une séquestration. Alors si Cheval veut gérer le proc, ça lui va !

La communication téléphonique est inaudible. Le bruit ambiant étouffe les propos de son interlocuteur. Le vieux gendarme grogne, se fait aider par un bidasse de passage pour transférer l'appel sur un poste plus isolé, celui de l'accueil. Il s'installe péniblement derrière la banque qui sert de point d'entrée. Par la fenêtre, il aperçoit Cheval qui sort de la cour, au volant d'une Austin Mini flambant neuve. Va savoir où il court encore, celui-ci… En tout cas, le flic a trouvé un moyen de transport pour pallier l'emprunt de sa voiture par le gamin. Au moment de décrocher le combiné pour reprendre la communication, Mouton sourit un instant. Machinalement, il a noté la plaque sur le carnet de l'accueil. Réflexe de vieux gendarme !

— Mouton, j'écoute !

— Allô ! Ici le lieutenant Fauron, police judiciaire de Marseille. J'aimerais parler à votre patron. Et vite fait. C'est pas pour trier la salade !

Mouton avale sa salive. Visiblement, tous les flics du sud sont du même moule. Mais Cheval n'a pas eu raison de ses nerfs, alors il ne va pas s'énerver contre le brave monsieur qui joue les cadors à l'autre bout du fil.

— Adjudant Mouton, pour vous servir. J'exerce en ces lieux en qualité de commandant de brigade. En quoi puis-je aider mes collègues de la vénérable institution de la police marseillaise ?

À l'autre bout du fil, l'humeur n'est pas aux courbettes interservices ni à la guerre des polices. Le degré d'urgence est un cran au-dessus de ces considérations. Le ton du lieutenant Fauron va poser le décor.

— Te casse pas gros père ! On n'a pas le temps de se renifler le derrière pour faire connaissance. On a un truc de plus chaud sur la poêle ! Vous avez internet dans votre coin, où vous êtes toujours câblés par le télégraphe ?

Mouton bredouille un peu, prend un instant pour retrouver ses esprits, et marmonne un oui à peine audible. De l'autre côté de la ligne, son interlocuteur embraye aussi sec.

— Une vieille affaire vient de remonter à la surface chez nous. Un cold case sur un suicide. Une femme s'est défenestrée il y a quasiment six ans jour pour jour. Pas beau à voir. Ce matin dans ma boîte mail, j'ai reçu un lien pour visionner une vidéo en ligne. Dedans, un des protagonistes du dossier reconnaît être l'auteur du meurtre !

Dans le cerveau du gros, quelques neurones subsistent encore. Les connexions se font.

— J'ai justement sur les bras l'enlèvement et la séquestration d'un professeur de médecine marseillais, qu'un type accuse d'avoir tué sa femme. De ce que je sais, la donzelle a aussi sauté par la fenêtre…

— Mollo sur les petits noms à propos de la demoiselle, gros père ! C'était la femme d'un collègue. Elle faisait un peu partie de la famille. Ici, on ne rigole pas avec ça. D'autant qu'à l'époque, le collègue accusait ouvertement le type de la vidéo, mais on n'a pas vraiment prêté une oreille attentive. Le contexte était un peu spécial. Autant vous dire qu'il y a de la culpabilité dans l'air ici. La petite vidéo de ce matin a mis mes équipes sur les dents, on aimerait bien mettre la main sur le professeur Saleçon. Il n'avait pas l'air en forme sur la vidéo, et pourtant je vous assure que certains ici lui feraient bien goûter la tranche de l'annuaire…

Mouton n'en croit pas ses oreilles. Il se gratte nerveusement la moustache. Son cerveau lui dit que quelque chose ne tourne pas rond.

— Attendez, vous êtes en train de me dire que Paul Arnout est de la maison ? Parce que moi, j'ai aussi le cadavre sans tête de la femme du toubib dans la chambre froide…

— Commissaire Paul Arnout, l'ancienne star de la boutique ! Monsieur 100 %. Des méthodes bien à lui, mais des résultats assurés. Vous le connaissez ?

L'adjudant enregistre l'information en essayant de ne pas trahir sa surprise. Il est désormais clair que depuis le début, Cheval se fout ouvertement de sa bobine. Il ne peut pas ignorer que le suspect est un de ses collègues. En choisissant de ne pas partager l'information, il entrave délibérément l'enquête. Peut-être même qu'il laisse volontairement du temps au tueur pour mener sa petite vendetta. Le lieutenant a parlé de famille. Il est militaire, il sait parfaitement ce que l'esprit de corps veut dire chez des hommes de cette trempe. Aucun doute que Cheval la joue perso. Dès que le flic et son allure de cow-boy remettront les pieds dans les locaux, il va y avoir du grabuge dans sa brigade, il va y remettre de l'ordre vite fait, façon Mouton !

— L'ancienne star de la boutique ? Ce monsieur Arnout n'est plus de la police ?

— En congé maladie longue durée. Mais si ce que Saleçon balance sur la vidéo est vrai, quand il va le savoir, il va reprendre du poil de la bête rapidement, ironise le lieutenant.

Mouton se dit qu'il est trop tôt pour dévoiler son jeu et expliquer à son confrère que Arnout est déjà informé, en sa qualité de ravisseur officiel. Il y a peut-être encore des choses à apprendre à faire le naïf. Ça fait plusieurs jours qu'on se joue de lui, il a le droit d'en profiter un peu.

— Et comment avez-vous recollé avec mon affaire ?

— Sur la vidéo, on voit la brigade de gendarmerie. Il y a même votre numéro dans le sous-titrage. C'est marqué de demander « le gros »…

Mouton n'en revient pas. Le tueur se balade en toute impunité, allant jusqu'à venir filmer devant la brigade. Comment peut-il se déplacer avec autant d'aisance, malgré la nasse refermée sur le canton ?

— Adjudant ? Vous êtes toujours là ?

— Oui, oui.

— Je pars de ce pas vous rejoindre dans votre campagne. Je monte cueillir Saleçon. Avec mes hommes, ça va nous faire un chouette cadeau de Noël ! Pensez donc, l'assassin d'une épouse de flic ! Le meurtre présumé ayant eu lieu sur ma juridiction, cette affaire me revient. J'espère que vous comprenez, et qu'on ne va pas perdre du temps à jouer à la guerre des polices.

Il faut parfois lui expliquer plusieurs fois, mais Mouton finit toujours par comprendre. Alors quand un poulet marseillais l'informe qu'il va venir envahir son espace vital, déjà bien surchargé, il ne peut s'empêcher de protester.

— Ce n'est pas utile. J'ai déjà un cow-boy de chez vous sur les bras. Une espèce de hipster en blouson de cuir, qui va et vient à sa guise. Depuis le début, il s'intéresse beaucoup plus aux aveux potentiels de Saleçon qu'à l'affaire de meurtre et d'enlèvement que je me coltine. Si c'est bien ce après quoi il court, je serai ravi de vous le renvoyer. Quant à vous, vous m'êtes fort agréable, mais restez dans votre commissariat, et passez de bonnes fêtes !

Mouton va pour raccrocher, mais le cerveau de Fauron s'oxygène à un rythme beaucoup plus rapide que le sien. On n'y peut rien, la nature ne donne pas les mêmes armes à tout le monde. Le lieutenant manifeste immédiatement sa surprise à l'idée qu'un de ses collègues soit déjà sur place et l'adjudant sent poindre un léger malaise.

— Oui, j'ai déjà John Cheval, de la PJ de Marseille. Un type spécialement mandaté par les pontes pour enquêter ici, parfois que nous autres ploucs, on ne soit pas capables de gérer nos affaires.

— Pardonne-moi, gros père, mais j'ai peur de ne pas comprendre. Je t'appelle en direct de la maison police judiciaire. Les animaux de la baraque, j'ai la prétention de tous les connaître. Chez nous, on a quelques ânes et une ou deux buses, mais je t'assure qu'on n'a pas de cheval…

Mouton avale péniblement sa salive, tandis que sa manche essuie machinalement le filet de bave que sa mâchoire pendante a laissé s'échapper. Pas de Cheval ? Mais alors ?

— Mais alors, qui est ce type qui dirige l'enquête depuis le départ ? Nom de dieu, je n'ai pas rêvé, il a une carte de flic bien de chez vous ! C'est quoi ce foutoir ? J'ai sur les bras un commissaire en arrêt maladie qui joue les tueurs, et un autre qui lui file le train et qui n'existe pas ?

— Attends, Mouton, ton suspect c'est le commissaire Arnout ? À l'autre bout du téléphone, la voix du lieutenant Fauron vient de prendre un ton beaucoup moins léger…

Mouton se mord les lèvres. Il aurait voulu garder ça pour lui pour le moment. En ne mettant aucun service extérieur dans la confidence, il pensait conserver le secret, et donc une longueur d'avance sur Paul Arnout. Mais Mouton est plus proche de l'âne que du bovin, et c'est un animal qui ne sait pas tenir sa langue.

— Adjudant ?

— Oui, nous l'avons clairement identifié. Sur la base du témoignage de John Cheval, un commissaire qui n'existe pas…

À l'autre bout du fil, le silence s'installe un instant. Le lieutenant Fauron réfléchit, met ses idées en ordre. En tout cas, il essaie, malgré le souffle de la respiration du gros, seul son perceptible à travers le combiné. Il rythme les secondes, que le silence laisse défiler. Sur le mur de son bureau marseillais, Fauron jette un œil à son calendrier.

— Il vous reste vingt-quatre heures.

— Pardon ? L'adjudant avale sa salive, dans une déglutition bruyante. La phrase lancée par le lieutenant marseillais résonne comme un ultimatum. Mais vingt-quatre heures pour quoi ?

— Virginie, la femme de Paul Arnout, est morte le 25 décembre, le jour de son anniversaire. On est le 24, et tout s'accélère. Je ne crois pas aux coïncidences. Et surtout, je sais de quoi il est capable. Si c'est bien lui qui détient le professeur Saleçon, et qu'il a obtenu les aveux que j'ai sur vidéo, il va ménager son otage jusqu'à demain. Mais il ne survivra pas aux fêtes de Noël. Je connais Paul Arnout, sa femme était tout ce qui le rattachait à l'humanité. S'il croit que Saleçon lui a enlevé la vie, je ne donne pas cher de sa peau. Paul était déjà un flic tenace, froid et déterminé. Pas le plus enclin à passer gentiment les menottes aux méchants, si vous voyez ce que je veux dire... Croyez-moi, ce n'est pas un enfant de chœur, et l'homme qu'il est devenu durant son séjour en psychiatrie n'a sans doute pas calmé le fauve qui sommeille en lui. Ce type est convaincu qu'on a tué sa femme. Il l'a crié, hurlé, mais tout le monde a fait semblant de ne rien entendre, persuadé que ses propos étaient liés à son chagrin, et à cette folie mentale que les médecins lui avaient trouvée. Il considère que la justice des hommes lui a tourné le dos, et la petite vidéo que j'ai là lui donne raison. Ici, chez ses anciens collègues, ça remue quelques tripes. Nombreux sont les gars qui se disent qu'ils ont fait la sourde oreille, et qu'ils ont trahi un des leurs. Les aveux de Saleçon signent son arrêt de mort. Il le tuera demain à huit heures du matin, en écrivant joyeux anniversaire avec son sang sur le sol. Dans le fond, je me fiche pas mal que le médecin meure, mais j'aimerais finir le travail que nous avons négligé, et traduire le prof en justice. On le doit à la femme du commissaire. De votre côté, vous avez un kidnapping de gosses sur les bras. J'ai bien envie de vous dire que Paul ne leur fera pas de mal, mais je ne suis pas prêt à vous le signer. Il a coulé tellement de psychotropes dans les veines de mon collègue, que je ne miserais pas sur sa clémence.

Mouton ne répond plus. La colère est un étau qui lui écrase la gorge. Tandis que le lieutenant Fauron continue de l'éclairer sur la personnalité du tueur, ses yeux se perdent sur sa brigade territoriale, dont les bureaux sont en effervescence. De partout, les équipes se croisent dans les couloirs, tandis que ses hommes répertorient méthodiquement sur la carte du canton les points de recherche prioritaires.

Définis par qui ? Par le seul homme dont il ne s'est pas méfié, un type en blouson de cuir à qui il a laissé les rênes de son enquête. Sans doute par flemme. À quelques mois de la retraite, il a semblé plus simple de laisser un autre porter le fardeau de la responsabilité. Et puis Mouton se connaît, il a toujours été plus fort pour organiser un contrôle routier plutôt que pour mener des investigations. Alors quand l'autre est arrivé, mandaté par les pontes, il a grogné pour la forme et suffisamment fort pour que ses gars l'entendent. Mais ça lui évitait bien de s'exposer ! D'une manière ou d'une autre, il aurait su s'attribuer les mérites d'un succès dont il n'aurait été que le modeste acteur secondaire. Voilà que maintenant, il va devoir aller sur le devant de la scène, expliquer à tous les gars qu'il s'est laissé rouler dans la farine. Et puis il faudra téléphoner au procureur, qui de toute évidence ne doit encore rien savoir…

— T'es toujours là, Collègue ? La phrase de Fauron sort le gros de sa torpeur.

— J'ai un gars à moi qui traîne du côté de Marseille, je le contacte et il passe vous récupérer. Vous pouvez espérer être là dans quatre heures. Si comme vous le dites, Arnout a programmé le bouquet final pour demain matin, il faut faire vite.

Le lieutenant fait mine de ne pas relever qu'un gendarme enquête en sous-marin en plein cœur de la cité phocéenne. L'heure n'est pas vraiment à la guerre des polices, surtout si un membre de la maison Poulaga joue au cow-boy en rase campagne. Tout à sa réflexion, il mâche nerveusement le capuchon de son stylo. Un élément du dossier ne colle pas avec le profil de Paul. Pas avec le Paul qu'il connaît. Pas l'homme qui a été son ami, son coéquipier. La police judiciaire est une famille, et Paul en était un peu le père. L'homme dont on parle, Fauron ne doute pas qu'il soit capable de faire du mal au doc s'il le croit responsable de la mort de sa femme. Mais le gros lui a parlé du cadavre de l'épouse du médecin. S'il peut être froid et impitoyable, le commissaire Arnout n'aurait jamais levé la main sur un innocent, d'autant plus si c'est une femme. Ce cadavre fait tache dans le paysage. Et surtout, il n'apporte rien à la cause de Paul. Séquestrer le doc pour obtenir des aveux, c'est une chose. Le laisser raide mort pour se venger, c'est une conséquence probable. Mais toute autre victime ne s'inscrirait pas dans la logique de son ancien mentor. Il en a la conviction !

— Adjudant, je connais Paul Arnout. Je ne le vois pas tuer une femme. Ça ne colle pas avec le personnage. Ni avec sa logique. Celui qu'il tient responsable de la mort de Virginie, c'est le doc, pas son épouse.

— Pourtant, j'ai tous les morceaux de la dame, sauf la tête, grogne le vieux gendarme. Je suppose qu'il a appliqué la méthode du bon vieil œil pour œil… Tu tues ma femme, je découpe la tienne !

Dans son bureau marseillais, le lieutenant torture toujours nerveusement son stylo. Non, la mort de cette femme n'a aucun sens. Mais la victime est bien l'épouse du professeur Saleçon, il ne peut pas s'agir d'une affaire indépendante. Pourtant, son instinct lui dicte de chercher plus loin que la simple vengeance. Au plus profond de lui, il est convaincu qu'il y a derrière ce crime odieux des raisons plus subtiles que la simple loi du talion. Il y a quelque chose d'autre derrière ce crime. Quelque chose que le gros n'a pas le flair de détecter.

— Dites à votre gars de me récupérer 2 rue Becker, au siège de la SRPJ. J'ai dans l'idée qu'il va falloir faire vite. Cette histoire pue le bain de sang à plein nez.

L'adjudant raccroche, encore sous le choc des révélations de son collègue. Le tueur est un flic. La personne officiellement en charge de l'enquête est un imposteur. Sans doute un collègue, complice de l'assassin. Suffisamment de mauvaises nouvelles pour défriser la moustache du gros, qui a sur son visage boursouflé d'ours débonnaire le rouge de la colère, tout en conservant l'air stupide qui le caractérise. Mouton pianote le numéro de mobile d'Antoine. Il faut qu'il récupère le lieutenant. Quelques instants plus tard, la sonnerie du téléphone portable retentit dans l'habitacle de la vieille BMW pilotée par le jeune gendarme. Son supérieur lui explique la situation, mais Antoine en sait déjà bien assez. Il lui raconte sa visite au domicile de Paul Arnout, lui confie son étonnante découverte. Non, John Cheval et le commissaire Arnout ne sont pas complices. En réalité, ils ne sont qu'une seule et même personne.

— Mouton ! Cheval n'existe pas ! Il vous prend pour un âne !

La phrase est surréaliste. Alors qu'il tient le téléphone coincé entre sa tête et son épaule, le gros a l'impression que la barrette d'adjudant qui orne cette dernière pèse soudain une tonne, l'entraînant de tout son poids vers le bureau. C'est trop de rebondissements pour un gradé de campagne. Les neurones ne suivent plus. Il espérait arriver à la retraite sans faire de vagues. Il découvre qu'un tsunami se joue de lui comme une vague s'amuse d'un bouchon de liège. Il bégaye quelques mots inaudibles, qu'Antoine n'écoute déjà plus. Le téléphone portable jeté sur le siège passager, le jeune homme jette son bolide sur l'avenue du port, poussant le moteur à son maximum. Il lui semble clair qu'il ne faut plus rien attendre de sa hiérarchie. Si toute la vénérable institution de la Gendarmerie est du calibre de son chef, les gamins seront morts d'ici peu. Antoine est mal à l'aise avec ses sentiments. Si Cheval est devenu l'ennemi, le gosse se reproche d'admirer encore et toujours son audace et le brio de son plan. Pourtant, il va bien falloir l'arrêter, l'empêcher de nuire. Il espère juste que le flic qu'on l'envoie chercher sera d'un autre calibre que son supérieur. Dans cette affaire, il est temps d'être autre chose qu'un mouton…

XXVI

24 décembre 2019, 10 h
Ferme des Bois noirs

Paul fait le tour de l'Austin Mini qu'il a stationnée sous la vieille grange. Il prend une grande inspiration avant d'ouvrir le coffre. Pourvu qu'elle soit vivante. Elle n'a rien à voir avec tout ça, sa mort l'ennuierait. Alors qu'il hésite à actionner le haillon, son reflet semble le toiser du regard dans la vitre arrière. Encore lui, encore ses yeux qui disent tu vas trop loin.

— Je n'avais pas le choix, John. Elle avait découvert la supercherie. La laisser derrière moi, c'était prendre le risque qu'elle parle. Pas maintenant, pas la veille du dénouement. On ne peut pas avoir fait tout ça pour rien. C'est toi qui nous as mis dans cette situation ! Avais-tu besoin d'aller te vautrer dans ce lit avec elle ? On a encore tellement de choses à faire pour rendre justice à Virginie !

Paul presse le bouton du coffre. Le puissant vérin électrique remonte avec régularité la porte du haillon. Sophie Dubois est toujours là, inerte.

— Évidemment qu'elle est là, Paul ! Après ce que tu lui as fait subir, où voulais-tu qu'elle soit ?

Il a pris soin de mettre un des coussins de la chambre sous sa tête. Le coffre n'est pas spacieux, et Sophie Dubois est couchée en position fœtale. Sa main glisse le long de son cou, jusqu'à ce que les doigts trouvent le pouls. La veine jugulaire est bien visible, tant la chair bleue porte les séquelles de la strangulation. Le flexible de la douche a entaillé la peau, piquetée de sang, mais Sophie Dubois respire encore. La jeune femme a manqué d'air juste assez de temps pour perdre connaissance. Sa respiration semble régulière. Elle dort. Paul referme le coffre sur le corps inerte de la jeune femme. C'est fou ! Elle est belle, même étourdie.

— Je suis peut-être un monstre, mais je ne tue que mes ennemis, dit-il à son reflet. Adieu, John, à partir de maintenant, il n'y a plus que Paul. C'est mieux comme ça. Tes scrupules et tes états d'âme sont un frein pour la mission.

Descendant les quelques marches le long de la maison, Paul éclaire la rampe de néons de la grande cave voûtée. Le bruit de la clé dans la serrure a sorti ses occupants de la torpeur. Contre le mur du fond, Prof tente de se redresser. Lorsqu'il aperçoit son ravisseur, il se laisse retomber lourdement sur le sol. Paul s'amuse de le voir se débattre ainsi dans sa merde.

— Chaque fois que j'ouvre cette porte, tu te redresses avec le même espoir ! Mais non, Prof, ce ne sont toujours pas les secours.

Le psy est affalé contre le mur de pierres. Son corps souillé dégage une odeur insoutenable. Paul porte un mouchoir devant son nez, tandis qu'il s'agenouille près de lui. Il observe son ennemi, tandis qu'il déverrouille les chaînes qui entravent ses poignets. Prof est hagard, amaigri. Sa respiration est bruyante. L'humidité de la cave lui a provoqué de l'asthme, et ses bronches sifflent à mesure qu'il expire. Sa main mutilée a gorgé de sang le bandage qu'il s'est improvisé. De toute évidence, il est très affaibli. Il ne résistera pas beaucoup plus longtemps à sa captivité, si on ne lui apporte pas des soins médicaux de toute urgence. Il est temps de clore le bal.

— La vidéo de tes aveux doit être arrivée. Je t'avais dit que tu allais crever l'écran. Allez, maintenant barre-toi !

Paul s'écarte de sa victime et s'efface, comme pour mieux lui ouvrir la voie du couloir qui mène à sa liberté. Prof lève les yeux vers lui. Se peut-il que son ravisseur soit sérieux ? Il a promis de tous les libérer s'il avouait son crime. Maintenant que c'est fait, tiendra-t-il parole ? Cette prétendue libération n'est-elle pas une ultime humiliation à lui faire subir ? Il n'a pas envie de le satisfaire à nouveau. Mais l'espoir est une force qu'on ne peut pas contrôler. Et l'envie de revoir la lumière du jour, de retrouver ses enfants, l'envie de vivre tout simplement, est une pensée plus puissante que toutes les stratégies.

— Tu me libères vraiment ?

— Dépêche-toi avant que je ne change d'avis…

Prof n'en croit pas ses yeux. Face à lui, Paul a l'air calme, apaisé. Se peut-il que ses aveux aient vraiment calmé le fou ? Il y a une fenêtre de tir pour sauver sa vie, Prof doit l'exploiter. Il se met aussitôt à ramper, jusqu'à trouver la force de se mettre sur ses jambes. Il titube en remontant le couloir, la lumière du jour qui pénètre dans le sas lui sert de phare, et le guide jusqu'à la sortie. Il arrive sur le pas de la porte. Le soleil de décembre vient frapper son visage. Il stoppe un instant sa course pour que ses yeux s'habituent. Il ne sait pas depuis combien de jours il n'a plus vu la lumière. Il a perdu toute notion du temps depuis que Paul a plongé sa vie dans les ténèbres de cette cave. Le paysage qui s'offre à lui est familier. Il reconnaît la ferme de la grand-mère de sa femme, et la campagne apaisée qui l'entoure. Quelle ironie, songe-t-il ! Cet endroit paisible et si familier aura aussi été son enfer. Les pas qui résonnent dans le couloir derrière lui le sortent de sa rêverie.

— Tu vas m'abattre dès que je vais franchir cette porte, n'est-ce pas ?

— Non, François. Je ne te tuerai pas. Pas aujourd'hui. Dans la cour, tu trouveras une Austin Mini. Les clés sont dessus. Je suppose que tu as la force de conduire. Va à la gendarmerie du village, et rends-toi.

Prof se retourne une dernière fois vers son ravisseur. Il distingue à peine Paul, plongé dans la pénombre du couloir. Alors la dette est effacée ? Il se contenterait de ses aveux ? Il a pris la vie de Virginie. La vengeance de Paul a coûté celle d'Alice, mais son ravisseur sait au plus profond de lui que cela ne fait ni chaud ni froid à Saleçon. Il n'a jamais aimé cette traînée. Alors Paul a pris la vie de son fils, pour être sûr de sa souffrance.

— Je crois que si tu avais des enfants, tu saurais que ma douleur est bien pire que la tienne. Nous ne sommes pas quittes, Paul. Tu es un monstre ! En tuant un enfant, tu as renoncé à toute humanité. Je suis peut-être un salaud, mais nous ne jouons pas dans la même catégorie. Ce doigt amputé ne sera un jour plus qu'une cicatrice, un vague souvenir de ta barbarie. Mais mon fils Adel n'avait rien à voir avec tout ça ! Ta folie n'a pas de limites. Comment être certain que ce fusil que tu tiens ne va pas abattre mon petit Noël dès que je vais être parti ?

Paul le regarde froidement. Il est facile de juger la folie d'autrui quand on l'a fabriquée de toute pièce, à grand renfort de chimie et d'intraveineuses. C'est si commode de se positionner en victime d'un tsunami quand on a déclenché le séisme qui fait se lever la vague dévastatrice. Décidément, Prof ne comprend rien.

— Si tu fais tout ce que je te dis, je te rendrai non pas un, mais deux fils, François. Adel est en vie. Tout ce que tu as vu n'est qu'une vulgaire mise en scène pour obtenir tes aveux.

Les yeux de Prof s'éclairent un court instant. L'espoir, la dernière chose qui différencie les hommes des animaux, vient d'illuminer ses pupilles. Paul voit cette lueur d'autant plus facilement que c'est lui qui vient de presser l'interrupteur. François Saleçon n'en croit pas ses yeux et reste la bouche ouverte dans l'entrebâillement de la porte.

— Tu me le jures ?

— Viens ici demain, avec les gendarmes. Je te promets que tu les verras bien vivants tous les deux. Tu sais quel jour nous sommes demain, n'est-ce pas Prof ?

Le cerveau du psy essaie de remettre les choses en ordre. Non, il n'a plus aucune notion du temps. Il lui semble qu'il a passé d'interminables semaines à manger à même le sol et à subir les sévices de Paul. Mais il devine le dénouement que l'homme a envisagé.

— Nous serons le vingt-cinq décembre, n'est-ce pas ?

— Exactement. Je ne t'apprends rien sur l'importance de cette journée pour nos deux vies, Prof. Tu vois, elle avait raison. Nous ne sommes que les racines d'un même arbre, nous nous retrouvons forcément. Tout ceci finira le jour de son anniversaire. Tu en as aussi fait le jour de sa mort. Viens ici demain à huit heures précises. Tu pourras retrouver tes enfants, et je me rendrai. Si je vois le moindre flic avant ce rendez-vous, tu ne ramasseras que des cadavres. Tu les trouveras au bungalow de chasse, en haut dans les terres boisées. Maintenant, prends cette voiture et barre-toi !

Prof jette un coup d'œil rapide à la petite Allemande dans la cour.

— Les clés sont dessus ?

— Oui. En arrivant à la brigade, pense à sortir la femme qui dort dans le coffre. Elle aura besoin de soins. À demain, François.

— À demain, Paul.

François Saleçon se précipite à l'extérieur, tentant de dissimuler l'ivresse de sa joie. Il se glisse dans l'habitacle de la Mini. Paul n'a pas menti, les clés sont sur le contact. Avec l'imposant bandage qui sert de pansement à sa main meurtrie, il démarre tant bien que mal. Le moteur finit par gronder. Il quitte la ferme à vive allure, tout en jetant un ultime regard derrière lui dans le rétroviseur central. Paul se tient au milieu de la cour et le regarde s'éloigner. Lorsqu'il rejoint la route principale, loin de la propriété, François Saleçon se met à rire nerveusement. Ainsi ses enfants sont en vie. Ivre de joie, il ouvre sa fenêtre pour se griser de l'air froid de l'hiver. Son rire devient incontrôlable, comme si tout son corps avait besoin de ça pour relâcher la tension. Cette histoire ne lui aura finalement coûté que des aveux arrachés sous la torture, ce qui n'a bien entendu aucune valeur devant un tribunal, et la vie d'une femme qu'il ne supportait pas. Bien sûr, il aura laissé un doigt dans l'aventure, mais ce n'est pas si cher payé ! Paul est un fou, et encore une fois le professeur Saleçon s'en sort par la grande porte. Dans quelques heures, il ne sera plus aux yeux de tous que la victime de la vengeance d'un psychopathe. Oui, il s'en sort incroyablement bien ! Et il va revoir ses enfants ! Tout en conduisant, Prof se contemple dans le rétroviseur. Il a une sale gueule, et il sent mauvais, mais il reste de toute évidence le plus grand manipulateur de son espèce. Il se trouve beau malgré ses traits marqués. Et surtout, il a vaincu le fou. Paul n'a pas réussi à en faire un animal. Demain, grâce au concours de la gendarmerie, il en finira avec tout ça et son honneur sera lavé. Mieux, il sera une légende ! Dans tout le village, il sera le pauvre père de famille veuf, qui a sauvé sa vie et celle de ses enfants. Prof rit. Ce n'est pas sa faute s'il a un putain de karma.

Paul a regardé s'éloigner la voiture, sans faire un geste. L'espoir… Ce dernier lien avec l'humanité, cet ultime feu de la vie… Il l'a vu bien clairement dans les yeux de l'assassin de sa femme. Mais tout se gomme, il suffit d'y mettre les moyens nécessaires. Chaque chose en son temps, songe-t-il en ouvrant la porte de la ferme. Demain est un autre jour.

— Demain, tu rejoindras le monde animal, Prof, je te le promets.

La vieille n'a pas quitté la cuisine. Elle s'affaire à finir le repas, qu'elle verse minutieusement dans des bocaux. Elle ne se retourne même pas lorsque Paul suspend sa veste au lourd porte-manteau, et dépose sa fausse barbe et ses lunettes sur la table. Elle fourre dans le grand sac à dos les conserves et les sandwichs qu'elle a préparés.

— Alors ça y est, tu as libéré le grand con ?

Paul sourit sans rien dire, en approchant ses mains du poêle pour les réchauffer. Il l'aime bien, la vieille. Depuis le début, elle a collaboré sans jamais chercher à lui faire de coups tordus. Elle a tenu la caméra quand il a mis en scène la mort d'Adel. Elle a contenu ses larmes lorsque, le cœur brisé, elle a vu son arrière-petit-fils chuter la tête la première sur le sol, abattu par la fléchette anesthésiante. Elle n'a pas crié lorsqu'il a fallu ramasser son petit corps frêle et le soigner. Elle a tenu sa langue lorsque Paul lui a demandé d'aller salir la réputation de sa petite-fille chez les gendarmes. Son bourreau était dans la pièce, juste en face d'elle. Et pourtant elle ne s'est jamais écartée de sa mission. Elle a couvert de honte la mémoire d'Alice sans jamais cligner de l'œil. Il faut reconnaître que la mère Pouffe a joué son rôle à merveille.

— Je vous dois un merci, Thérèse. Sans votre aide, je n'aurais jamais obtenu ses aveux.

La vieille se retourne enfin. Son visage n'exprime ni colère ni peur. Elle se contente de jouer son rôle de cantinière qui prépare le repas pour son hôte et ses arrière-petits-enfants.

— Merci pour quoi ? Je ne crois pas avoir eu le choix un seul instant. Vous avez débarqué chez moi avec la tête de ma petite-fille dans un sac. Vous détenez les garçons, la seule chose qui m'est précieuse sur cette terre, dans un endroit dont j'ignore tout. Vous m'avez clairement signifié qu'au moindre geste de rébellion de ma part, vous m'offririez des têtes supplémentaires. Je ne peux plus rien pour celle d'Alice, mais je ne veux en aucun cas être responsable de la mort d'Adel et Noël. Alors non, ne me dites pas merci. Je ne suis pas victime de ce que vous autres appelez le syndrome de Stockholm. Je n'éprouve aucune sympathie pour vous. Mais ma génération a déjà connu la guerre. Je sais qu'il faut parfois se salir les mains pour survivre, quitte à collaborer un peu. Et je me contente de faire ce qu'il faut pour que les gamins s'en sortent. Et puis vous savez, on dit déjà de moi que je couchais avec les boches. Alors une compromission de plus ou de moins… Quant à son mari, vous aviez raison, c'est un sale type. Voilà qu'il avoue être aussi un assassin. Vous m'avez demandé de filmer pour le pousser dans ses retranchements, lui faire peur. Vous aviez raison, la seule chose qui compte à ses yeux ce sont ses gamins. L'idée de perdre le deuxième l'a poussé à avouer son crime. Son sort m'importe peu. J'ai même de la peine pour votre pauvre femme. Mais c'est entre vous et lui. D'ailleurs, vous auriez dû le tuer. Ça aurait rendu service à la famille. C'est un monstre, et l'idée que les gosses grandissent à ses côtés me terrifie.

Paul se sert une tasse de café chaud. Elle n'a pas tort, Thérèse Pouffe. Il ne lui a pas laissé le choix. Il vit avec elle dans cette ferme, mais tient les enfants à l'abri de sa vue, dans un endroit dont elle ignore tout. Forcément, ça rend la mamie coopérative. Mais à bientôt cent ans, il se dit que, quand même, elle a fait preuve d'un certain zèle à la gendarmerie. Le tableau qu'elle a dressé de sa petite-fille avait dépassé toutes ses espérances. Il ne lui en avait pas demandé autant.

— Je ne veux pas qu'il meure, Thérèse. Je veux qu'il souffre le restant de ses jours. À ce tarif-là seulement nous serons quittes.

— Mouais, grommelle la vieille. Je ne suis pas certaine que son deuil dure très longtemps. Alice était plus un poids pour lui qu'un grand amour. Mais bon, si ça te soulage…

Elle lui tend le grand sac rempli de conserves, dans lequel elle glisse un paquet de cigarettes et une bouteille de whisky.

— Demain, tu me rendras les petits ? Tu tiendras parole ?

Paul la regarde s'asseoir en face de lui à la table de la cuisine. Thérèse vient encore une fois de le tutoyer. Décidément, pour quelqu'un qui ne veut pas s'attacher à son ravisseur…

— La gendarmerie va venir ici demain matin. Tu lui indiqueras le chemin de la cabane de chasse, celui qui est praticable pour les voitures. J'y serai avec les enfants. Demain, tout sera fini. D'ici là, tu restes sagement ici, sans rien faire de stupide ou compromettant pour la vie des garçons !

Sans plus dire un mot, Paul repasse sa veste, et jette par-dessus son épaule le sac de victuailles. Il a de quoi tenir la nuit le ventre plein.

— Je pars, Thérèse, nous ne nous reverrons pas. Pardonne à un fou d'être entré dans ta vie, et d'y avoir semé le chaos.

La vieille lui ouvre la porte. Le vent de l'hiver traverse la pièce. Elle pose une main sur le bras de Paul, et le regarde droit dans les yeux.

— Pour le moment, ton apparition ne m'a coûté que la vie d'une petite-fille que je détestais et la réputation de son ignoble mari. L'addition n'est pas trop chère payée. Tant que tu ne fais pas de mal aux gosses, je ne te hais point. Les divisions SS m'ont moins respectée que toi, Garçon.

Avant que Paul ne passe la porte, la vieille le retient par le bras.

— Si tu veux passer pour un fou lors de ta capture, porte au moins tes accessoires.

D'un geste, elle montre à Paul la fausse barbe et les lunettes sur la table. Oui, elle a raison, Thérèse. Il faut aller au bout en soignant la mise en scène. D'un geste, il fourre dans sa poche les accessoires de sa folie. Il franchit le seuil de la porte sans se retourner.

— Je pars à pied. Je te laisse le van. Son propriétaire viendra le récupérer quand tout sera terminé.

— J'ai ma petite idée sur l'identité du bonhomme, Paul. J'ai percuté un peu tard, mais des véhicules comme celui-là, on n'en croise pas tous les jours. Je l'ai déjà vu. Il venait fréquemment se stationner dans le champ, en bas. Toujours à côté de la voiture d'Alice. Et je ne pense pas que ce soit toi…

Paul écoute Thérèse, tout en finissant d'ajuster sa fausse barbe. Il ne répond rien, perdu dans ses pensées. Dommage, il l'aimait bien la vieille. Elle aurait dû se taire. Il n'a pas tué Alice pour que sa grand-mère puisse relier Alban à ses escapades nocturnes. Il ne peut pas laisser derrière lui une personne susceptible de relier son ami à la mort de la Pouffe. Quel dommage ! Il jette un œil sur la carrosserie du véhicule. Son reflet semble résigné, comme si John lui soufflait « Avons-nous le choix, cette fois ? ». Sa main plonge dans la poche de sa veste où il a rangé le vieux revolver du Roger, après l'avoir confisqué à Thérèse. Paul s'en veut. Cette femme a résisté à l'occupation et au déshonneur, à la mort de son homme et de sa petite-fille. À l'approche de son centenaire, elle a lutté jusqu'au bout pour sauver ses arrière-petits-enfants. Et pourtant, elle va mourir ce matin, tuée par un fou, avec l'arme de son défunt mari. Il se retourne lentement vers elle. Sa main sort de sa poche. Le revolver fait briller ses chromes au soleil.

— Je suis désolé, Thérèse.

XXVII

24 décembre 2019, 14 h
Gendarmerie

Antoine et le lieutenant Fauron ont profité du trajet retour pour faire connaissance. Le jeune gendarme, tout en conduisant la vieille Allemande à vive allure sur l'autoroute, a présenté l'affaire à son collègue marseillais. Il n'a omis aucun détail. Comment Cheval a pris la main sur l'enquête, comment il a orienté les recherches. Méthodiquement, il a retracé tous les événements depuis l'arrivée de John. Il a dressé au flic un portrait peu flatteur de son supérieur, l'adjudant Mouton, qu'il a décrit comme un gros empâté débonnaire, qu'un singe manœuvrerait aussi facilement qu'un marionnettiste tirant sur ses ficelles. Fauron l'a questionné sur l'attitude de Paul. Parce qu'il allait bien falloir que le gosse se mette à l'appeler par son vrai prénom. Antoine n'a pas caché son admiration pour celui qu'il prenait pour un super flic. Il n'a pas tu, non plus, la colère qui l'envahit à l'idée de s'être fait berner, manipuler.

— Tu vois, Gamin, Paul t'a donné une dernière leçon. Il t'a appris qu'il ne fallait pas se contenter des évidences. Par expérience, les choses sont toujours plus tordues qu'elles n'y paraissent. Parfois, une vie entière ne suffit pas à connaître un homme.

Antoine manœuvre la voiture à l'entrée du village. Encore quelques kilomètres, et la brigade de gendarmerie apparaîtra sur le bord de la route, le drapeau tricolore flottant au soleil de décembre. Il a raison, le lieutenant. Il a admiré aveuglément ce flic au style branché, le beau gosse bien dans sa quarantaine qui débarque en voiture de collection. Le personnage de John Cheval a été créé avec minutie, pour masquer le monstre torturé de chagrin. Antoine n'a rien vu, rien soupçonné. Il s'en veut. Durant le trajet, Fauron lui a raconté ce qu'il savait de son ancien collègue. Il lui a dressé le portrait du super flic marseillais, figure charismatique aux méthodes parfois bien éloignées de la procédure. Un type déterminé, instinctif, aux résultats brillants. Au moins, Paul n'a pas menti. John a vraiment existé, avant de sombrer dans le chagrin et la dépression. La mort de sa femme ne l'a pas tué. Additionnée au traitement du professeur Saleçon, elle a juste créé un « autre ». Antoine est en colère. Il se sent trahi par cette figure paternelle qu'il a admirée sans retenue.

— Je viens d'avoir le procureur au téléphone, dit Fauron. Il nous attend à la brigade, accompagné d'un colonel de gendarmerie et de tout un groupe d'intervention. On dirait bien que ton adjudant est mis sur la touche !

— Rien d'étonnant, répond le jeune homme. Le gros a perdu un temps fou à regarder voler les mouches. Il s'est fait mener par le bout du nez. J'ai dans l'idée qu'il va partir en retraite sans avancement…

— Les gars sont allés à l'hôtel de Paul. Il n'y est plus. La patronne a disparu aussi. Ton gros a vu Paul rouler dans sa voiture ce matin. À mon avis, on a une disparition de plus sur les bras.

Antoine réfléchit tout en sinuant dans les lacets de la petite départementale.

— Je ne pense pas que la mère Dubois soit en danger, Lieutenant. Je ne vois pas pourquoi elle entrerait dans le plan morbide de Paul. Si je m'en tiens au portrait que vous m'avez dressé, notre homme ne s'en prend qu'à ses ennemis.

Fauron acquiesce. Le Paul qu'il connaît ne s'encombre pas des conventions et bonnes manières, mais il est attaché au sens du mot justice.

— Lieutenant, depuis le départ, on se concentre sur une urgence bien légitime, qui est de retrouver les enfants. Pourtant j'ai le sentiment que cette enquête est bien plus complexe. Vous m'avez dit que la mort d'Alice Pouffe ne s'inscrivait pas dans la logique du kidnappeur. J'ai toutes les raisons de croire que Paul noie la mort de cette femme dans un grand écran de fumée. C'est tellement facile de nous faire croire qu'elle est le point de départ de sa vengeance.

Fauron semble d'accord. N'a-t-il pas été le premier à trouver étrange que Paul s'en prenne à une femme innocente ? Il a passé tellement d'heures avec son collègue qu'il connaît les rouages de son cerveau et pourrait anticiper son fonctionnement sur le terrain. D'ailleurs, ce n'est pas pour rien que Paul lui a envoyé les aveux de Prof. Il connaît la loyauté de son ancien coéquipier. Il sait qu'il ne le laissera pas tomber, et qu'il ira au bout de cette affaire. En faisant entrer Fauron dans la partie, Paul s'assure que la vérité sur la mort de sa femme sera mise au grand jour. La PJ est une famille. On ne laisse pas tomber un frère. Cet ami, il faudra bien l'arrêter. Mais Fauron sait qu'il est la garantie pour Paul d'une enquête bien menée, et de l'arrestation de Prof. Pourtant, quand on connaît trop un homme, on en connaît aussi les limites. Antoine a raison, il ne le voit pas tuer une femme qui n'est pas impliquée dans la mort de la sienne. Le commissaire Paul Arnoult est un homme déterminé. S'il veut se venger, rien ne l'arrêtera. Mais Alice Pouffe n'est pas l'objet de sa colère. Alors, pourquoi l'avoir tuée avec une telle violence ? Ce corps mutilé, décapité, serait-ce la preuve que Paul est devenu le fou, l'animal à traquer et abattre ? Non, Fauron a trop traîné ses guêtres avec lui dans tous les coins pourris de Marseille pour y croire. Alors oui, le gosse a raison, la mort d'Alice est suspecte. Il aimerait bien savoir quel coup tordu Paul a encore pondu.

— Une théorie ?

— Non, plutôt une intuition. Mieux, une piste ! D'un geste de la main, Antoine demande à Fauron d'ouvrir la boîte à gants.

— Prenez la pochette de la carte grise avec précaution. À l'intérieur, j'ai déposé un cheveu de femme. Je l'ai prélevé sous la voiture accidentée d'Alban Hernandez, un ami d'enfance de Paul. Un gars pas très coopératif. Il m'a servi sur un plateau une histoire toute faite d'accident avec un sanglier. Moi, je n'ai encore jamais vu de sanglier qui porte des cheveux longs.

Fauron ouvre l'étui. Antoine n'a pas menti. À l'intérieur, le cheveu est bien là, coincé sous le plastique. Il est fin, soyeux. On est bien loin du crin sauvage d'un animal.

— Je connais Alban Hernandez. C'est un copain d'enfance de Paul. Un flic. Un gars bien.

— Ouais, souffle Antoine. Aujourd'hui, j'ai appris deux choses. La première c'est que flic ne veut pas dire réglo. La seconde, c'est que cette histoire est plus tordue qu'elle n'y paraît.

Fauron semble d'accord. Il glisse l'étui dans sa poche. Il faudra faire réaliser une analyse ADN au plus vite.

— Quand on parle du loup… Antoine vient de pénétrer dans la cour de la brigade. Il croise un véhicule qui en sort. Il baisse sa fenêtre à sa hauteur.

— En visite, monsieur Hernandez ?

À l'intérieur de son SUV, l'homme est souriant.

— Je passais pour mon dépôt de plainte. L'assurance l'exige. J'imagine qu'ils veulent se retourner contre le sanglier !

Antoine observe le SUV par la fenêtre. Il est flambant neuf. Alban Hernandez n'a pas traîné pour le réparer. Visiblement, la prise en charge par l'assurance n'était pas l'urgence. Il lit le soulagement dans les yeux du père de famille. Peu importe, se dit Antoine. L'ADN sur le cheveu parlera. Il le salue poliment, avant de venir stationner la voiture à proximité d'une Austin Mini, dont le coffre est grand ouvert.

XXVIII

19 décembre 2019
Le prix de la tranquillité

Il avait retrouvé son SUV dans la cour au petit matin, avec les clés sur le contact. Le soleil discret de décembre se reflétait sur le pare-chocs enfoncé, dont la torsion du métal renvoyait les rayons avec fracas. Paul n'était pas là pour expliquer l'accrochage, dont il n'était pas dur de deviner la violence. Sur le siège passager, une feuille de papier griffonnée allait changer la vie d'Alban pour toujours.

« C'est fait. Elle n'est plus. Tu es libre. Elle ne te fera plus jamais sauter à la corde. Maintenant, je vais orchestrer la fin du bal. Pour noyer tout ça dans le brouillard, je vais déchaîner une vraie tempête. Je tiens l'homme qui a tué ma femme. Par le plus grand des hasards, il se trouve être l'époux de celle qui t'a torturé. Je devine ton visage stupéfait. Tu connais ma théorie. Il n'y a pas de hasard. Le destin place sur ta route ceux qui sont liés à toi. Virginie appelait ça le karma. Certains l'ont mauvais. Comme on ne peut pas lui échapper, le sang va couler. Il le faut, pour elle et pour toi. Pour elle d'abord, parce que Virginie a droit à la vengeance. Pour toi ensuite, parce que la tempête que je vais déclencher dans le canton détournera le regard des collègues sur ta liaison avec Pouffe, faisant d'elle un instrument de ma vengeance. Ma folie, ma colère et ma rancœur seront ton meilleur alibi. Personne ne viendra jamais t'ennuyer avec ça. Pour tous, Alice Pouffe ne sera qu'un dégât collatéral sur la route de ma vengeance. Ne cherche pas à comprendre. Quoi que tu découvres, quoi que tu apprennes sur moi et sur la mort de la Pouffe, reste loin des orages. Alors oui, tu fermeras les yeux sur l'horreur de mes actes. Tu vendras ma folie à qui veut l'entendre. Elle sera ton écran de fumée. C'est le prix à payer pour ta tranquillité. Je te demande de me sacrifier sans scrupules, d'étouffer cette liaison derrière les cris de douleur dont je vais ensemencer la campagne. Je n'ai pas peur de mourir comme un fou si cela sauve ton mariage et venge ma femme. La vie sans Virginie n'a pas de saveur. Je te promets que j'ai essayé. Je te le jure sur notre amitié. Ce sacrifice de ma liberté, je le fais pour toi, mais aussi très égoïstement. L'homme que tu as connu n'existe plus. Je suis inapte au monde extérieur. Sous la contrainte de la camisole, trop de saloperies ont coulé dans mes veines. Les psychotropes ont rongé le peu d'humanité qui me restait. Si un poulet ne me tue pas au détour d'un chemin, on me renverra sans doute à l'asile dont tu m'as extirpé. Il me suffira pour ça de regarder les étoiles, et de hurler au renard de Saint Exupéry de descendre. Ou peut-être, tel Cyrano invectivant le duc de Guiche, je feindrai de tomber de la lune. J'ai toujours aimé le théâtre français. Je n'aurai aucune peine à donner le change à des médiocres. Je serai le fou qu'ils réclament. Il paraît que je vois des animaux partout. Je leur ai assez servi la soupe qu'ils voulaient entendre pour être crédible dans le rôle de l'aliéné. Mais si je dois regagner l'asile, je n'ai aucun regret. C'est là ma vraie place. Je sais que tu t'es battu de toutes tes forces pour m'en sortir. Je sais que tu es le seul à m'avoir cru lorsque je hurlais que j'étais sain d'esprit. Faisons de ce secret sur ma santé mentale l'arme de nos intérêts communs. La société me veut fou, pourquoi lutter ? Rien ne me retient dans le monde des lucides. Je préfère le duvet chaud et cotonneux de la démence. Elle habille si bien ma solitude. Ne t'en veux pas. J'y retourne de mon plein gré, heureux d'avoir pu servir notre fidèle amitié au passage. Bien sûr, je préférerais la froideur d'une décharge de plomb à l'estomac. J'ai assez arrosé les voyous avec ma composteuse à tickets pour l'enfer, pour savoir que le remède est rapide. En un instant, la pression d'un index sur une détente me renverrait auprès d'elle pour toujours. Mais les gendarmes d'ici ne savent sans doute pas comment on dégaine un neuf millimètres. Et aucun collègue marseillais ne me mettrait en joue. Je crois donc que je suis condamné aux petites pilules bleues. Embrasse ta femme et tes enfants, et souviens-toi de l'ami qui leva un jour son bras vengeur pour que tu aies une seconde chance. Ne la gâche pas ! Tais-toi ! Tais-toi pour toujours et profite du sourire de ta femme. Elle sait. Je lui ai tout raconté. Pour que tu puisses avancer sans jamais plus tricher, pour que tu puisses te reconstruire.

Voilà, on y est. Pas besoin d'étaler plus la marmelade de sentiments mièvres qui m'assaillent. Passons aux choses concrètes. Tu es un flic, tu connais les combines. Au matin, tu iras signaler en gendarmerie que tu as percuté un sanglier hier soir, que celui-ci s'est enfui à la faveur de tes phares éclairant les sous-bois. Tu contacteras ton assurance, et tu feras remorquer la bagnole. Fais-en sorte que ça se sache. Plus c'est gros, plus ça passe. Dans quelques heures, on retrouvera le corps d'Alice, et personne ne fera le lien avec toi. La comédie pourra alors commencer. Nul besoin que tu en saches plus. Je t'ai piqué le van GMC. Un jour, il faudra que tu apprennes à ne pas laisser les clés dessus. Brûle cette lettre. Bonne seconde chance, mon ami. Peu importe où me mène mon chemin. Que je descende de la lune ou que je marche vers ma mort, je suis content de savoir que pour toi, l'horizon est dégagé ».

XXIX

25 décembre 2019, 8 h
Joyeux anniversaire, mon amour

Allongé sur sa couverture, Paul s'amuse à remuer la neige avec ses pieds. Le soleil est encore très bas. Les premiers rayons de l'aube commencent tout juste à inonder l'herbe des prés. À travers la lunette de son fusil, l'homme scrute la plaine qui s'étale devant lui. Depuis son promontoire, il bénéficie d'une vue dégagée sur la route en contrebas des bois. Elle serpente à découvert, jusqu'à l'orée de la forêt. De là, elle semble happée par la masse énorme des troncs et leurs sommets blanchis par la neige de la nuit. Le ruban de bitume réapparaît quelques centaines de mètres plus loin, jusqu'à déboucher au pied du sentier qui mène au refuge de chasse de la famille Pouffe. Ils arriveront forcément par cet accès. C'est le seul chemin praticable pour accéder à la cabane. D'un rapide mouvement de balancier vers la droite, Paul aperçoit la terrasse de bois, devant laquelle il a installé sa funeste mise en scène. La vision lui glace le sang. Il a dû lutter contre la neige pour qu'elle ne recouvre pas son dispositif. Tout est en place. Il ne peut plus reculer. Pas aujourd'hui, pas le 25 décembre. D'ailleurs, ça n'aurait pas de sens de renoncer maintenant. Il a déjà obtenu la vérité sur la mort de sa femme. Lui, le fou, a obtenu des aveux complets.

Désormais, le monde entier sait que Virginie n'a pas sauté de cette fenêtre, il y a six ans jour pour jour. Le professeur Saleçon va devoir répondre de ses actes devant un tribunal. C'est une première victoire. Mais cela ne suffit pas à venger Virginie. C'est tout juste une manière de la réhabiliter aux yeux des hommes. Désormais, tout le monde sait qu'elle n'aurait jamais commis l'irréparable. Mais reste le karma. Tout se paie, et l'addition doit être proportionnelle. Pour que l'univers soit à nouveau en harmonie, le sang doit couler. Paul en est convaincu. On est le 25 décembre, c'est l'anniversaire de sa femme et il va lui faire ce cadeau.

Après cela, il ne lui devra plus rien. Le deuil commencera enfin. Son regard se pose un instant sur la branche d'arbre que le vent chahute au loin. Elle semble si fragile, pliant sous le bois de la neige fraîche. Il songe à cette branche qui lui sauva la vie un matin, amortissant sa chute au prix de sa propre existence. À elle qui fit basculer son quotidien. Il repense à la jeune bouture pleine de vie qu'il a laissée dans la cour d'un asile psychiatrique. Il avait cru un instant qu'en la sauvant, il réparerait ses propres blessures. Mais transférer son amour sur une brindille relève de la vraie, la plus pure folie. On ne guérit pas avec un amour platonique. Il n'y a pas de réciprocité à attendre d'un morceau de bois, froid et sec. Même le miracle de la nouvelle montée de sève, que la nature furieuse réinjecte dans les veines de la brindille, n'apportera pas l'amour. Pourtant, quand tout sera fini, il n'aspire à rien d'autre qu'à la retrouver, elle qu'il a choyée si longtemps de ses soins, de ses mains rudes et terreuses. Cette brindille, tordue et torturée, est la seule qui peut le comprendre, lui réchauffer l'âme et le corps. Il n'y a pas d'autre issue possible que la mort, ici, le nez dans la neige, ou finir sa vie chez les fous, auprès d'elle.

À travers sa lunette, il aperçoit au loin l'estafette de la gendarmerie, suivie de sa vieille BMW 2002. Paul sourit. Au volant, il reconnaît le jeune Antoine, le gamin prometteur dont la carrière va changer après cette affaire. Il a orienté l'enquête pour que le gosse en tire tous les lauriers. Un jeune gendarme résout l'enquête du flic tueur et psychopathe. Un sacré titre pour le canard local. Ce sera son dernier service rendu. Le gosse le mérite. À ses côtés, il n'a pas de mal à identifier le lieutenant Fauron. Paul savait qu'il viendrait. Dans ses veines coule le sang du flic marseillais, opiniâtre et jusqu'au-boutiste. En lui envoyant la vidéo, Paul s'assurait d'un dénouement conforme à ses attentes, et que la vérité sur la mort de sa femme éclaterait au grand jour. Fauron était un ami de la famille. Il ne laissera pas la chape de plomb du secret retomber sur la tombe de sa femme. Ces deux-là, collés l'un à l'autre sur la banquette avant d'une Youngtimer, pourraient former un sacré duo. Paul se dit que s'il doit s'en sortir vivant, il sera heureux de se faire coffrer par un collègue, que Fauron est l'homme de la situation. S'il doit se faire cribler de plomb, si son sang doit venir souiller la neige, Antoine sera l'impulsif parfait. Inexpérimenté, bénéficiant de toute la fougue de sa jeunesse, il sera sans nul doute celui qui portera le coup fatal. Paul détesterait se faire assaisonner par un inconnu.

Le convoi vient se stationner sur le terre-plein, là même où Paul avait garé le van à son dernier voyage. Ses doigts se crispent sur la détente. Pourtant, inutile de se précipiter. De sa position en hauteur, il bénéficie d'une vue dégagée sur la colline, et la cible est encore loin de la cabane. Ce n'est pas le moment de tout gâcher par excès d'enthousiasme. Pas aujourd'hui. La fin doit être parfaite. Ses doigts engourdis par le froid règlent la netteté de sa lunette de visée. François Saleçon marche péniblement dans le chemin enneigé. Ses poignets menottés rendent son pas hésitant. Cerné de deux gendarmes, il progresse péniblement dans le chemin. Paul l'observe. Il a les traits tirés, le visage ravagé par sa séquestration. À travers les cernes de son visage, il voit distinctement ses yeux hagards. Abruti de fatigue, Prof n'a plus rien d'un être humain. Même si les gendarmes lui ont fait passer des vêtements propres, il porte sur lui le poids des sévices subis. Plus encore, les menottes qui ornent ses poignets ont fini de ravager la chose la plus importante à ses yeux, son ego, son estime de soi. Pourtant, le coup fatal n'est pas porté. Prof a tenté de détruire Paul, d'en faire un animal. Le patient blessé a rendu coup pour coup à son médecin. Mais il ne veut pas se contenter d'équilibrer la balance des horreurs. Paul veut broyer son bourreau. Mais le sniper distingue encore dans le regard de sa cible un dernier maillon du personnage à détruire, l'espoir. L'espoir qui force cet homme anéanti à escalader un chemin de montagne enneigé, au prix de ses dernières forces. L'espoir, qui le rattache encore un peu au monde des humains. Paul sourit. Que croit-il trouver en arrivant sur le seuil de la cabane de chasse ? Ses enfants, le dernier lien qui le raccroche au monde des hommes. Non, prof, ce serait trop facile. Tu ne t'en sortiras pas comme ça. Paul décontracte ses épaules. Sa main droite tire sur la culasse. La balle apparaît un court instant, faisant éclater son étui de cuivre au soleil, avant de disparaître dans la chambre. Cette fois, pas de fléchette anesthésiante. La fête est finie. L'espoir aussi doit disparaître.

Antoine est resté un peu en retrait du chemin. Il a laissé Prof et ses gardiens partir devant lui. Il scrute le paysage, à la recherche d'un indice qui pourrait lui révéler la présence de Paul. Car il en est convaincu, c'est un rendez-vous que l'homme leur a fixé ce matin. La date du 25 décembre ne laisse pas de place au doute. Le professeur Saleçon progresse, menotté. Euphorique, il court à la rencontre de ses enfants chéris, que Paul a promis de libérer aujourd'hui, à cet endroit précis. Saleçon a avoué le meurtre de l'épouse Arnout, et veut juste sauver ses enfants avant de se présenter devant la justice des hommes. Mais dans l'esprit d'Antoine, les choses ne peuvent pas finir ainsi. Bien sûr, Paul Arnout a obtenu la vérité sur la mort de sa femme. Mais qui peut croire qu'il va se contenter de ça ? Pas Antoine.

Il porte la main à l'étui de son arme. Une balle est déjà dans la chambre. Mais s'il devait s'en servir, oserait-il ouvrir le feu sur Paul Arnout ? Ne serait-ce pas plutôt John Cheval, l'homme pour qui il a de l'estime, qu'il verrait dans sa ligne de mire ? Antoine ne sait pas s'il aurait la force de faire feu. La neige a blanchi les collines, tassant le paysage dans une masse blanche uniforme. Repérer un homme est presque impossible. Ce rendez-vous a tous les charmes du parfait guet-apens. Reste à savoir qui est la cible. Pour le découvrir, Antoine n'a pas d'autre issue que d'avancer pour rejoindre les hommes de tête, la main fermée sur la crosse de son Sig Sauer de service, priant Dieu de ne pas avoir à s'en servir.

Prof les voit. Le choc est violent, semblable à un uppercut au foie. Il manque de s'écrouler en larmes, mais le bras du gendarme près de lui le retient. Malgré son corps brisé par la captivité, François Saleçon pousse de toutes ses forces sur ses jambes affaiblies. La décharge de bonheur qu'il vient d'encaisser lui fait pousser des ailes. La couche de neige a rendu le chemin glissant, mais il progresse vers ses enfants au prix d'un ultime effort, comme propulsé. De ses mains entravées, il essuie la sueur de son front. Il a cru défaillir lorsque, le chemin débouchant sur la cabane, il les a vus tous les deux. Son bourreau ne lui a pas menti. Adel est là, il se tient aux côtés de son frère.

Les deux enfants ont les pieds entravés par des chaînes, et Prof distingue le pansement qui recouvre la main mutilée de son fils. Les deux petits grelottent dans le froid, mais sont vivants ! Paul n'a pas menti. Malgré l'étendue de sa folie et de sa rage, il n'a pas touché aux enfants. Les deux petits n'ont été que l'instrument de sa vengeance, l'objet d'un vaste coup de bluff visant à lui arracher des aveux. Les yeux de Prof s'illuminent à nouveau à mesure qu'il se rapproche de ses fils, la seule chose à laquelle il tient vraiment sur cette terre. Il aperçoit les restes disloqués d'un corps de femme, disposés aux pieds des deux garçons. Sans doute la sienne, mais Prof n'en a que faire. Paul estime sans doute que c'est le prix à payer pour avoir ôté la vie de la sienne. Mais il ignore à quel point François Saleçon méprisait cette femme. En la tuant, il lui a rendu service. Mais ses enfants… Voilà la seule chose à laquelle il tient, et Paul ne les a pas touchés. L'espoir n'était donc pas vain. Dans son combat psychologique avec le professeur, Paul n'a finalement pas triomphé. Certes, il a obtenu des aveux, mais il n'a rien ôté de précieux à Prof. À quelques mètres de là, les lambeaux de chair de sa femme ne représentent rien d'autre qu'un fardeau de moins à porter. Ce qui compte vraiment à ses yeux est devant lui, à une bonne dizaine de mètres, attendant papa. Prof jubile ! Son corps fragile se redresse ! Après tout, que valent des aveux obtenus sous la contrainte ? Rien, absolument rien ! Il pourra toujours prétexter qu'il a avoué pour gagner du temps, ou pour sauver ses enfants. Il sent la puissance de son ego et de sa condition sociale regagner son corps. Les événements tournent en sa faveur. Il reste le stratège.

La détonation déchire le calme de la forêt, faisant s'envoler les oiseaux. En un instant, la montagne renvoie en écho le son fracassant de la poudre propulsant le projectile. Prof se fige, tandis que les militaires, disciplinés, se jettent au sol. Allongés tous les deux dans la neige, Antoine et le lieutenant Fauron ont dégainé, scrutant le paysage avec anxiété. Riposter n'est pas envisageable sans avoir au préalable trouvé le tireur. Dans cette immensité blanche, la chose n'est pas aisée.

Antoine hurle à Prof de ne pas bouger. Ce dernier semble figé, droit sur ses jambes, à seulement quelques mètres de ses enfants. Il baisse lentement le regard, et tâte son torse de ses mains liées. Il est indemne. Qu'est-ce que cela signifie ?

— Je suis là, Prof. Ne fais plus un pas, et retourne-toi !

Antoine parcourt le paysage du regard. La voix vient de la colline en face. Le coup de feu est parti d'une position en hauteur, inatteignable depuis leur emplacement. Tenter d'ouvrir le feu, avec un calibre 9 mm, serait vain. À ses côtés, Fauron lui fait signe de ne pas bouger. Le bruit de la détonation ne trompe pas. Le sniper est équipé d'un gros calibre, à longue portée. Le piège est parfait. La nasse est refermée. Ils sont tous condamnés à l'immobilisme, et à espérer que Paul ne tire plus. Ils sont tous à sa merci. L'instinct d'Antoine ne l'a pas trompé. Paul ne les a pas amenés là pour retrouver les enfants. Le dénouement n'était pas les aveux de Prof. Il va se jouer ici, et il va être dramatique.

— Je t'ai dit de te retourner, Prof !

Saleçon a compris. Paul ne se satisfera pas d'aveux. Sa vengeance a besoin de sang. Il l'a amené ici pour que le sien se répande sur le sol, aux côtés de sa femme. Il va mourir, sous les yeux de ses enfants. Il se retourne lentement. Il cherche son bourreau du regard, mais ne voit rien d'autre que des bois.

— Montre-toi Paul ! Ou peut-être es-tu trop lâche pour me tuer en me regardant les yeux dans les yeux ?

Paul sourit, tandis que sa main droite enclenche la douille suivante dans la chambre. Regarde-le, Virginie. Mais qu'est-ce qu'il croit, cet être abject ? Prof s'imagine face à la mort. Et malgré tout, il tente une dernière bravade, une ultime guerre psychologique. Il sait qu'à travers ma lunette de visée, je vois ses yeux. De là-bas, en contrebas, il me défie encore, comme s'il était toujours le psychologue sûr de sa force de conviction. Regarde bien mon amour. Soutiens le regard de ton assassin. Observe attentivement le fond de l'œil de celui qui t'a dit que je n'étais plus qu'un animal. Scrute les mouvements de ses cils, battus par le froid. Ce type t'a poussée par une fenêtre le jour de ton anniversaire. Ces yeux-là sont ceux qui ont détruit nos vies. Par ego, par cupidité et vanité. Et il s'imagine que la fin de l'histoire peut être aussi simple qu'une balle entre ces deux yeux horribles ? Tu la vois ? Mais si ! Cette lueur d'espoir qui a enflammé ses pupilles quand il escaladait la colline, pour retrouver ses enfants ! Observe bien mon amour. Cette lueur d'espoir, c'est ce qui fait qu'il n'est pas encore tout à fait un animal lui aussi. Moi je ne l'ai plus. Et lui, face à sa mort, se paie le luxe d'espérer encore ? Il faut que les comptes soient équilibrés. C'est le karma. Nos actes ont des conséquences.

Tout homme a quelque chose à perdre. En se tenant le torse bombé, provocateur, au bout de son fusil, Prof se trompe. Il pense mourir, mais il doit vivre. Vivre pour souffrir chaque seconde de son existence. Son karma est mauvais, tout simplement parce que l'homme chargé de le mettre en marche n'en est plus un. Les animaux n'ont plus rien à perdre, et ne répondent plus à aucun code moral. Prof doit encore se débarrasser de quelques bagages pour rejoindre Paul dans la bestialité animale, pour être son égal. Paul va l'aider.

Prof tressaille. La deuxième détonation a déchiré le silence de l'hiver. Il lui semble que quelque chose est tombé dans la neige derrière lui. Il touche à nouveau son torse, toujours indemne. Ce n'est que le hurlement d'Antoine qui le sort de sa torpeur. Il voit le jeune gendarme essayer de progresser vers lui. Lorsqu'il se retourne, Adel gît dans la neige, le crâne ouvert en deux par le projectile mortel. Son corps, dont les pieds sont enchaînés, s'est couché droit sur le sol. Il n'a pas le temps de hurler sa douleur. Une ultime détonation qui vient frapper le petit Noël à la mâchoire se fait entendre. Son père assiste à l'impact, qui propulse une gerbe de sang depuis la bouche de l'enfant, avant d'emporter le bas de son visage. À son tour, alors que Prof rampe jusqu'à lui, son corps s'effondre raide sur le sol.

De partout, les cris gagnent la forêt. Antoine pleure. Fauron tente de trouver un angle de tir, semant le contenu de ses poches dans la neige. Depuis leur position, ils ont assisté à l'exécution des deux fils d'Alice Pouffe et de François Saleçon, sans possibilité d'intervenir. Couchés dans la neige, ils observent un Prof hagard, rampant d'un corps à l'autre, couvert du sang de ses fils.

Paul a éjecté la dernière douille, et retiré le chargeur de son arme. À la lunette, il observe Prof, le regard vide, abruti de douleur, incapable de respirer tant le chagrin l'accable. Voilà, songe-t-il. Nous sommes quittes, Prof. Il n'y aura plus jamais d'espoir dans tes yeux. Roulant sur le côté, Paul se saisit de la couverture blanche sur laquelle il était allongé. Il a pris soin d'attacher une branche à deux de ses coins, et agite désormais son drapeau blanc, en signe de fin des hostilités. Dans un instant, il va se relever et se rendre. Peut-être qu'on l'abattra, mais il n'y croit pas. Les flics sont disciplinés. Ils savent que tirer sur un homme qui se rend est un crime. Contrairement aux fauves de son espèce, les humains ont des lois.

Lorsqu'il se relève, il voit en contrebas les hommes se remettre également sur leurs jambes, se précipitant sur lui l'arme au poing. Il leur faudra encore quelques secondes pour gravir la pente qui les sépare. Paul observe son œuvre. En s'effondrant, les corps des enfants sont tombés parmi les restes démembrés de leur mère. Tous les trois réunis, ils forment au sol la lettre K. Quand les flics arriveront jusqu'à sa position en hauteur, ils comprendront la force du karma.

— Tu es vengée, joyeux anniversaire, mon amour.

L'instant d'après, Paul lève les bras au moment même où deux gendarmes se jettent sur lui, le projetant au sol pour le menotter. Le visage de Paul se perd dans la neige fraîche. Quelle délicieuse sensation ! Tandis qu'un des hommes en profite pour lui asséner un violent coup de pied dans les côtes, il se prend à rire aux éclats. Il se sent léger, enfin vivant. L'équilibre est enfin rétabli. Les choses sont à leur place. On le redresse pour le mettre sur ses jambes. Face à lui se tient le lieutenant Fauron. Mais Paul ne le regarde pas. Il fixe la branche au loin. Il pense à celle qui pousse dans cet asile lyonnais, qu'il rejoindra bientôt.

— Nom de dieu, Paul ! Il avait avoué le meurtre de ta femme. Tu as obtenu ce que tu voulais. Pourquoi tuer les gosses ?

— Tu sais très bien qu'il s'en serait sorti avec un bon avocat, répond Paul.

Au plus profond de lui, Fauron sait qu'il a raison. Les aveux sont fragiles, surtout quand ils sont obtenus sous la contrainte.

— Bordel, pourquoi les gosses ? Ce fils de pute était au bout de ton fusil ? Pourquoi eux ?

— Regarde en bas, Lieutenant. Observe la puissance du karma. Le tuer en aurait fait une victime. Je veux qu'il vive, je veux que chaque seconde à venir de son existence, il ressente le manque. Je veux qu'il ait toute une vie pour mesurer la valeur de ce que je lui ai pris. À ce tarif-là seulement, nous sommes quittes !

— C'étaient des enfants, Paul !

— Non, c'était l'espoir. Désormais, il vivra sans, comme une bête.

Antoine assiste à l'évacuation du tueur, que deux hommes tirent par les bras. On l'a menotté aux poignets et aux chevilles. Derrière lui, ses pieds traînent dans la neige. Alors qu'il arrive à sa hauteur, il interpelle une dernière fois l'homme pour lequel il n'a plus que dégoût.

— John, pourquoi Alice Pouffe ?

Les gendarmes immobilisent le détenu à hauteur de leur jeune collègue.

— Je m'appelle Paul…

— Quel que soit ton prénom, je veux bien croire à ton histoire de vendetta, mais je sais que tu n'as pas tué Alice Pouffe pour servir ta cause. Avant qu'on t'embarque définitivement, je veux que tu saches que je ne lâcherai pas Alban Hernandez. Je sais qu'il est lié à la mort de cette femme, d'une manière ou d'une autre. Je sais que c'est son véhicule qui a servi à la tuer. Or il n'a jamais déclaré te l'avoir prêté. Pourquoi prétendre à un accident de circulation alors qu'il suffisait de dire que tu l'avais utilisé ?

Bien sûr, le véhicule est déjà remis à neuf. Plus aucune trace de l'impact avec le prétendu sanglier. Mais je crois, moi, que la bête avait les cheveux longs et dans la quarantaine.

Paul Arnout regarde le jeune gendarme. Ce gosse est brillant, tenace et combatif. De la graine de super flic. Il aurait aimé le croiser dans une autre vie.

— Tu peux le prouver ?

Antoine sourit. Le grand John Cheval, le flic charismatique, a bien le droit à une démonstration avant de partir en cellule. Il veut lui montrer qu'il a retenu ses leçons. Il demande au lieutenant Fauron de lui remettre la pochette de la carte grise, dans laquelle il a soigneusement rangé sa pièce à conviction. Fauron fouille ses poches. Il en sort la pochette, humide et pleine de neige.

— Je suis navré, elle est tombée de ma poche lorsque je me suis jeté au sol.

Paul observe le regard hébété d'Antoine. Ce dernier ouvre la pochette, mais il est évident que le cheveu est parti quelque part dans la neige de la forêt. Fou de rage, le gendarme jette les documents au loin.

— Un banal accident de circulation avec un sanglier, Antoine. Ou le karma…

— Adieu, John.

— Adieu, Gamin, je m'appelle Paul. John, c'était l'autre.

☒ Détruire tout ce qui le rattache à une forme d'humanité :

☒Femme

☒Enfant 1

☒Enfant 2

☒En faire un animal

XXX

15 mai 2020
Je suis là où je voulais être

Alban patiente dans le sas d'accueil de la maison psychiatrique Audrey Bain. Les choses ont bien changé depuis ce jour d'automne où il a poussé ses portes pour la première fois. Sa dernière venue remonte à trois ans, quand il avait passé la grande porte d'entrée lumineuse pour ramener Paul dans le monde des vivants. L'instant était joyeux et plein d'espoir. Ce jour d'octobre 2017, il ramenait Paul vers la lumière. Que de chemin parcouru en trois ans, pour finalement revenir au point de départ !

Alban se sent coupable. Qu'ont-ils fait de cette lumière, de cet espoir ? Rien. Au lieu de l'aider à faire son deuil, il a entraîné son ami dans sa sordide histoire de cul, déclenchant un cataclysme qui aura coûté la vie à quatre personnes, dont deux enfants innocents. Il a méprisé sa folie, qu'il pensait minime et simulée. Inconsciemment, il a armé le bras vengeur de Paul, aussi sûrement qu'on retire le cran de sûreté d'un pistolet. Deux gosses ont payé de leur vie son inconscience. Alban devra vivre avec. Pour Alice Pouffe, il n'éprouve aucun regret. Paul avait raison. Sa mort était la seule issue possible. Sa disparition, quoique tragique et horrible par sa mise en scène, n'a eu que des effets positifs. Doucement, Alban a redécouvert la douceur de son foyer et les certitudes d'un avenir heureux. Les fantômes qu'Alice envoyait hanter ses nuits ont déserté sa chambre. Mais le cauchemar des deux enfants morts a pris la place. La nature a horreur du vide. Nos actes, même quand on les fait commettre par d'autres, ont des conséquences. Il faudra vivre avec ce foutu karma. Paul a bien entendu gardé le silence sur sa liaison avec Alice. Personne n'est venu l'inquiéter. Il ne saura peut-être jamais si son ami est vraiment fou ou s'il continue de simuler. Mais il doit admettre que c'est un sacré stratège.

Aujourd'hui, Alban Hernandez n'est pas entré par la grande porte. Pour pénétrer dans l'aile sécurisée réservée aux pensionnaires les plus dangereux, il a dû jouer de toute son influence de flic. Dans cette partie du bâtiment, les détenus ne sont pas autorisés à recevoir de visites. Paul a évité la prison malgré l'horreur de ses actes. Compte tenu de ses antécédents, son avocat a plaidé la folie. La barbarie des crimes de son client n'a pas eu beaucoup de mal à convaincre les jurés d'assises. Le procès, expédié en moins de trois mois, a renvoyé Paul dans le trou dont Alban l'avait sorti. Mais cette fois, plus question d'une chambre confortable pour convalescent en démence légère. Non, Paul loge désormais au quartier de haute sécurité, avec les criminels et les tueurs d'enfants. Finalement, il est à sa place. Celle qu'il a choisie. Il avait évité la prison, mais son univers se limitait désormais aux quatre murs d'une chambre capitonnée, trop petite pour contenir un être humain, mais suffisamment grande pour contenir un chien. Prof a finalement réussi son coup. Paul n'est plus qu'un animal. Par la fenêtre, Alban imagine son ami regardant la cour et le jardin, et d'autres fous errant tout près de sa branche, à laquelle il tient tant. Ça doit le rendre fou, Paulo, qu'un autre puisse assister à la renaissance de sa brindille.

Le gardien, un détaché de l'administration pénitentiaire, est campé en faction devant une porte. Il ne lâche pas Alban des yeux. Qu'est-ce qu'il s'imagine celui-là, avec son air de videur de boîte de nuit ? Pour avoir le droit de poser son cul sur cette chaise et d'attendre, Alban a déjà passé deux fouilles, dont une corporelle. Il a bien entendu laissé insigne, flingue et clés à la mégère du rez-de-chaussée. Même la ceinture de son pantalon est à la consigne. À part son froc, il n'a rien sur lui. Il croit quoi, le gros, à le regarder comme ça ? qu'Alban va lui sauter à la carotide pour le saigner ? Cette dernière pensée le fait sourire. Va savoir si derrière cette porte, il n'y a pas un résident ou deux qui a cet acte de bravoure à leur palmarès. Le gardien est peut-être juste expérimenté. Il ne faut jamais juger trop vite un gars qui a un job de merde. À patauger dedans toute la journée, on la voit venir avant qu'elle ne sorte.

Il n'a jamais revu Paul depuis son arrestation. Pour arriver jusqu'à lui, il a pesé de tout son réseau. Il n'a aucune idée de l'état dans lequel il va retrouver son ami, ce frère qui a commis le sacrifice de sa liberté pour l'aider. Alban appréhende un peu. Il l'imagine piégé dans une camisole, avec sur le visage le masque d'Hannibal Lecter dans *Le silence des agneaux*. Ça colle plutôt pas mal avec l'idée de la carotide du gardien arrachée par les canines d'un pensionnaire…

Les pas de l'infirmière se font plus proches. Alban la voit venir dans sa direction, portant dans ses bras le paquet convenu. C'est bien, elle a respecté sa parole. Paul va être content. En tout cas, c'est ce qu'espère Alban. Le visage du molosse qui garde la porte s'éclaire d'un sourire. Visiblement, il connaît bien l'infirmière en question. Même les mouches à merde ont le droit d'être amoureuses. Il s'écarte poliment, laissant la porte s'ouvrir sur un couloir blanc, stérile.

— Vous avez trente minutes, pas une de plus.

L'instant de grâce est passé, le vigile est à nouveau pénétré par la fonction. La porte se referme derrière eux. L'infirmière indique le chemin à Alban, tout en lui confiant le paquet qui l'encombre. Le couloir est long, austère. Les néons diffusent une lumière jaune artificielle. L'ambiance est médicale, aseptisée. À travers les haut-parleurs du plafond, une station de radio diffuse de la musique de variété.

— Ne soyez pas surpris, dit l'infirmière, relevant l'étonnement d'Alban. La musique n'est pas pour eux. Depuis leur cellule, ils ne peuvent pas l'entendre. Elle sert uniquement à améliorer nos conditions de travail, à rendre la journée plus agréable. De ce côté du couloir, vous êtes dans le monde normal. Derrière chacune des portes que vous voyez, lorsque nous entrons, nous basculons dans le monde des fous. Autant vous dire que nous sommes contents d'avoir un peu de musique en sortant.

Alban prend conscience que cette aile du bâtiment est bien l'antichambre de la folie, celle qu'on traite par injection. Ici, on parque les fauves pour les éloigner de la société. On ne cherche pas à guérir. Même la musique, qui adoucit les âmes, est un luxe auquel les pensionnaires n'ont pas accès. Les hommes ici ont engendré tant de peurs et d'horreurs, chez leurs semblables, qu'on les a privés de tout.

Ils s'arrêtent ensemble devant la chambre 22. Putain de karma, se dit Alban en observant les chiffres sur la porte. Foutue histoire d'une vie qui tourne en boucle ! Revoilà Paul de retour au même numéro. Et cette fois, ça ressemble à la fin du voyage.

— Vous savez, dit l'infirmière, ce pensionnaire-là est un peu spécial. Il y a débat entre les équipes médicales. Certains le pensent vraiment fou, d'autres disent que c'est un simulateur.

— Et vous, qu'en pensez-vous ?

— Moi, je n'ai pas d'avis, dit la jeune femme. Qu'il soit réellement malade ou pas ne change rien. C'est un monstre qui a tué deux enfants. Selon moi, ça justifie largement sa présence ici !

Alban la dévisage, intrigué. Étrangement, ses yeux brillent, mais ne manifestent pas de colère. Il lui semble plutôt lire de la tendresse.

— Alors, pourquoi m'avoir aidé pour me procurer ceci ? Il désigne des yeux le lourd paquet qui lui encombre les bras. Vous n'étiez pas obligée…

— Disons que je reste une femme. Ce que votre ami a fait pour venger la sienne, ça ne laisse aucune fille du service insensible. Comme tout le monde, j'ai vu son procès et celui du meurtrier de son épouse. Il a rendu coup pour coup. Il y a quelque chose de chevaleresque dans tout ça, comment rester insensible ?

— Je vous remercie, répond Alban. Il sera content de l'avoir auprès de lui.

— Dans cette histoire, tout est moche, dit l'infirmière en tapant le code de déverrouillage de la porte. La mort de sa femme, son premier internement de force… Mais ça ne fait pas non plus de votre ami un héros, il a tué deux gosses innocents. Il est à sa place. C'est ouvert, vous avez trente minutes.

Alban pénètre dans la chambre, les bras chargés. Il aperçoit un corps au fond de la pièce, assis sur la chaise qui constitue, avec le lit, l'unique mobilier occupant les douze mètres carrés. Se peut-il que ce soit Paul ? L'homme est de dos, et ne s'est pas retourné à l'ouverture de la porte. Vêtu d'une combinaison blanche, il semble amaigri. Alban se déleste de l'encombrant paquet sur le lit. Il ressent l'irrépressible urgence de s'approcher, de prendre ce corps qui ne se retourne pas dans ses bras.

— C'est moi, Paulo. C'est Alban.

L'homme se retourne lentement, découvrant un visage creusé et émacié. Sa barbe en désordre peine à masquer la maigreur de ses traits. Il se dresse sur ses jambes, prenant appui contre le mur. Ses yeux rouges, injectés de sang, font peur à voir. En l'observant, Alban ne saurait dire s'il y voit de la fatigue, de la tristesse, ou le fruit d'un cocktail médicamenteux explosif.

— Nom de Dieu, Paulo, t'as vu ta gueule ?

Paul esquisse un bref sourire. Une lueur de joie semble éclairer un court instant ses pupilles. Ce moment-là, les deux hommes l'ont déjà vécu. Il sait exactement quoi lui répondre.

— Ce n'est toujours pas la thalasso de Bénodet, mon gros ! Tu connais l'établissement, ce n'est pas ta première venue. Figure-toi qu'en VIP, c'est encore moins marrant…

Alban le prend dans ses bras, serrant contre lui ce corps fragile. Neuf mois de captivité, dont six passés sur les bancs d'une cour d'assises, ont transformé l'homme fort qu'il a connu en un petit être chétif. Il ne lui demandera pas combien, mais il a perdu énormément de poids.

— Trente ! C'est la question que tu te poses, pas vrai ?

— Avec ta barbe, ça ne se voit presque pas.

— Elle est pratique cette barbe. Ils ont un peu de mal à se prononcer sur mon état mental. Les médecins se disputent pour savoir si je suis un dangereux schizophrène ou un mec normal, qu'on doit jeter dans une geôle avec les tueurs de sang-froid. Moi, je suis aussi bien ici, alors je garde ma barbe. Tu sais bien que c'est mon accessoire préféré quand je veux basculer dans la folie. Ici, la démence, c'est mon bulletin d'inscription permanent. Au moindre doute, je suis viré. Direction Marseille, les Baumettes, quartier de haute sécurité. Avec tous les zigs que j'ai serrés, et qui se feront un plaisir de me planter sous la douche. Je suis aussi bien chez les fous. Dans le monde réel, il n'y a plus rien de bon pour moi. Une vie sans espoir, voilà à quoi je suis condamné. Autant la passer dans une souffrance feutrée, plutôt qu'avec des barreaux à la fenêtre.

— Tu n'as même pas de fenêtre, soupire Alban.

— Ce qui m'évite d'avoir des barreaux !

Alban desserre l'étreinte de ses bras. Il ne saura décidément jamais si Paul est vraiment fou, ou si son sens de la répartie résiste à toutes les intempéries. Alternant entre lucidité froide et folie sans retenue, cet homme n'est que dualité. Il en va de même pour les sentiments d'Alban à son égard. Il voudrait le détester pour ce qu'il a fait aux enfants de Pouffe et Saleçon. Le meurtre de deux jeunes innocents ne devrait lui inspirer que dégoût. Mais il l'aime profondément, et sait qu'il lui doit sa liberté retrouvée. La mort d'Alice Pouffe lui a ouvert la voie d'une vie sereine. Pour atteindre ce but, Paul n'a pas hésité à tuer, renoncer à son humanité. Alice ne s'inscrivait dans aucun plan de vengeance. La tempête Paul s'est volontairement déroutée pour rendre service à Alban, et l'effacer de sa vie en passant. Il se sent coupable d'avoir abusé de sa folie, si elle existe.

— Je ne suis pas venu seul, mon Paulo.

Alban s'écarte. Le regard de Paul aperçoit le paquet sur le lit. De ses yeux rougis s'échappe une larme, qu'il s'empresse d'effacer d'un revers de sa manche.

— C'est bien elle ? Il s'approche d'un pas hésitant. Ces doigts caressent la plante posée sur le lit, dans le pot de terre cuite. Les feuilles d'un rouge éclatant se fondent avec l'exceptionnelle floraison de l'arbrisseau. Sa robe illumine la pièce, tandis qu'il diffuse ses senteurs printanières. Paul se penche, hume le parfum exaltant de cette nature triomphante, revenue à la vie. La branche est couverte de fleurs magnifiques. De partout, la sève a regagné chaque centimètre de bois mort.

— Oui Paul, c'est elle. C'est bien la branche que tu as sauvée. Celle qui pousse dans la cour, loin de ton regard. Celle que ton absence de fenêtre t'empêche de garder à l'œil. Quelques infirmières complices ont accepté de te la confier.

Paul a les mains posées avec amour autour du pot. Ses doigts caressent avec tendresse et douceur l'imposante floraison. Les yeux rivés sur sa branche, il semble à Alban que son ami a quitté la pièce. Ses yeux s'éclairent d'une lumière douce et intense. L'instant est presque gênant. Alban se sent projeté dans un moment d'intimité entre deux amants. Paul est donc définitivement fou. Les minutes défilent, sans qu'un mot ne soit échangé. Il gratte sa gorge avant de reprendre la parole, comme pour exprimer son malaise.

— Tu sais, Paulo, que la floraison des cerisiers du Japon est une fête, dans certains pays asiatiques. Elle marque le retour des beaux jours et symbolise l'éphémère beauté de la vie, tout comme son impermanence.

— En quelque sorte, elle symbolise l'espoir, répond Paul.

On frappe à la porte. Les deux hommes sursautent. On leur signifie que l'entrevue est terminée. Il va falloir se quitter.

— Je n'oublierai jamais ce que tu as fait pour moi, vieux frère.

Cette fois, c'est Paul qui étreint son ami tendrement.

— Profite de ta famille et sois heureux. Ne rate pas cette seconde chance.

Alban essuie une larme, tout en prenant la main de Paul.

— Et toi, que vas-tu devenir ? Te savoir finir ta vie ici est un déchirement.

— Moi ? Paul lui montre sa branche du doigt. Grâce à toi, je suis auprès d'elle. Je suis exactement là où je voulais être. Le karma, Alban…

La porte se referme définitivement sur Paul et sa branche. Envahi par l'émotion, Alban fond en larmes, tandis que l'infirmière le raccompagne. Dans le couloir, la radio diffuse une chanson de Whitney Houston. La diva hurle son amour en stéréo :

« I have nothing, if I don't have you. »

Au dénouement de ce drame, les paroles prennent tout leur sens. Alors c'est donc vrai ? Il n'y a jamais de hasard ? Putain de karma !

XXXI

Épilogue

25 décembre 2020, 19 h
Pari gagné, docteur

La bâtisse vient de plonger dans le noir. À l'intérieur, le propriétaire s'apprête à sortir fêter Noël en famille. Sur le seuil de la porte d'entrée, l'homme sait qu'il n'a plus longtemps à attendre. Cette nuit sans lune n'offre aucune visibilité aux passants de la rue. Appuyé contre le mur sous le porche, il sait que personne n'a remarqué sa présence. Il va frapper fort et propre. Ni vu ni connu. Il entend la clé déverrouiller la lourde serrure de l'imposante porte de bois. Ces maisons bourgeoises ont des bruits bien à elles, faciles à reconnaître pour qui est aguerri aux planques la nuit. Parfois, quand l'obscurité vous prive de vos yeux, vos oreilles deviennent votre meilleur allié. L'homme enfile ses gants. L'attente dans le froid de l'hiver va cesser. Il observe un instant l'heure sur son téléphone. 19 heures. C'est bien, il est encore tôt. Après cela, il pourra rejoindre les siens pour passer Noël avec eux. Le perron de la résidence s'illumine. La porte s'ouvre sur un homme seul, qui noue une écharpe autour de son cou. C'est lui, l'homme le reconnaît. Il l'a longuement observé ces dernières semaines, pour avoir la certitude de le reconnaître le jour décisif, même dans l'obscurité la plus totale. Le professeur Étienne Flantier, chirurgien orthopédique.

Flantier met un tour de clé à la serrure, avant de descendre quelques marches. Il stoppe soudain sa progression. Au milieu de l'allée, un sac est déposé. À sa plus grande surprise, c'est une magnifique série de clubs de golf, dont les fers scintillent malgré l'obscurité. Étienne Flantier n'en revient pas. Un instant interloqué, il finit par se saisir du sac pour le ramener dans la lumière de son perron. Il les observe un par un à la lumière. Ils sont flambants neufs.

— Ils vous plaisent, monsieur Flantier ?

Le chirurgien sursaute. Il n'avait pas vu l'homme, tapi contre le mur. Son premier réflexe est la peur. Machinalement, il fait un pas en arrière, reposant les fers. Lorsque son interlocuteur apparaît dans la lumière, il pousse un soupir de soulagement.

— Lieutenant, vos méthodes sont douteuses. Vous m'avez fichu une de ces peurs !

Fauron ne dit rien, il reste droit devant le sac de clubs, les mains derrière le dos.

— Que… que signifie cette mascarade, Lieutenant ?

— De quelle mascarade parlez-vous, professeur ? Ceci est un cadeau de la part de la PJ de Marseille. Je tenais à vous le remettre personnellement.

Le chirurgien semble déstabilisé.

— Et en quel honneur, s'il vous plaît ?

— Allons, monsieur Flantier ! Ne jouons pas à ce petit jeu vous et moi, répond Fauron. J'étais au procès de prof comme vous. Je suis au courant de votre petit pari avec lui. Il semblerait que Prof vous doive une série neuve pour vos parcours du dimanche. Après tout, ne lui avez-vous pas accordé le temps dont il avait besoin pour mettre son piège en marche ? C'était l'enjeu du pari, n'est-ce pas ? Prof est en prison, il ne peut pas payer sa dette. Eh bien les voilà, ces fers tout neufs ! Je vous les offre !

Flantier se sent défaillir. Mais il ne compte pas se laisser impressionner par cette intimidation. Il sait depuis longtemps que les méthodes de la police marseillaise sont spéciales, mais il ne compte pas se laisser faire.

— La justice n'a retenu aucune charge contre moi, Lieutenant. Sachez que vos méthodes cavalières ne me surprennent pas. On a tous vu ce qu'un flic marseillais en colère est capable de faire. Sortez de chez moi !

— Vous avez raison, docteur, la justice des hommes n'a pas retenu de charges à votre encontre. Mais que voulez-vous, la maison Poulaga est une grande famille. Vos petites facéties hospitalières ont ruiné la vie d'un des nôtres, et emporté celle de sa femme. Certains chez nous sont plus regardants que d'autres. Depuis un an, je dois lutter pour canaliser la rage de mes hommes. Paul Arnoult était leur ami, leur modèle. Sa femme et lui faisaient partie de notre famille. Dans la tragédie dont vous vous êtes rendu complice, nous avons perdu un frère et une sœur. Alors vous savez, on s'est cotisé. On s'est dit que vous offrir ça, c'était thérapeutique pour nous.

Flantier sourit.

— Et donc ? Vous m'offrez un sac de clubs de golf flambants neufs dans quel but ? Juste pour me rappeler mes errements passés ?

— Observez-les de plus près, doc. Sur chacune des têtes des fers, a été gravée la lettre K. K pour karma. Vous avez effectivement échappé à la justice des hommes, mais le karma vous rattrapera. Ces fers, nous vous les offrons pour que vous n'oubliiez pas, que le message rentre bien dans votre tête.

Flantier éclate de rire.

— Vos petites intimidations ne m'atteignent pas, Lieutenant. Et à l'avenir, lorsque vous dépensez une telle somme d'argent pour soigner votre sortie, essayez de ne pas vous faire arnaquer ! Il manque le fer 7, cette série ne vaut rien sans lui.

Immobile jusque-là, Fauron finit de s'avancer dans la lumière. Le fer 7 apparaît, brillant de l'éclat de ses chromes. Il est là, solidement tenu dans sa main droite. Alors que Flantier aperçoit la lettre K, Fauron lève le bras pour frapper.

— Le K de karma, Doc. Nos actes ont des conséquences. Paul nous l'a enseigné. Je vous avais prévenu, vous allez l'avoir bien en tête.

Flantier n'a pas le temps de crier. Le sifflement du fer battant l'air se fait entendre. Il précède de très peu le bruit sourd de l'explosion de la boîte crânienne du chirurgien. Le bruit s'accélère, se répète une dizaine de fois, avant que le silence de la nuit ne reprenne sa place. Flantier gît mort sur le sol, méconnaissable. Sous l'effet de la violence des chocs, son visage s'est aplati. On ne distingue plus aucun de ses traits. Son crâne fendu n'est plus qu'un torrent de sang chaud, qui jaillit par tous les orifices.

Fauron range le fer 7 dans le sac, parmi les autres.

Il s'en va sans se retourner, se contentant d'un murmure.

— Bon anniversaire, petite sœur !

Quand tu souffres, tu tires sur le fil. Je te rappelle que je suis à l'autre bout et que je le ressens…

Remerciements

À Bernardin de Saint-Pierre, l'auteur de *Paul et Virginie*. Qu'il me pardonne cette version moderne et cynique de sa théorie de l'amour impossible. Contrairement à ses héros, les miens ont pu consommer leur passion, mais l'issue n'est pas plus heureuse. Peut-être juste un peu plus folle. Comme lui, la mort est la seule issue.

À tous les lecteurs de *La Dernière Pierre*, qui ont fait vivre la flamme de l'écriture.

À tous les fous.

À Denis Beauchamp, Nadine Charlat, Julie Roche, toute la team qui s'est mobilisée avec passion sur ce projet. Je mesure l'importance de votre travail et la valeur de votre œil neuf.

À Doudou, à son combat dont elle sortira triomphante. À nous.

Imprimé en Allemagne
Achevé d'imprimer en juin 2021
Dépôt légal : juin 2021

Pour

Le Lys Bleu Édition
83, Avenue d'Italie
75013 Paris